海上花列傳

书名题字／沈　鹏

插图本

中国古典小说藏本

海上花列传（下）

韩邦庆 著
典耀 整理

人民文学出版社

第四十一回

冲绣阁恶语牵三画　　佐瑶觞陈言别四声

按:席间七人一经坐定,摆庄豁拳,热闹一阵。高亚白见张秀英十分巴结,只等点心上席,遂与史天然、华铁眉、葛仲英各率相好不别而行。朱蔼人也率林素芬、林翠芬辞去,单留下陶云甫、尹痴鸳两人。罩丽娟相知既深,无话可叙。张秀英听了赵二宝,宛转随和,并不作态,奉承得尹痴鸳满心欢喜。

到了初九日,齐府管家手持两张名片,请陶、尹二位带局回园。陶云甫向尹痴鸳道:"耐去替我谢声罢,今夜陈小云请我,比仔一笠园近点。"尹痴鸳乃自率张秀英原坐皮篷马车,偕归齐府一笠园。

陶云甫待至傍晚,坐轿往同安里金巧珍家赴宴,可巧和王莲生同时并至,下轿厮见,相让进门。不料弄口一淘顽皮孩子之中,有个阿珠儿子,见了王莲生,飞奔回家,径自上楼,闯进沈小红房间,报说:"王老爷来浪金巧珍搭吃酒。"

恰值武小生小柳儿在内,搂做一处,阿珠儿子蓦见大惊,缩脚不迭。沈小红老羞变怒,一顿喝骂。阿珠儿子不敢争论,咕噜下楼。阿珠问知缘故,高声顶嘴道:"俚小干仵末晓得啥个事体嗄,先起头耐一埭一埭教俚去看王老爷,故歇看见仔王老爷回报耐,也勿曾差啘!耐自家想想看,王老爷为啥勿来? 再有面孔骂人。"

小红听这些话，如何忍得，更加拍桌跺脚，沸反盈天。阿珠倒冷笑道："耐覅反哩！倷是娘姨呀，勿对末好歇生意个晼。"小红怒极，嚷道："要滚末就滚，啥个稀奇煞仔！"

阿珠连声冷笑，不复回言，将所有零碎细软打成一包，挈带儿子，辞别同人，萧然竟去，暂于自己借的小房子混过一宿。比至清晨，阿珠令儿子看房，亲去寻着荐头人，取出铺盖，复去告诉沈小红的爷娘兄弟，志坚词决，不愿帮佣。

吃过中饭，阿珠方踅往五马路王公馆前，举手推敲，铜铃即响，立候一会才见开门。阿珠见开门的是厨子，更不打话，直进客堂。却被厨子喝住道："老爷勿来里，楼浪去做啥？"

阿珠回答不出，进退两难。幸而王莲生的侄儿适因闻声，跑下楼梯，问阿珠："阿有啥闲话？"阿珠略叙大概，却为楼上张蕙贞听见，喊阿珠上楼进房。阿珠叫声"姨太太"，循规侍立。

蕙贞正在裹脚，务令阿珠坐下，问起武小生小柳儿一节。阿珠心中怀恨，遂倾筐倒箧而出之。蕙贞得意到极处，说一场，笑一场。

尚未讲完，王莲生已坐轿归家，一见阿珠，殊觉诧异，问蕙贞说笑之故。蕙贞历述阿珠之言，且说且笑。莲生终究多情，置诸不睬。

阿珠未便再讲，始说到切己事情，道："公阳里周双珠要添娘姨，王老爷阿好荐荐我？"莲生初意不允。阿珠求之再三，莲生只得给与一张名片，令其转恳洪善卿。

阿珠领谢而去。因天色未晚，阿珠就往公阳里来。只见周双珠家门首早停着两肩出局轿子,想其生意必然兴隆。当下寻了阿金,问:"洪老爷阿来里?"阿金道是王莲生所使,不好怠慢,领至楼上周双玉房间台面上。席间仅有四位,系陈小云、汤啸庵、洪善卿、朱淑人。阿珠向来熟识,逐位见过,袖出王莲生名片,呈上洪善卿,说明委曲,坚求吹嘘。

善卿未及开言,周双珠道:"倪搭就是该个房里,巧囡一干仔做勿转,要添个人。耐阿要做做看末哉?"阿珠喜诺,即帮巧囡应酬一会,接取酒壶,往厨房去添酒。下得楼梯,未尽一级,猛可里有一幅洋布手巾从客堂屏门外甩进来,罩住阿珠头面。阿珠吃惊,喊问:"啥人?"那人慌的陪罪。阿珠认得是朱淑人的管家张寿,掷还手巾,暂且隐忍。

及阿珠添酒回来,两个出局金巧珍、林翠芬同时告行。周双珠亦欲归房,连叫阿金,不见答应,竟不知其何处去了。阿珠忙说:"我来。"一手拿了豆蔻盒,跟到对过房间。等双珠脱下出局衣裳,折叠停留,放在橱里。又听得巧囡高声喊手巾,阿珠知台面已散,忙来收拾。洪善卿推说有事,和陈小云、汤啸庵一哄散尽,止剩朱淑人一人未去。周双玉陪着,相对含笑,不发一言。

阿珠凑趣,随同巧囡避往楼下。巧囡引阿珠见周兰,周兰将节边下脚分拆股数先与说知,阿珠无不遵命。周兰再问问王莲生、沈小红从前相好情形,并道:"故歇王老爷倒叫仔倪双玉十几个局哚。"阿珠长叹一声,道:"勿是倪要说俚邱话,王老爷待到个沈小红再要好也无拨。"

一语未了,忽闻阿金儿子名唤阿大的,从大门外一路哭喊而入。巧囝拔步奔出。阿珠顿住嘴,与周兰在内探听。那阿大只有哭,说不明白。倒是间壁一个相帮特地报信道:"阿德保来浪相打呀,快点去劝哩!"

周兰一听,料是张寿,急令阿珠喊人去劝。不想楼上朱淑人得了这信,吓得面如土色,抢件长衫披在身上,一溜烟跑下楼来,周双玉在后叫唤,并不理会。

淑人下楼,正遇阿珠出房,对面相撞,几乎仰跌。阿珠一把拉住,没口子分说道:"勿要紧个!五少爷勿去哩!"

淑人发极,用力洒脱,一直跑去,要出公阳里南口,于转弯处望见南口簇拥着一群看的人,塞断去路。果然张寿被阿德保揪牢发辫,打倒在墙脚边,看的人嚷做一片。淑人便拨转身,出西口,兜个圈子,由四马路归到中和里家中,心头兀自突突地跳。张寿随后也至,头面有几搭伤痕,假说东洋车上跌坏的,淑人不去说破。张寿捉空央求淑人为之包瞒,淑人应许,却于背地戒饬一番。从此张寿再不敢往公阳里去,连朱淑人亦不敢去访周双玉。

倏经七八日,周双玉挽洪善卿面见代请,朱淑人始照常往来。张寿由羡生妒,故意把淑人为双玉开宝之事,当作新闻抵掌高谈。传入朱蔼人耳中,盘问兄弟淑人:"阿有价事?"淑人满面通红,垂头不答。蔼人婉言劝道:"白相相本底子勿要紧,我也一径教耐去白相。先起头周双玉就是我替耐去叫个局,耐故歇为啥要瞒我哩?我教耐白相,我有我个道理。耐白相仔原要瞒我,故倒勿对哉喔。"

淑人依然不答,蔼人不复深言。谁知淑人固执太甚,羞愧交并,竟致耐守书房,足不出户;惟周双玉之动作云为,声音笑貌,日往来于胸中,征诸咏歌,形诸梦寐,不浃辰而惓惓病矣。蔼人心知其故,颇以为忧,反去请教洪善卿、陈小云、汤啸庵三人。三人心虚踧踖,主意全无。会尹痴鸳在座,矍然道:"该号事体末,耐去同韵叟商量个哩。"

朱蔼人想也不差,即时叫把马车,请尹痴鸳并坐,径诣一笠园谒见齐韵叟。尹痴鸳先正色道:"我替耐寻着仔一桩天字第一号个生意来里,耐阿要谢谢我?"齐韵叟不解所谓。朱蔼人当把兄弟朱淑人的怕羞性格,相思病根,历历叙出原由,求一善处之法。韵叟呵呵笑道:"故末啥要紧嘎!请俚到我园里来,叫仔周双玉一淘白相两日末,好哉。"痴鸳道:"阿是耐个生意到哉,我末赛过做仔捐客。"韵叟道:"啥个捐客?耐末就叫拆梢。"大家哄然大笑。

韵叟定期翌日,请其进园养疴,蔼人感谢不尽。痴鸳道:"耐自家倒勥来,俚看见仔阿哥,规规矩矩勿局个。"韵叟道:"我说俚病好仔,要紧搭俚定亲。"

蔼人都说是极,拱手兴辞,独自一个乘车回家,急至朱淑人房中,问视毕,设言道:"高亚白说,该个病该应出门去散散心。齐韵叟就请耐明朝到俚园里白相两日,我想可以就近诊脉,倒蛮好。"淑人本不愿去,但不忍拂阿哥美意,勉强应承。蔼人乃令张寿收拾一切应用物件。

次日是八月初五,日色平西,接得请帖,挽起淑人中堂上轿,抬往一笠园门首,齐府管家引领轿班直进园中东北角,一带湖房前停下。

齐韵叟迎出，声说不必作揖。淑人虚怯怯的下轿，韵叟亲手相扶，同至里间卧房，安置淑人于大床上。房中几案、帷幕以及药铫、香炉、粥盂、参罐，位置井井，淑人深致不安。韵叟道："勿客气，耐困歇罢。"说毕，吩咐管家小心伺候，竟自踅出水阁去了。

淑人落得安心定神，朦胧暂卧。忽见面东窗外湖堤上，远远地有一个美人，身穿银罗衫子，从萧疏竹影内姗姗其来，望去绝似周双玉，然犹疑为眼花所致，讵意那美人绕个圈子，走入湖房。淑人近前逼视，不是周双玉更是何人？

淑人始而惊讶，继而惶惑，终则大悟大喜，不觉说一声道："噢！"双玉立于床前，眼波横流，嫣然一盼，忙用手帕掩口而笑。淑人挣扎起身，欲去拉手。双玉倒退避开。淑人没法，坐而问道："耐阿晓得我生个病？"双玉忍笑说道："耐个人末也少有出见个！"淑人问是云何，双玉不答。

淑人央及双玉过来，手指床沿，令其并坐。双玉见几个管家皆在外间，努嘴示意，不肯过来。淑人摇摇手，又合掌膜拜，苦苦的央及。双玉踌躇半响，向桌上取茶壶筛了半钟薏仁茶送与淑人，趁势于床前酒杌上坐下。于是两人唧唧切切，对面长谈。谈到黄昏时候，淑人绝无倦容，病已去其大半。管家进房上灯，主人竟不再至，亦不见别个宾客。这夜双玉亲调一剂"十全大补汤"给淑人服下，风流汗出，二竖潜逃，但觉脚下稍微有些绵软。

齐韵叟得管家报信，用一乘小小篮舆往迎淑人，相见于凰仪水阁。淑人作揖申谢，韵叟不及阻止，但诫以后不得如此繁文。淑人只得领命,又与高亚白、尹痴鸳拱手为礼,相让坐定。

正欲闲谈,苏冠香和周双玉携手并至。齐韵叟想起,向苏冠香道:"姚文君、张秀英阿要去叫得来陪陪双玉?"冠香自然说好。韵叟随令管家传唤夏总管,当面命其写票叫局,夏总管承命退下。韵叟转念,又唤回来,再命其发帖请客,请的是史天然、华铁眉、葛仲英、陶云甫四位,夏总管自去照办。

朱淑人特问高亚白饮食禁忌之品,亚白道:"故歇病好仔,要紧调补,吃得落末最好哉,无啥禁忌。"尹痴鸳插说道:"耐该应问双玉,双玉个医道比仔亚白好。"朱淑人听说,登时面红,无处藏躲。齐韵叟知他腼腆,急用别话叉开。

须臾,管家通报:"陶大少爷来。"随后陶云甫、覃丽娟并带着张秀英接踵而入,见了众人,寒暄两句。陶云甫就问朱淑人:"贵恙好哉?"淑人独怕相嘲,含糊答应。

高亚白向陶云甫道:"令弟相好李漱芳个病倒勿局哩。"云甫惊问如何,亚白道:"今朝我来浪看,就不过一两日天哉。"云甫不禁慨叹,既而一想,漱芳既死,则玉甫的罣碍牵缠反可断绝,为玉甫计未始不妙,兹且丢下不提。

接着史天然、华铁眉暨葛仲英各带相好,陆续齐集。齐韵叟为朱淑人沉疴新愈,宜用酸辛等味以开其胃,特唤雇大菜司务,请诸位任意点菜,就于水阁中并排三只方桌,铺上台单,团团围坐,每位面前放着一把自斟壶,不待相劝,随量而饮。

齐韵叟犹嫌寂寞,问史天然道:"前回耐个《四书》叠塔倒无啥,再想想看,《四书》浪阿有啥酒令?"天然寻思不得。华铁眉道:"我想着个花样来里,要一个字有四个音,用《四书》句子做引证,像个'行'字:

> "行己有耻,音蘅。公行子,音杭。行行如也,音笐。夷考其行,下孟切。

"阿好?"高亚白道:"有个'敦'字,好像十三个音哚,限定仔《四书》浪就难哉。我是一个说勿出。"朱淑人道:"《四书》浪'射'字倒是四个音:

> "射不主皮,神夜切。弋不射宿,音实。矧可射思,音约。在此无射,音妒。"

席间同声称赞道:"再要想一个倒少哩!"葛仲英道:"三个音末,《四书》浪勿少。'齐''华''乐''数',可惜是三个音。"尹痴鸳忽抵掌道:"还有两个,一个'辟'字,一个'从'字:

> "相维辟公,音璧。放辟邪侈,音僻。贤者辟世,音避。辟如登高,音譬。

> "从吾所好,墙容切。从者见之,才用切。从容中道,七恭切。从之纯如也,音纵。

"一部《四书》,我才想过哉,无拨第五个字。"齐韵叟却掀髯道:"我倒有一个字,五个音哚。"席间错愕不信,韵叟道:"请诸位吃杯酒,我说。"大家饮讫候教。

韵叟未言先笑道:"就是痴鸳说个'辟'字,璧、僻、避、譬四音之外,还有'欲辟土地'一句,注与'闢'同,当读作'别亦切'。阿是五个音?"席间尽说:"勿差。"高亚白做势道:"一部《四书》才想过哉呀,陆里钻出个'辟'字来?吓得我也实概辟一跳!"尹痴鸳道:"比仔说勿出总强点。"陶云甫四顾微哂,道:"倪说勿出也有两个来浪。"痴鸳乘势分辨道:"说勿出是无啥要紧,单有俚末,自家说勿出倒说啥十三个音,海外得来!"说得席间拍手而笑,皆道痴鸳利口,捷于转圜。

华铁眉复道:"再有个花样:举《四书》句子,要首尾同字而异音,像'朝将视朝'一句样式,故末《四书》浪好像勿少。"齐韵叟道:"'朝将视朝',可以对'王之不王'。"史天然道:"'治人不治',也可以对。"朱淑人说:"'乐节礼乐'。"葛仲英说:"'行尧之行'。"高亚白随口就说:"'行桀之行'。"尹痴鸳道:"耐末单会抄别人个文章,再有'乐骄乐''乐宴乐'阿要一淘抄得去?"亚白笑道:"价末'弟子入则孝出则弟'阿好?"痴鸳道:"忒噜苏哉! 我说'与师言之道与'。"

以下止剩陶云甫一个。云甫沉吟半晌,预告在席道:"有是有一句,噜苏个哩。"大家问是那句,云甫恰待说出,讵意刺斜里叉出来把陶云甫话头平空剪住。

第四十一回终。

第四十二回

拆鸳交李漱芳弃世　急鸽难陶云甫临丧

按：陶云甫要说《四书》酒令之时，突然侍席管家引进一个脚夫，直造筵前。云甫认识系兄弟陶玉甫的轿班，问他何事。那轿班鞠躬附耳，悄地禀明一切。云甫但道："晓得哉，就来。"那轿班也就退去。

高亚白问道："阿是李漱芳个凶信？"云甫道："勿是；为仔玉甫个病。"亚白诧异道："玉甫无啥病啘。"云甫攒眉道："玉甫是自家来浪要生病！漱芳生仔病末，玉甫竟衣不解带个伏侍漱芳，连浪几夜天勿曾困，故歇也来浪发寒热。漱芳个娘教玉甫去困，玉甫定归勿肯，难末漱芳个娘差仔轿班来请我去劝劝玉甫。"

齐韵叟点头道："玉甫、漱芳才难得，漱芳个娘倒也难得。"云甫道："越是要好末，越是受累！玉甫前世里总欠仔俚哚几花债，今世来浪还。"合席听了，皆为太息。

云甫本意欲留下翟丽娟侍坐和兴，丽娟不肯，早命娘姨收起银水烟筒、豆蔻盒子。云甫深为抱歉，遍告失陪之罪。尹痴鸳道："耐个噜苏句子说仔出来，夠一淘带得去。"云甫乃说是"食饐而餲，鱼馁而肉败不食"十一字，说罢作别。齐韵叟送至帘前而止。

陶云甫、翟丽娟下阶登轿，另有两个管家掌着明角灯笼平列前行,导出门首。两肩轿子离了一笠园,望着四马路滔滔遄返。罩丽娟自归西公和里,陶云甫却往东兴里李漱芳家。及门下轿,趸进右首李浣芳房间,大阿金睃见跟去;加过茶碗,更要装烟。云甫挥去,令他:"喊二少爷来。"大阿金应命去喊。

约有半刻时辰,陶玉甫才从左首李漱芳房间趑趄而至,后面随着李浣芳,见过云甫,默默坐下。云甫先问漱芳现在病势。玉甫说不出话,摇了摇头,那两眼眶中的泪已纷纷然如脱线之珠,仓猝间不及取手巾,只将袖口去掩。浣芳爬在玉甫膝前,扳开玉甫的手,怔怔的仰面直视。见玉甫吊下泪痕,浣芳哇的失声便哭。大阿金呵禁不住,仍须玉甫叫他勤哭,浣芳始极力含忍。

云甫睹此光景,亦觉惨然,宛转说玉甫道:"漱芳个病也可怜,耐一径住来浪伏侍伏侍,故也无啥,不过总要有点淘成末好。我听见说耐来浪发寒热,阿有价事?"

玉甫呆着脸,眼注地板,不则一声。云甫再要说时,却闻李秀姐口音,在左首帘下低叫两声"二少爷"。玉甫惶急,撇下云甫,一溜奔过,浣芳紧紧相随。云甫因有心看其病势,也蹑过左首房间,隔着圆桌望去。只见李漱芳坐在大床中,背后垫着几条绵被,面色如纸,眼睛似闭非闭,口中喘急气促;玉甫靠在床前,按着漱芳胸脯,缓缓往下揉挪;阿招蹲在里床,执着一杯参汤;秀姐站在床隅,秉着洋烛手照;浣芳挤上去,被秀姐赶下来,掩在玉甫后面偷眼张觑。

云甫料病势不妙,正待走开,忽觉漱芳喉咙嚼的声响,吐出一口稠痰。秀姐递上手巾就口承接,轻轻拭净。漱芳气喘似乎稍定,阿招将银匙舀些参汤候在唇边。漱芳张口似乎吸受,虽喂了四五匙,仅有一半到肚。玉甫亲切问道:"耐心里阿好过?"连问几遍,漱芳似乎抬起眼皮,略瞟一瞟,旋即沉下。

玉甫知其厌烦,抽身起立。秀姐回头放下手照,始见陶云甫在前,慌说道:"阿唷! 大少爷也来里? 该搭龌龊煞个,对过去请坐哩。"

云甫方转步出房,秀姐令阿招下床留伴,自与玉甫、浣芳一齐拥过右首房间。大家都不入座,立在当地,你望着我,我望着你。浣芳只怔怔的看看这个面色,看看那个面色,盘旋踧躞,不知所为。

还是秀姐开言道:"漱芳个病是总归勿成功哉哩! 起初倪才来浪望俚好起来,故歇看俚样式,勿像会好,故也是无法子。难俚末勿好,倪好个人原要过日脚,阿有啥为仔俚说勤活哉? 无拨该个道理啘,大少爷阿对?"

玉甫在傍听到这里,从丹田里提起一口气,咽住喉管,竟欲哭出声来,连忙向房后溜去。云甫只做不知。秀姐又道:"漱芳病仔一个多月,上上下下害仔几花人! 先是一个二少爷,辛苦仔一个多月,成日成夜陪仔俚,困也无拨困。今朝我摸摸二少爷头浪好像有点寒热,大少爷倒要劝劝俚末好。我搭二少爷说过歇,漱芳死仔,原要耐二少爷照应点我。我看出个二少爷真真像是我亲人一样,故歇漱芳末病倒仔,二少爷再要生仔病,难末那价呢?"

云甫听了,蹙颈沉思,迟回良久,复令大阿金去喊二少爷。大阿金寻到左首房间,并不在内,问阿招,说"勿来"。谁知玉甫竟在后面秀姐房里面壁而坐,呜呜饮泣,浣芳也哭着,拉衣扯袖,连声叫"姐夫夠哭唓"。大阿金寻着了,说:"大少爷喊耐去。"

玉甫勉强收泪,消停一会,仍挈浣芳出至右首房间,坐在云甫对面。秀姐侧坐相陪。云甫乃将正言开导一番,说男子从无殉节之理,就算漱芳是正室,止可以礼节哀,况名分未正者乎?

玉甫不待词毕而答道:"大哥放心!漱芳有勿多两日哉,我等俚死仔,后底事体舒齐好仔,难末到屋里,从此勿出大门末哉。别样个闲话,大哥夠去听。漱芳也苦恼,生仔病无拨个称心点人伏侍俚,我为仔看勿过,说说罢哉。"云甫道:"我说耐也是个聪明人,难道想勿穿?照耐实概说也无啥;不过耐有点寒热,为啥勿困?"玉甫满口应承道:"日里向困勿着,难要困哉,大哥放心。"

云甫没话,将行。秀姐却道:"再有句闲话商量,前两日漱芳样式勿好末,我想搭俚冲冲喜,二少爷总望俚好,勿许做。难故歇要去做哉唓,再勿做常恐来勿及。"云甫道:"故是做来浪末哉,就好仔也勿要紧。"说着起身。玉甫亦即侍立要送,浣芳只恐玉甫跟随同去,拦着不放。云甫也止住玉甫,坚嘱避风早睡。秀姐送出房来。

云甫向秀姐道:"玉甫也勿大明白,倘然有啥事体末,耐差个人到西公和答应我,我来帮帮俚。"秀姐感谢不尽。云甫并吩咐玉甫的轿班,令其不时通报。秀姐直送出大门外,看着上轿方回。

云甫还不放心,到了西公和里罩丽娟家,就差个轿班:"去东兴里打探二少爷阿曾困。"等够多时,轿班才回,说:"二少爷困末困哉,咿来浪发寒热。"云甫更令轿班去说:"受仔寒气,倒是发泄点个好,须要多盖被头,让俚出汗。"轿班说过返命。云甫吃了稀饭,和覃丽娟同床共寝。

次早睡醒,正拟问信,恰好玉甫的轿班来报说:"二少爷蛮好来浪,先生也清爽仔点。"云甫心上略宽,起身洗脸,又值张秀英的娘姨为换取衣裳什物,从一笠园归家,顺赍一封齐韵叟的便启,请云甫晚间园中小叙,且询及李漱芳之病。云甫令娘姨以名片回复,说:"晚歇无啥事体末来。"

不料娘姨去后,敲过十二点钟,云甫午餐未毕,玉甫的轿班飞报,李漱芳业已去世。云甫急的是玉甫,丢下饭碗,作速坐轿前赴东兴里,一路打算,定一处置之法;迨至门首,即命轿班去请陈小云、汤啸庵两位到此会话。

云甫迈步进门,只见左首房间六扇玻璃窗豁然洞开,连门帘也揭去,烧得落床衣及纸钱、银箔之属,烟腾腾地直冲出天井里,随风四散。房内一片哭声,号啕震天,还有七张八嘴吆喝收拾的,听不清那个为玉甫声音。

适遇相帮桂福卸下大床帐子,胡乱卷起,搢出房来,见了云甫,高声向内喊道:"大少爷来里哉。"云甫且往右首房间,兀坐以待。忽听得李秀姐极声嚷道:"二少爷勥哩!"随后一群娘姨、大姐飞奔拢去。轿班等都向窗口探首观望,不知为着甚事。

接着秀姐、娘姨、大姐围定玉甫,前面挽,后面推,扯拽而出。玉甫哭的喉音尽哑,只打干噎,脚底下不晓得高低,跌跌撞撞进了右首房间。云甫见玉甫额角为床栏所磕,坟起一块,跺脚道:"耐像啥样子嗄!"

玉甫见云甫发怒,自己方渐渐把气遏抑下去,背转身,挺在椅上。秀姐正拟商量丧事,阿招在客堂里叫秀姐道:"无姆来看哩,浣芳还来浪叫阿姐,要爬到床浪去拉起来。"秀姐慌的复去挈过浣芳,浣芳更哭的似泪人一般。秀姐埋冤两句,交与玉甫看管。

恰值轿班请的陈小云到了,云甫招呼迎见。小云先道:"啸庵为仔朱淑人亲事,到仔杭州去哉。耐请俚啥事体?"云甫乃说出拜托丧事帮忙之意,小云应诺。

云甫转向玉甫朗朗说道:"故歇死末是死个哉,耐也勿懂啥事体,就来里该搭也无啥用场。我说末托小云去代办仔,我同耐两家头走开点。"玉甫发极道:"故末阿哥再放我四五日阿好?"刚说一句,又哭的接不下。

云甫道:"勿呀,故歇去仔晚歇再来末哉呀。我是教耐去散散心。"秀姐倒也撺掇道:"大少爷同得去散散心,蛮好。二少爷来里,我也有点勿放心。"小云调停道:"散散心也无啥。倘然有啥事体末,我来请耐。"玉甫被逼不过,垂首无言。云甫就喊打轿,亲手搀了玉甫同行,说:"倪到对过西公和去。"

浣芳听说对过,只道他们去看漱芳,先自跑过左首房间,阿招要挡不及。既而浣芳候之不至,又茫茫然跑出客堂。玉甫方在门首上轿,浣芳顾不得什么,哭着喊着,一直跑出大门,狠命的将头颅望轿杠乱碰。犹幸秀姐眼快,赶紧追上,拦腰抱起,浣芳还倔强作跳。玉甫道:"让俚一淘去仔罢。"秀姐应许放手。浣芳得隙,伏下身子,钻进轿内,和玉甫不依,经玉甫好言抚慰而罢。

轿班抬往西公和里罩丽娟家。云甫出轿,领玉甫暨浣芳登楼进房。丽娟见玉甫、浣芳泪眼未干,料为漱芳新丧之故。外场绞上手巾,云甫命多绞两把给浣芳揩。丽娟索性叫娘姨舀盆面水,移过梳具,替浣芳刷光头发,并劝其傅些脂粉,浣芳情不可却。玉甫坐在烟榻上,忽睡忽起,没个着落。

不多时,陈小云来寻,坐而问道:"棺材末有现成个来浪,一个婺源板,也无啥;一个价钱大点,故末是楠木。用陆里一个?"玉甫说:"用楠木。"云甫遂不开口。小云道:"所用衣裳开好一篇帐来里,俚哚要用凤冠霞帔末如何?"玉甫回答不出,望着云甫。云甫道:"故也无啥,总归玉甫就不过豁脱两块洋钱,姓李个事体与陶姓无涉。随便俚哚要用啥,让俚哚用末哉。"小云又诉说:"阴阳先生看个,初九午时入殓,未时出殡,初十申时安葬。坟末来浪徐家汇,明朝就叫水作下去打圹,倒也要紧哉。"云甫、玉甫同声说"是"。小云说毕去了。

黄昏时候,玉甫想起一件事来,须去交代。云甫力阻不听,只得相陪乘轿同去。浣芳自然从行,仍和玉甫合坐一轿。及至东兴里李漱芳家看时,漱芳尸身早经载出,停于客堂中央,挂着蓝布孝幔,灵前四众尼姑对坐讽经。左首房间保险灯点得雪亮,有六七个裁缝摆开作台赶做孝白。陈小云在右首房间,正与李秀姐检点送行衣。

玉甫见这光景,一阵心酸,那里熬得,背着云甫,径往后面李秀姐房中,拍凳捶台,放声大恸。再有浣芳一唱一和,声彻于外。李秀姐急欲进劝,反是云甫叫住,道:"耐倒勿去劝俚,单是哭还勿要紧,让俚哭出点个好。"秀姐因令大阿金准备茶汤伺候。

比送行衣检点停当,后面哭声依然未绝,但不像是哭,竟是直声的叫喊。云甫道:"难去劝罢。"秀姐进去,果然一劝便止,并出前边,洗过脸,漱过口。浣芳团团圈牢玉甫,刻不相离。

玉甫略觉舒和,即问秀姐入殓头面。秀姐道:"头面是勿少来浪,就缺仔点衣裳。"玉甫道:"俚几对珠花同珠嵌条,才勿对,单喜欢帽子浪一粒大珠子,原拿得来做仔帽正末哉。再有一块羊脂玉珮,俚一径挂来哚钮子浪,故末让俚带仔去,勿忘记。"秀姐说:"晓得哉。"

玉甫心中有多少事,一时却想不起。云甫乃道:"耐要哭末,随便啥辰光到该搭来哭末哉,倒也无啥;就不过夜头勿住来浪,耐同我到西公和去。西公和赛过是间壁,耐有啥闲话就可以来,俚哚也好来请耐,大家蛮便,阿对?"

玉甫知道是好意,不忍违逆,一概依从。云甫当请陈小云西公和便夜饭。秀姐坚意款留,云甫道:"倪勿是客气,为仔该搭吃总勿舒齐。"秀姐道:"倪自办菜烧好来浪,送过来阿好?"

云甫应受。临行,又被浣芳拦着玉甫不放。云甫笑道:"原一淘去末哉。"浣芳尚紧拉玉甫衣襟,不肯坐轿。于是小云、云甫前后遮护,一同步行。

刚至覃丽娟家,相帮桂福提着竹丝罩笼随后送到,摆在楼上房里,清清楚楚,四盆四碗。云甫令丽娟、浣芳入席共饮,玉甫仍滴酒不闻。小云公事未了,毫无酒兴,甫及三巡,就和玉甫、浣芳先偏吃饭,独有丽娟陪着云甫杯杯照干。云甫欲以酒为消愁遣闷之计,吃到醺然,方才告罢。小云饭后即行。云甫已向丽娟计定,腾出亭子间为玉甫安榻。

这一夜玉甫为思穷望绝,无可奈何,反得放下身心,鼾鼾一觉。只有浣芳睡在玉甫身傍,梦魂颠倒,时时惊醒。

初八早晨,浣芳睡梦中欻地哭喊:"阿姐,我也要去个呀!"玉甫忙唤醒抱起。浣芳还痴着脸,呜咽不止。玉甫并不根问,相与着衣下床,又惊动了云甫、丽娟,也比往常起的较早。

吃过点心,玉甫要去东兴里看看,云甫终不放心,相陪并往。浣芳亦随来随去,分拆不开。玉甫自早至晚,往返三次,恸哭三场,害得个云甫焦劳备至。

第四十二回终。

第四十三回

入其室人亡悲物在　信斯言死别冀生还

按:到了八月初九这日,陶云甫浓睡酣时,被炮声响震而醒。醒来遥闻吹打之声,道是失聪,连忙起身。覃丽娟惊觉,问:"做啥?"云甫道:"晚哉呀。"丽娟道:"早得势哩。"云甫道:"耐再困歇,我先起来。"遂唤娘姨进房,问:"二少爷阿曾起来?"娘姨道:"二少爷是天亮就去哉,轿子也勿坐。"

云甫洗脸漱口,赶紧过去。一至东兴里口,早望见李漱芳家门首立着两架矗灯,一群孩子往来跳跃看热闹。

云甫下轿进门,只见客堂中灵前桌上,已供起一座白绫位套,两旁一对茶几八字分排,上设金漆长盘,一盘凤冠霞帔,一盘金珠首饰。有几个乡下女客,徘徊瞻眺,啧啧欣羡,都说"好福气";再有十来个男客,在左首房间高谈阔论,粗细不伦,大约系李秀姐的本家亲戚,料玉甫必不在内。云甫趲进右首房间,陈小云方在分派执事夫役,拥做一堆,没些空隙。靠壁添设一张小小帐台,坐着个白须老者,本系帐房先生,摊着一本丧簿,登记各家送来奠礼。见了云甫,那先生垂手侍立,不敢招呼。云甫向问玉甫何在,那先生指道:"来里该首。"

云甫转身去寻,只见陶玉甫将两臂围作栲栳圈,伏倒在圆桌上,埋项匿面,声息全无,但有时头忽闪动,连两肩望上一掀。云甫知是吞声暗泣,置之不睬,等夫役散去,才与小云斯见。云甫向小云说,意欲调开玉甫。小云道:"故歇陆里肯去,晚歇完结仔事体看。"云甫道:"等到啥辰光嗄?"小云道:"快哉,吃仔饭末,就端正行事哉。"

云甫没法,且去榻床吸鸦片烟。须臾,果然传呼开饭,左首房间开了三桌,自本家亲戚以及引礼、乐人、炮手之属,挤得满满的;右首房间止有陈小云、陶云甫、陶玉甫三人一桌。

正待入座,只见覃丽娟家一个相帮进房。云甫问他甚事,相帮说是送礼,袖出拜匣呈上帐台,匣内代楮一封,夹着覃丽娟的名片。云甫觉得好笑,不去理会。接连又有送礼的,戴着紫缨凉帽,端盘来了。

云甫认识是齐韵叟的管家,慌的去看,盘内三分楮锭绌,三张素帖,却系苏冠香、姚文君、张秀英出名。云甫笑向管家道:"大人真真格外周到,其实何必呢?"管家应是,复禀道:"大人说,倘然二少爷心里勿开爽末,请到倪园里去白相相。"云甫道:"耐转去谢谢大人,停两日二少爷本来要到府面谢。"管家连应两声是,收盘自去。

三人始各就位。小云因下面一位空着,招呼帐房先生,那先生不肯,却去叫出李浣芳在下相陪。玉甫不但戒酒,索性水米不沾牙。云甫亦不强劝,大家用些稀饭而散。

饭后,小云径往外面去张罗诸事。玉甫怕人笑话,仍掩过一边。云甫见浣芳穿一套缟素衣裳,娇滴滴越显红白,着实可怜可爱,特地携着手,同过榻床前,随意说些没要紧的闲话。浣芳平日灵敏非常,此时也呆瞪瞪的,问一句,答一句。

正说间,突然一人从客堂吆喝而出,天井里四名红黑帽便喝起道来。随后大炮三升,金锣九下,吓得浣芳向房后奔逃,玉甫早不知何往。云甫起立探望,客堂中密密层层,千头攒动,万声嘈杂,不知是否成殓。一会儿又喝道一遍,敲锣放炮如前,穿孝亲人暨会弔女客同声举哀。云甫退后躺下,静候多时,听得一阵鼓钹,接着钟铃摇响,念念有词,谅为殓毕洒净的俗例。

洒净之后,半晌不见动静。云甫再欲探望,小云忽挤出人丛,在房门口招手。云甫急急趋出,只见玉甫两手扳牢棺板,弯腰曲背,上半身竟伏入棺内,李秀姐竭尽气力,那里推挽得动。云甫上前,从后抱起,强拉到房间里。外面登时锣炮齐鸣,哭喊竞作。盖棺竣事,看的人遂渐渐稀少。

于是吹打赞礼,设祭送行。云甫把守房门,不许玉甫出外。自立嗣兄弟、浣芳妹子、阿招大姐及楼上两个讨人,一一拜过,然后许多本家亲戚男女客陆续各拜如礼。小云赶出大门,指手划脚点拨,夫役拥上客堂,撤去祭桌,络起绳索。但闻一声炮响,众夫役发喊上肩,红黑帽敲锣喝道,与和尚鼓钹之声,先在弄口等候。这里丧舆方缓缓启行,秀姐率合家眷等步行哭送。本家亲戚或送或不送,一哄而去。

玉甫乘乱,欻地钻出云甫肋下,云甫看见拉回。玉甫没奈何,跌足发恨。云甫道:"耐故歇去做啥?明朝我同耐徐家汇去一埭,故末是正经。故歇就送到仔船浪,一点无拨事体,做啥嗄?"

玉甫听说的不差,只得罢休。云甫即要拉往西公和,玉甫定要俟送丧回来始去,云甫也只得依从。不意等之良久杳然。

玉甫想着漱芳所遗物事,未稔秀姐曾否收拾,背着云甫,亲往左首房间要去查看。跨进门槛,四顾大惊,房间里竟搬得空落落的,一带橱箱都加上锁,大床上横堆着两张板凳,挂的玻璃灯打碎了一架,伶伶仃仃欲坠未坠,壁间字画亦脱落不全,满地下鸡鱼骨头尚未打扫。

玉甫心想漱芳一死,如此糟塌,不禁苦苦的又哭一场。云甫在右首房间并未听见,任玉甫哭个尽情。玉甫一路哭至床前,忽见乌黑的一团,从梳妆台下滚出,眼前一瞥,顷刻不见。玉甫顿发一怔,心想莫非漱芳魂灵现此变异,使我勿哭,因此不劝自止。

适值陈小云先回,玉甫趋见问信。小云道:"船浪才舒齐,明朝开下去。耐末明朝吃仔中饭,坐马车到徐家汇好哉。"

云甫甚不耐烦,不等轿班,连催玉甫快走。玉甫步出天井,却有一只乌云盖雪的猫,蹲着水缸盖上,侧转头咬嚼有声。玉甫恍然,所见乌黑的一团,即此众生作怪,叹一口气,径跟云甫踅往西公和里覃丽娟家。

那时愁云黯黯,日色无光,向晚,就濛濛的下起雨来。云甫气闷已甚,点了几色爱吃的菜,请陈小云事毕过来小饮。小云带了李浣芳同来,玉甫诧问何事,小云道:"俚要寻姐夫呀,搭俚无姆噪仔一歇哉。"

浣芳紧靠玉甫身边,悄悄诉道:"姐夫阿曾晓得?阿姐一干仔来里船浪,倪末倒才转来哉,连搭仔桂福也跑仔起来。晚歇拨陌生人摇仔去,故末陆里去寻喤?"小云、云甫听说,不觉失笑,玉甫仍以好言抚慰。覃丽娟在傍,点头赞叹道:"俚无拨仔阿姐也苦恼!"云甫嗔道:"耐阿是来浪要俚哭?刚刚哭好仔勿多歇,耐再要去惹俚。"

丽娟看浣芳当真水汪汪含着一泡眼泪,不曾哭出,忙换笑脸,挈浣芳的手过自己身边,问其年纪几岁,啥人教个曲子,大曲教仔几只,一顿搭讪,直搭讪到搬上晚餐始罢。云甫和小云对酌,丽娟稍可陪陪,玉甫、浣芳先自吃饭。云甫留心玉甫一日所食,仅有半碗光景,虽不强劝,却体贴说道:"今朝耐起来得早,阿要困?先去困罢。"

玉甫亦觉无味,趁此同浣芳辞往亭子间,关上房门,推说困哉。其实玉甫这些时像土木偶一般,到了亭子间,只对着一盏长颈灯台,默然闷坐。浣芳相偎相倚,也像有甚心事,注视一处,目不转睛。半日,浣芳忽道:"姐夫听哩!故歇雨停仔点哉,倪到船浪去陪陪阿姐,晚歇原到该搭来,阿好?"玉甫不答,但摇摇头。浣芳道:"勿碍个呀,勥拨俚哚晓得末哉。"玉甫因其痴心,愈形悲楚,一气奔上,两泪直流。浣芳见了,失声道:"姐夫为啥哭嗄?"玉甫摇摇手,叫他"勥响"。

浣芳反身抱住玉甫,等玉甫泪干气定,复道:"姐夫,我有一句闲话,耐勥去告诉别人,阿好?"玉甫问:"啥闲话?"浣芳道:"昨日帐房先生搭我说:阿姐就不过去一堧,去仔两礼拜,原到屋里来。阴阳先生看好日脚来浪,说是廿一末定归转来个哉。帐房先生是老实人,说来浪闲话一点点无拨差!俚还教我勥哭,阿姐听见哭,常恐勿肯来。再教我勥去同别人说,说穿仔,倒勿许阿姐来哉。姐夫难勥哭哩,故末让阿姐转来呀。"

玉甫听完这篇话,再也忍不住,呜呜咽咽大放悲声,浣芳极的跺脚叫唤。一时惊动小云、云甫,推进门去,看此情形,小云呵呵一笑。

云甫攒眉道:"耐阿有点淘成!"玉甫狠命收捺下去。覃丽娟令娘姨舀盆水来,并嘱道:"二少爷捕仔面困罢,今朝辛苦仔一日哉。"说毕皆去。娘姨送上面水,玉甫洗过,再替浣芳揩一把。娘姨掇盆去后,玉甫就替浣芳宽衣上床,并头安睡。初时甚是清醒,后来渐次薨腾,连陈小云辞别归去也一概不闻。

次早起身,天晴日出,爽气迎人,玉甫拟独自溜往洋泾浜寻那载棺的船。刚离亭子间,为娘姨所拦,说是:"大少爷交代倪,教二少爷覅去。"一面浣芳又追出相随。玉甫料不能脱,只好归房,俟至午牌时分,始闻云甫咳嗽声。丽娟蓬头出房喊娘姨,望见玉甫、浣芳,招呼道:"才起来哉,房里来喤。"

玉甫挈浣芳并过前面房间,见了云甫,欲令轿班叫马车。云甫道:"吃仔饭去喊正好哦。"玉甫乃欲叫菜,云甫道:"叫来浪哉。"

玉甫方就榻床坐下,看着丽娟对镜新妆。丽娟向浣芳道:"耐个头也毛得来,阿要梳?我替耐梳梳罢。"浣芳含羞不要。云甫道:"为啥覅梳?耐自家去镜子里看,阿毛嘎?"玉甫帮着怂恿,浣芳愈形踢蹐。玉甫道:"熟仔点倒怕面重哉。"丽娟笑道:"勿要紧个,来喤。"一手挽过浣芳来梳,随口问其向日梳头何人。浣芳道:"原底子末阿姐,故歇是随便啥人。前日早晨,要换个湖色绒绳,无姆也梳仔一转。"

云甫惟恐闲话中打动玉甫心事,故意支说别事。丽娟会意,不复多言。玉甫虽呆脸端坐,意马心猿,无时或定,云甫岂不觉得。适外场报说："菜来哉。"云甫便令搬上楼来。浣芳梳的两只丫角，比丽娟正头终究容易，赶着梳好，一同吃饭。

饭后，玉甫更不耽延，亲喊轿班叫了马车，伺于弄口。云甫没法，和玉甫、浣芳即时动身，一直驶往西南，相近徐家汇官道之旁，只见一座绝大坟山，靠尽头新打一圹，七八个匠人往来工作，流汗相属。圹前叠着一堆砖瓦，铺着一坑石灰，知道是了，相将下车。一个监工的相帮上前禀说："陈老爷也来个哉，才来里该首船浪。"

玉甫回头望去，相隔一箭多路，遂请云甫挈浣芳步至堤前。只见一排停着三号无锡大船，首尾相接，最大一号载着灵柩暨一班和尚，陈小云偕风水先生坐了一号，李秀姐率合家眷等坐了一号。

玉甫先送浣芳交与秀姐，才同云甫往小云坐的船上，拱手厮见，促膝闲谈。谈过半点多钟，风水先生道："是时候了。"小云乃命桂福传唤本地炮手，作速赴工；传令小工头点齐夫役，准备行事；传语秀姐，教浣芳等换上孝衫。当下风水先生前行，小云、云甫、玉甫跟到坟头。

不多时，炮声大震，灵柩离船，和尚敲动法器，叮叮当当，当先接引，合家眷等且哭且走，簇拥于后。玉甫目见耳闻，心中有些作恶，兀自挣扎，却不道天旋地转的一阵瞑眩，立刻眼前漆黑，脚底下站不定，仰翻身跌倒在地。吓得小云、云甫搀的搀，叫的叫。秀姐慌张尤甚，顾不得灵柩，飞奔抢上，掐人中，许神愿，乱做一堆。幸而玉甫渐渐苏醒开目，众人稍放些心。

风水先生指点侧首一座洋房，说系外国酒馆，可以勾留暂坐。秀姐、云甫听了,相与扶掖前往。维时皜皜秋阳,天气无殊三伏,玉甫本为炎热所致,既进洋房,脱下夹衫,已凉快许多,再吃点荷兰水,自然清爽没事。

玉甫见云甫出立廊下,乘间要溜,秀姐如何敢放。玉甫央及道:"让我去看看末哉;我无啥呀,耐放手哩。"秀姐没口子劝道:"故末二少爷哉,刚刚好仔点,再要去,倪个干己担勿起。"云甫隔壁听明,大声道:"耐阿是要吓杀人,静办点罢!"

玉甫无奈归座,焦躁异常,取腰间佩的一块汉玉,将指甲用力刻划,恨不得砸个粉碎。秀姐婉婉商略道:"我说二少爷,耐末坐来浪,我去看一埭。看俚哚做好仔,我教桂福来请耐,难末耐去看,阿是蛮好?"玉甫道:"价末快点去哩。"

秀姐请进云甫软款玉甫于洋房中,才去。玉甫由玻璃窗望到坟头,咫尺之间,历历在目,登科虞主,事事舒齐,再不想到个浣芳围绕坟旁,又哭又跳,不解其为甚缘故。恰遇桂福来请,云甫乃与玉甫离了外国酒馆,重至坟头。浣芳犹哭个不止,一见玉甫,连身扑上,只喊说:"姐夫,勿好哉呀!"玉甫问:"啥勿好?"浣芳哭道:"耐看哩!阿姊拨俚哚关仔里向去哉呀,难阿好出来嗄!"众人听着茫然,惟玉甫喻其痴意。浣芳复连连推搡玉甫,并哭道:"姐夫去说哩,教俚哚开个门来浪哩!"

玉甫无可抚慰,且以诳言掩饰。浣芳那里肯罢,转身扑到坟上,又起两手,将虞的石灰拚命爬开,水作更禁不得,还是秀姐去拉,始拉下来。秀姐原把浣芳交与玉甫看管,且道:"事体总算完结哉,请耐二少爷先转去,该搭有倪来里。"

玉甫想在此荒野亦属无聊,即时跟从云甫并坐马车,浣芳挤在中间,驶归四马路西公和里,一路尚被浣芳胡缠瞎闹。及进覃丽娟家门口,只听得楼上有许多人声音。云甫问外场,知为尹痴鸳亲送张秀英回家,连高亚白、姚文君咸在。云甫甚喜,领玉甫、浣芳上楼,先往覃丽娟房间略坐片刻,便往对过张秀英房间。

第四十三回终。

第四十四回

赚势豪牢笼歌一曲　　惩贪黩挟制价千金

按：高亚白、尹痴鸳一见陶云甫，动问李漱芳之事，云甫历陈大略。尹痴鸳闻陶玉甫在对过覃丽娟房间，特令娘姨相请。陶玉甫遂带李浣芳踅过张秀英房间，厮见坐定，高亚白力劝陶玉甫珍重加餐，尹痴鸳仅淡淡的宽譬两句。

玉甫最怕提起这些话，不由自主，黯然神伤。陶云甫忙搭讪问道："前日夜头《四书》酒令阿曾接下去？"尹痴鸳道："倪几日天添仔几几花花好酒令，耐说陆里一个？"高亚白道："就昨日倪大会，龙池先生想出个《四书》酒令也无啥。妙在不难不易，不少不多，通共六桌廿四位客，刚刚廿四根筹。"

云甫问其体例。亚白指痴鸳道："耐去问俚，有底稿来浪。"痴鸳道："勿晓得阿曾带出来，让我寻寻看。"遂取靴页子打开，恰好里面夹着三张诗笺，便是酒令。痴鸳抽出，送与云甫。云甫见诗笺上写着那酒令道：

　　平上入去天子一位　　平去入上殷鉴不远

　　平去上牺杀器皿　　平上去入能者在职

　　平去上入忠信重禄　　平入上去言必有中

　　上平去入使民战栗　　上去平入虎豹之鞟

上入平去五十而慕	上平入去淡而不厌
上去入平管仲得君	上入去平美目盼兮
去平上入譬诸草木	去上平入放饭流歠
去入平上大学之道	去平入上愿无伐善
去上入平好勇疾贫	去入上平进不隐贤
入平上去若时雨降	入上平去素隐行怪
入去平上百世之下	入平去上忽焉在后
入上去平或敢侮予	入去上平若圣与仁

陶云甫阅毕,沉吟道:"照实概样式再要拼俚廿四句,勿晓得《四书》浪阿有?"尹痴鸳一面收起诗笺,一面答道:"有倒还有,就不过行俚费事点。"高亚白道:"行起来最有白相,我自家末想勿着,想着仔多花句子才勿对,耐末也有多花勿对个句子来浪;大家说仔出来,陆里晓得耐个句子耐末勿对,我倒对哉,我个句子,耐也对哉。"陶云甫颔首微笑。

谁知这里评论酒令,陶玉甫已与李浣芳溜过覃丽娟房间,背人闷坐,丽娟差个娘姨去陪。高亚白低声向陶云甫道:"令弟气色有点涩滞,耐倒要劝劝俚保重点哩。"尹痴鸳接说道:"耐为啥勿同令弟到一笠园去白相两日,让俚散散心?"云甫道:"倪本来明朝要去。几日天,连搭仔我也无趣得势。"

痴鸳四顾一想,即命张秀英喊个台面下去,道:"今朝末我先请请俚,难得凑巧,大家相好才来里,刚刚八个人一桌。"云甫正待阻止,秀英早自应命,令外场去叫菜了。姚文君起立说道:"倪屋里有堂戏来浪,我先去做脱仔一出就来。"高亚白叮嘱:"快点。"文君乃不别而行。

那时晚霞散绮,暮色苍然。姚文君下楼坐轿,从西公和里穿过四马路,回至东合兴里家中。跨进门口,便仰见楼上当中客堂,灯火点得耀眼,憧憧人影,挤满一间,管弦钲鼓之声,聒耳得紧。文君问知为赖公子,也吃一惊,先踅往后面小房间见了老鸨大脚姚,喁喁埋怨,说不应招揽这癞头鼋。大脚姚道:"啥人去招揽嘎!俚自家跑得来寻耐,定归要做戏吃酒,倪阿好回报俚?"

文君无可如何,且去席间随机应变。迨上得楼梯,娘姨报说:"文君先生转来哉。"登时客堂内一群帮闲门客像风驰潮涌一般,赶出迎接,围住文君,欢叫喜跃。文君屹然挺立,瞠目而视。帮闲的那里敢罗唣,但说:"少大人等仔耐半日哉,快点来哩。"一个门客前行,为文君开路;一个门客掇过凳子,放在赖公子身后,请文君坐。

文君因周围八九个出局倌人系赖公子一人所叫,密密层层,插不下去,索性将凳子拖得远些。赖公子屡屡回头,望着文君上下打量。文君缩手敛足,端凝不动。赖公子亦无可如何。文君见赖公子坐的主位,上首仅有两位客,乃是罗子富、王莲生,胆子为之稍壮。其余二十来个不三不四,近似流氓,并未入席,四散鹄立,大约赖公子带来的帮闲门客而已。

当有一个门客趋近文君,鞠躬耸肩,问道:"耐做啥个戏?耐自家说。"文君心想做了戏就可托词出局,遂说做《文昭关》。那门客巴得这道玉音,连忙告诉赖公子,说文君做《文昭关》,并叙述《文昭关》

的情节与赖公子听。更有一个门客怂恿文君,速去后场打扮起来。

等到前面一出演毕,文君改装登场,尚未开口,一个门客凑趣,先喊声"好"。不料接接连连,你也喊好,我也喊好,一片声嚷得天崩地塌,海搅江翻。席上两位客,王莲生惯于习静,脑痛已甚;罗子富算是粗豪的人,还禁不得这等胡闹。只有赖公子捧腹大笑,极其得意,唱过半出,就令当差的放赏。那当差的将一卷洋钱散放巴斗内,呈赖公子过目,望台上只一撒,但闻索郎一声响,便见许多晶莹焜耀的东西满台乱滚。台下这些帮闲门客又齐声一号。

文君揣知赖公子其欲逐逐,心上一急,倒急出个计较来。当场依然用心的唱,唱罢落场,唤个娘姨于场后戏房中暗暗定议,然后卸妆出房,含笑入席。不提防赖公子一手将文君拦入怀中,文君慌的推开起立,佯作怒色,却又爬在赖公子肩膀悄悄的附耳说了几句。赖公子连连点头,道:"晓得哉。"

于是文君取把酒壶,从罗子富、王莲生敬起,敬至赖公子,将酒杯送上赖公子唇边,赖公子一口吸干。文君再敬一杯,说是成双,赖公子也干了。文君才退下归坐。

赖公子被文君挑逗动火,顾不得看戏,掇转屁股,紧对文君嘻开嘴笑,惟不敢动手动脚。文君故意打情骂俏,以示亲密。罗子富、王莲生皆为诧异,帮闲的更没见识,只道文君倾心巴结,信而不疑。

少顷,忽然有个外场高声向内说:"叫局。"娘姨即高声问:"陆里嘎?"外场说:"老旗昌。"娘姨转身向文君道:"难末好哉!三个局还勿曾去,老旗昌咿来叫哉。"文君道:"俚哚老旗昌吃酒,生来要天亮哚,晚点也无啥。"娘姨高声回说道:"来末来个,再有三个局转过来。"外场声喏下去。

赖公子听得明白,着了干急,问文君:"耐真个出局去?"文君道:"出局末阿有啥假个嘎。"赖公子面色似乎一沉,文君只做不知,复与赖公子悄悄的附耳说了几句。赖公子复连连点头,反催文君道:"价末耐早点去罢。"文君道:"正好,啥要紧嘎。"

俄延之间,外场提上灯笼,候于帘下,娘姨拎出琵琶、银水烟筒交代外场。赖公子再催一遍,文君嗔道:"啥要紧嘎,耐阿是来浪讨厌我?"赖公子满心鹘突,欲去近身掏摸,却恐触怒不美。文君临行,仍与赖公子悄悄的附耳说了几句,赖公子仍连连点头,这些帮闲门客眼睁睁看着姚文君飘然竟去,罗子富、王莲生始知文君用计脱身,不胜佩服。

赖公子并不介意,吃酒看戏,余兴未阑。却有几个门客攒聚一处,切切议论,一会推出一个上前请问赖公子,缘何放走姚文君。赖公子回说:"我自己叫他去,你不要管。"门客无言而退。

罗子富、王莲生等上到后四道菜,约会兴辞。赖公子不解迎送,听凭自便。两人联步下楼,分手上轿,王莲生自归五马路公馆。罗子富独往尚仁里黄翠凤家,大姐小阿宝引进楼上房间。黄翠凤、黄金凤皆出局未回,只有黄珠凤扭捏来陪。

俄而老鸨黄二姐上楼厮见,与罗子富说说闲话,颇不寂寞。黄二姐因问子富道:"翠凤要赎身哉呀,阿曾搭罗老爷说?"子富道:"说末

第四十一回・冲绣阁恶语牵三画

第四十二回・拆鸳交李漱芳弃世

第四十三回・信斯言死別冀生还

第四十四回・赚势豪牢笼歌一曲

第四十五回・成局忽翻虔婆失色

第四十六回・陪公祭重睹旧门庭

第四十七回・陈小云运遇贵人亨

第四十八回・欺复欺市道薄于云

说起歇,好像勿成功。"黄二姐道:"勿是个勿成功,俚哚自家赎身,要末勿说,说仔出来再有啥勿成功。阿是我勿许俚赎?我是要俚做生意,勿是要俚个人。倘然俚赎身勿成功,生来生意也勿高兴搭我做,阿是让俚赎个好?"

子富道:"价末俚为啥说勿成功?"黄二姐叹口气道:"勿是我要说俚,翠凤个人调皮勿过!倪开个把势,买得来讨人才不过七八岁,养到仔十六岁末做生意,吃着费用倒勢去说俚,样式样才要教拨俚末俚好会。罗老爷,耐说要费几花心血哚?价末生意倒也难说。倘然生意勿好,豁脱子本钱,再要白费心,故也无法子个事体。真真要运道末到哉,人末冲场也无啥,难末生意刚刚好点起来。比方有十个讨人,九个勿会做生意,单有一个生意蛮好,价末一径下来几花本钱生来才要俚一干子做出来个哉啘。罗老爷阿对?难故歇翠凤要赎身,俚倒搭我说,进来个身价一百块洋钱,就加仔十倍不过一千啘。罗老爷,耐说阿好拿进来个身价来比?"

子富道:"俚末说一千,耐要俚几花嘎?"黄二姐道:"我末自家良心天地,到茶馆里教众人去断末哉。俚一节工夫,单是局帐要做千把哚,客人办个物事,拨俚个零用洋钱才勿算,俚就拿仔三千身价拨我,也不过一年个局帐洋钱。俚出去做下去,生意正要好哚。罗老爷阿对?"

子富寻思半晌不语,珠凤乘间掩在靠壁高椅上打瞌铳。黄二姐一眼睃见,随手横挞过去。珠凤扑的一交,伏身跌下,竟没有醒,两手还向楼板上胡抓乱摸。子富笑问:"做啥?"连问两遍,珠凤挣出一句道:"沓脱哉呀!"黄二姐一手拎起来,狠狠的再挞一下,道:"沓脱仔耐个魂灵哉哩!"这一下才把珠凤挞醒,立定脚,做嘴做脸,侍于一傍。

黄二姐又向子富说道:"就像珠凤个样式,白拨饭俚吃,阿好做生意,有啥人要俚?原是一百也让俚去末哉啘。阿好说翠凤赎身末几花哚,珠凤倒也少勿来?"

子富道:"上海滩浪倌人身价,三千也有,一千也有,无拨一定个规矩。我说耐末推扳点,我末帮贴点,大家凑拢来,成功仔,总算是一桩好事体。"黄二姐道:"罗老爷说得勿差,我也勿是定归要俚三千。翠凤自家先说个多花猛扪闲话,我阿好说啥?"

子富胸中筹画一番,欲趁此时说定数目,以成其事。恰好黄翠凤、黄金凤同台出局而回,子富便缩住嘴。黄二姐亦讪讪的告辞归寝。

翠凤跨进房门,就问珠凤:"阿是来浪打瞌铳?"珠凤说:"勿曾。"翠凤拉他面向台灯试验,道:"耐看两只眼睛,倒勿是打瞌铳?"珠凤道:"我一径来里听无姆讲闲话,陆里困嘎。"翠凤不信,转问子富。子富道:"无姆打过歇个哉,耐就哝哝罢,管俚做啥?"

翠凤怒其虚诳,作色要打,却为子富劝说在先,暂时忍耐,子富忙喝珠凤退去。翠凤乃脱下出局衣裳,换上一件家常马甲。金凤也脱换过来,叫声"姐夫",坐定。子富爱将黄二姐所说身价云云,缕述綦详。

翠凤鼻子里哼了一声,答道:"耐看末哉,一个人做仔老鸨,俚个心定归狠得野哚！无姆先起头是娘姨呀,就拿个带挡洋钱买仔倪几个讨人,陆里有几花本钱嘎！单是我一千子,五年生意末,做仔二万多,才是俚个豌。故歇衣裳、头面、家生,再有万把,我阿能够带得去？俚倒再要我三千!"说到这里,又哼了两声,道:"三千也无啥稀奇,耐有本事末拿得去!"

子富再将自己回答黄二姐云云,并为详述。翠凤一听,发嗔道:"啥人要耐帮贴嘎？我赎身末有我个道理,耐去瞎说个多花啥!"子富不意遭此抢白,只是讪笑。金凤见说的正事,也不敢搭嘴。翠凤重复叮嘱子富道:"难勢去搭无姆多说多话,无姆个人,依仔俚倒勿好。"

子富应诺,因而想起姚文君来,笑向翠凤道:"姚文君个人倒有点像耐。"翠凤道:"姚文君末陆里像我。我说癞头鼋怕人势势,文君勿做也无啥,勿该应拿'空心汤团'拨俚吃。就算耐到仔老旗昌勿转去,明朝再有啥法子？"

子富听说得有理,转为文君担忧,道:"勿差呀,难末文君要吃亏哉!"金凤在旁笑道:"姐夫做啥嘎,阿姐勿耐说末,耐去瞎说。姚文君吃亏勿吃亏,等俚歇末哉,要姐夫发极!"子富方笑而丢开。一宿晚景少叙。

十一日近午时候,翠凤、金凤并于当中间窗下梳头。子富独在房中,觉得精神欠爽,意欲吸口鸦片烟,亲自烧成一枚夹生的烟泡,装上枪去脱落下来,终不得吸。适值黄二姐进来看见,上前接过签子,替子富另烧一口,为此对躺在烟榻上,切切私议。黄二姐先问夜来帮贴之说,子富遂告诉他翠凤之意坚不可夺,不惟不肯加增,并且不许帮贴。

黄二姐低声道:"翠凤总归是猛扪闲话!照翠凤个样式,我有点气勿过,心想就是三千末倒也勿拨俚赎得去;难故歇说末说仔一泡哉,罗老爷肯帮贴点,故是再好也勿有。我就请耐罗老爷吩咐一声,该应几花,我总依耐罗老爷。"

子富着实踌躇,道:"勿然是也无啥,难俚说仔麞我帮贴,我倒间架哉。勿曾懂俚啥个意思。"黄二姐道:"故末是翠凤个调皮哉嘡!俚自家要赎身,阿有啥帮贴拨俚倒说是勿要个嗄?俚嘴里说勿要,心里来浪要。要耐罗老爷帮贴仔,难末俚出去几花用场,再要耐罗老爷照应点,阿是实概意思?"

子富寻思此说倒亦的确,莽莽撞撞径和黄二姐背地议定,二千身价,帮贴一半。黄二姐大喜过望,连装三口鸦片烟。子富吸的够了,黄二姐乃抽身出房。

第四十四回终。

第四十五回

成局忽翻虔婆失色　旁观不忿雏妓争风

按:黄二姐撇下罗子富在房,暂往中间客堂,黄翠凤、黄金凤新妆初毕,刷鬓簪花,黄二姐即欣欣然将子富帮贴一千之议,诉与翠凤。翠凤一声儿不言语,忙洗了手,赶进房间,高声向子富道:"耐洋钱倒勿少哚,我倒勿曾晓得,还来里发极。我故歇赎身出去,衣裳、头面、家生,有仔三千末,刚刚好做生意。耐有来浪,蛮好,连搭仔二千身价,耐去拿五千洋钱来!"子富惶急道:"我陆里有几花洋钱嗄?"翠凤冷笑道:"该号客气闲话,耐故歇用勿着!无姆一说末,耐就帮仔我一千,阿好再说无拨?耐无拨末,教我赎身出去阿是饿杀?"

子富这才回过滋味,亦高声问道:"价末耐意思总归勤我帮贴,阿对?"翠凤道:"帮贴末,阿有啥勿要个嗄!耐替我衣裳、头面、家生舒齐好仔,随便耐去帮贴几花末哉!"子富转向黄二姐道:"坎坎说个闲话消脱,赛过勿曾说,俚赎身勿赎身也勿关我事。"说罢,倒身望烟榻躺下。

黄二姐初不料如此决撒,登时面色气的铁青,一手指定翠凤嘴脸,恶狠狠数落道:"耐个人好良心,耐自家去想想看!耐七岁无拨仔爷娘,落个堂子,我为仔耐苦恼,一径当耐亲生囡仵,梳头缠脚,出理到故歇,陆里一桩事体我得罪仔耐,耐杀死个同我做冤家?耐好良心！耐赎仔身要升高哉呀,我一径望耐升高仔末照应点我老太婆,难故歇末来里照应哉！耐年纪轻轻,生仔实概个良心,无啥好个哩！"一面咬牙切齿的说,一面鼻涕眼泪一齐迸出。

翠凤慌忙眉花眼笑劝道:"无姆嬷哩,故末啥要紧嗄？我是耐个讨人呀,赎勿赎末随耐个便。——难我勿赎哉,晚歇反得来拨间壁人家听见仔,倒拨俚哚笑话！"

翠凤尚未说完,黄二姐已出房外,揩了把面。赵家姆还在收拾妆奁,略劝两句,黄二姐便向赵家姆道:"倌人自家赎身,客人帮贴末也多煞。倘然罗老爷勿肯帮,价末耐也好算是囡件,该应搭罗老爷说,挑挑我；阿有啥罗老爷肯帮仔,耐倒勿许罗老爷帮？阿是罗老爷个洋钱耐定归要一干子拿得去？"

翠凤在房里吸水烟,听了,笑阻道:"无姆嬷说哉呀！我赎身勿赎末哉,再替无姆做十年生意,一节末廿把局帐,十年做下来要几花？"自己轮指一算,佯作失惊道:"阿唷,局帐洋钱要三万哚！故是无姆快活得来,连搭仔赎身洋钱也勿要个哉,说道:'去罢,去罢！'"

几句说得子富也不禁发笑起来。黄二姐隔房答道:"耐嬷来浪花言巧语寻我个开心！耐要同我做冤家末做末哉,看耐阿有啥好处！"说着,迈步下楼。赵家姆事毕随去。珠凤、金凤并进房来,皆吓得呆瞪瞪的。

翠凤始埋冤子富道:"耐啥一点无拨清头个嘎,白送拨俚一千洋钱为仔啥哩？有辰光该应耐要用个场花,我搭耐说仔,耐倒也勿是爽爽气气个拿出来；故歇勿该应耐用末,一千也肯哉！"子富抱惭不辨。

自是,翠凤赎身之事挠散不提。

延过一日,子富偶阅新闻纸,见后面载着一条道:

前晚粤人某甲在老旗昌狎妓请客,席间某乙叫东合兴里姚文君出局。因姚文君口角忤乙,乙竟大肆咆哮,挥拳殴辱,当经某甲力劝而散。传闻乙余怒未息,纠合无赖,声言寻仇,欲行入虎穴探骊珠之计,因而姚文君匿迹潜踪,不知何往云。

子富阅竟大惊,将这新闻告知翠凤,翠凤却不甚信。子富乃喊管家高升,当面吩咐,令其往大脚姚家打听文君如何吃亏,是否癞头鼋所为。

高升承命而去,刚趱出四马路,即望见东合兴里口停着一辆皮篷马车,上面坐着一个倌人,身段与姚文君相仿。高升紧步近前,才看清倌人为覃丽娟,颇讶其坐马车何若是之早;略瞟一眼,转弯进弄,到大脚姚家客堂中向相帮探信。那相帮但说不关癞头鼋之事,其余说得含糊不明。

高升迟回欲退,只见陶云甫从客堂后面出来,老鸨大脚姚随后相送。高升站过一边,叫声"陶老爷"。云甫问他到此何事,高升说:"打听文君个事体。"

云甫低头一想,然后悄向高升道:"事体是无价事,骗骗个癞头鼋。常恐癞头鼋勿相信,去上个新闻纸。故歇文君来哚一笠园,蛮好来浪。耐去搭老爷说,勿拨外头人听见。"高升连声应"是"。

云甫遂别了大脚姚,出弄上车,一路滔滔,直驶进一笠园门内方停。陶云甫、覃丽娟相将下车,当值管家当先引导,由东转北,绕至一处,背山临湖的五间通连厅屋,名曰拜月房栊。但见帘筛花影,檐袅茶烟,里面却静悄悄的,不闻笑语声息。

陶云甫、覃丽娟进去,只有朱蔼人躺在榻床吸鸦片烟,旁边坐着陶玉甫、李浣芳,更无别人在内。正要动问,管家禀道:"几位老爷才来浪看射箭,就要来哉。"

道言未了,果然一簇冠裳钗黛,跄济缤纷,从后面山坡下兜过来。打头就是姚文君,打扮得结灵即溜,比众不同。周双玉、张秀英、林素芬、苏冠香俱跟在后,再后方是朱淑人、高亚白、尹痴鸳、齐韵叟暨许多娘姨、管家。齐集于拜月房栊,随意散坐。

陶云甫乃向姚文君道:"坎坎我自家到耐屋里去问,耐无姆说,癞头鼋昨日啡来,搭倷说仔倒蛮相信,就是一班流氓,七张八嘴有点闲话,我说也勿要紧。"

齐韵叟亦向陶云甫道:"再有一桩事体要搭耐说,令弟今朝要转去,我问俚:'阿有事体?倪节浪末再要闹热闹热,啥要紧转去?'令弟说:'去仔再来。'难末我倒想着哉,明朝十三是李漱芳首七,大约就是为此,所以定归要去一埭。我说漱芳命薄情深,可怜亦可敬,倪七个人明朝一淘去吊吊俚,公祭一坛,倒是一段风流佳话。"云甫道:"价末先要去拨个信末好。"韵叟道:"勿必,倪吊仔就走,出来到贵相好搭去吃局。我末要见识见识贵相好同张秀英个房间,大家去噪俚哚一日天。"覃丽娟接说道:"齐大人再要客气。倪搭场花小点,大人勿嫌腥臜,请过来坐坐,也算倪有面孔。"

须臾,传呼开饭,管家即于拜月房桅中央,左右分排两桌圆台。众人无须推让,挨次就位:左首八位,右首六位。齐韵叟留心指数,讶道:"翠芬到仔陆里去哉?今朝一径勿曾看见俚。"林素芬答道:"俚起来仔咿困来浪。"尹痴鸳忙问:"阿有啥勿适意?"素芬道:"怎晓得俚,好像无啥。"

韵叟遂令娘姨去请。那娘姨一去半日,不见回覆。韵叟忽想起一事,道:"前日天,我听见梨花院落里,瑶官同翠芬两家头合唱一套《迎像》,倒唱得无啥。"林素芬道:"勿是翠芬哩,俚大曲会末会两只,《迎像》勿曾教哚。"苏冠香道:"是翠芬来浪唱。俚就听俚哚教,听会仔好几只哚。"陶云甫道:"《迎像》搭仔《哭像》连下去一淘唱,故末真生活。"高亚白:"《长生殿》其余角色派得蛮匀,就是个正生,《迎像》《哭像》两出吃力点。"

齐韵叟闻此议论,偶然高兴,再令娘姨传唤瑶官。瑶官得命,随那娘姨而至。众人见瑶官的觍圆的面孔,并不傅些脂粉,垂着一根绝大朴辫,好似乌云中推出一轮皓月。韵叟命其且坐一旁,留出一位,在尹痴鸳肩下,专等林翠芬。

维时,上过四道小碗,间着四色点心。管家端上茶碗,并将各种水烟、旱烟、锡加烟装好奉上。朱蔼人独出席就榻,仍去吸鸦片烟。陶云甫乃想起酒令来,倡议道:"龙池先生个'四声酒令',倪再行行看。"尹痴鸳摇手道:"勿成功,一部《四书》我通通想过,再要凑俚廿四句,勿全个哉。就为仔去上平入单有一句'放饭流歠',无拨第二句好说。"云甫不信,道:"常恐耐勿曾想到。"痴鸳道:"价末耐再去想。有仔一句'去上平入'末,其余就容易得势。最容易是'平上入去':'时使薄敛','君子不器','而后国治','无所不至','然后乐正','为礼不敬','芸者不变','言语必信','今也不幸','中士一位','君子不亮','来者不拒','汤使毫众','夫岂不义',……好像有廿几句哚,我也记勿得几花。"云甫想着一句道:"'长幼之节',倒勿是'上去平入'?"痴鸳道:"我说个'去上平入'无拨呀,'上去平入'就勿稀奇:'请问其目','子路、曾皙','父召无诺','五亩之宅','子在陈曰','改废绳墨',才推扳一点点。"众人见说,怃然若失,皆道:"《四书》末,从小也读烂个哉,如此考据,可称别开生面,只怕从来经学家也勿曾讲究歇哩。"

不想席间讲这酒令,适值林翠芬挈那娘姨,穿花度柳,姗姗来迟,悄悄的站了多时,大家都没有理会。尹痴鸳觉背后响动,回头看视,只见翠芬满面凄凉,毫无意兴,两鬓脚蓬蓬松松,连簪珥钏环亦未齐整,一手扶定痴鸳椅背,一手只顾揉眼睛。痴鸳陪笑让坐,翠芬漠然不睬。痴鸳起身双手来搀,翠芬摔脱袖子,攒眉道:"勠哩!"齐韵叟先格声一笑,引得众人不禁哄堂。痴鸳不好意思,讪讪坐下。

翠芬岂不知这笑的为己而发,越发气得别转脸去。张秀英谓其系清倌人,倒不放在心上,意欲劝和,无从搭口。还是林素芬招手相叫,翠芬方慢慢踅往阿姐面前。素芬替他理理头发,捉空于耳朵边说了两句。翠芬置若罔闻,等阿姐理好,复慢慢踅向远远地烟榻对过一带靠窗高椅上,斜签身子,坐在那里,将手帕握着脸,张开一张小嘴打了一个呵欠。

席间众人肚里好笑,不敢出声。尹痴鸳轻轻笑道:"只好我去倒运点哉嗐。"说了,便取根水烟筒,趸至烟榻前,点着纸吹,也去坐在靠窗高椅上,和翠芬隔着一张半桌。痴鸳知道清倌人吃醋,必然深自忌讳,不可劝解的,只用百计千方,逗引翠芬顽笑。翠芬回身爬上窗槛,眼望一笠湖中一对白凫出没游泳,听凭痴鸳装腔做势,并不觑一正眼儿。齐韵叟料急切不能挽回,姑命瑶官独唱一套《迎像》。瑶官自点鼓板,央苏冠香为之抚笛。席间要紧听曲,不复关心。

朱蔼人自烟榻下来,顺便怂恿翠芬同去吃酒。翠芬苦苦告道:"有点勿舒齐,吃勿落呀!"蔼人只得走开。尹痴鸳没奈何,遂去挨坐翠芬身边,另换一副呆板面孔,正正经经,亲亲密密的,特地叫声"翠芬",道:"耐勿舒齐末,台面浪去稍微坐一歇,酒倒勿吃也无啥。耐勿去,就是我末晓得耐为仔勿舒齐,俚哚定归说耐是吃醋,耐自家想想看。"

翠芬见痴鸳原是先时相待样子,气已消了几分;及听斯言,抉出真病,心中自是首肯,但一时翻不转面皮,垂头不语。痴鸳探微察隐,乘间要挽翠芬的手。翠芬夺手嗔道:"走开点嗐,讨厌得来!"痴鸳央及道:"价末耐一淘去阿好?"翠芬道:"耐去末哉喊,要我去做啥?"痴鸳道:"耐去坐仔歇原到该搭来末哉。"翠芬道:"耐先去。"

痴鸳恐催促太迫,转致拂逆,遂再三叮嘱翠芬就来,先自归席。瑶官的《迎像》正唱到抑扬顿挫之际,席间竦然听之。痴鸳略为消停,即丢个眼色与林素芬,素芬复招手叫翠芬。翠芬便趁势趔趄而前,问:"阿姐啥嗄?"素芬向高椅努嘴示意,痴鸳也欠身相让。翠芬却将高椅拉开些,仍斜签身子和瑶官对坐。

痴鸳等瑶官唱完,暗将韵叟本要合唱之意附耳告诉翠芬。翠芬道:"《迎像》倪勿会个哚。"痴鸳又将韵叟曾经听得之说,附耳告诉翠芬。翠芬道:"勿曾全哩呀。"

痴鸳连碰两个顶子,并不介意,只切切求告翠芬吃杯热酒润润喉咙,拣拿手的唱一只。翠芬不忍再拗,装做不听见,故意想出些话头问瑶官,瑶官不得不答。痴鸳手取酒壶,筛满一鸡缸杯,送到翠芬嘴边。翠芬秋气大声道:"放来浪哩!"痴鸳慌的缩手,放在桌上。翠芬只顾和瑶官搭讪问答,剌斜里抄过手去,取那杯酒一口呷干,丢下杯子,用手帕揩揩嘴。瑶官问翠芬:"阿唱?"翠芬点点头。于是瑶官哩笛,翠芬续唱半出《哭像》。席间自然称赞一番,然后用饭撤席。

那时将近三点钟,众人不等齐韵叟回房歇午,陆续踅出拜月房栊,三三两两,四散园中,各适其适去了。林翠芬赶人不见,拉了瑶官先行,转出山坡,抄西向北一直望梨花院落行来。只见院门大开,院中树荫森森,几只燕子飞出飞进,两边厢房恰有先生在内教一班初学曲子的女孩儿。瑶官径引翠芬上楼,到了自己卧房里。间壁琪官听见,也踅过来,见翠芬脸上粉黛阑珊,就道:"耐要捕捕面哉呀,陆里去噪得实概样式?"瑶官笑道:"勿是个噪,为仔吃醋。"翠芬怒道:"倪倒勿懂啥个叫吃醋,耐说说看!"

瑶官不辨,代喊个老婆子舀盆面水,亲去移过镜台。翠芬坐下,重整新妆。琪官还待盘问,翠芬道:"耐问俚做啥嗄?俚乃是听俚哚来浪说吃醋,难末算学仔个乖哉。阿晓得吃醋是啥事体!"

瑶官背地向琪官挤挤眼,摇摇头,琪官便不做声。不堤防被翠芬在镜中看得分明,且不提破,急急的掠鬓匀脸,撒手就走;将及房门,复回身说道:"我去哉,难两家头去说我末哉!"

　　琪官、瑶官赶紧追上攀留,翠芬竟已拔步飞奔,登登下楼。出了梨花院落,一路自思何处去好,从白墙根下绕至三叉石子路口,抬头望去,遥见志正堂台阶上站立一人,背叉着手,形状似乎张寿。翠芬逆料姐夫、阿姐必在那里,不如赶去消遣片时再说。

　　第四十五回终。

第四十六回

逐儿嬉乍联新伴侣　陪公祭重睹旧门庭

按:林翠芬打定主意,迤逦踅到志正堂前,张寿揭起帘子,让其进去,只见姐夫朱蔼人躺在堂中榻床上吸鸦片烟,阿姐林素芬陪坐闲话。翠芬笑嘻嘻叫声"姐夫",爬着阿姐膝盖,侧首观看。素芬想起,随口埋冤翠芬道:"难麹去勿着勿落瞎噪!尹老爷原搭耐蛮好,耐也写意点,快快活活讲讲闲话末好哉。俚哚有交情,生来要好点。耐是清倌人,阿好眼热嘎。"

翠芬不敢回嘴,登时面涨通红,几乎下泪。蔼人笑道:"耐再要去说俚,真真要气杀俚个哉!"素芬噗的失笑道:"好邱也勿曾懂末,阿有啥气嘎。"翠芬一半羞惭,一半懊悔,要辨又不能辨,着实叫他为难。素芬不去理论,原与蔼人攀谈。

良久良久,翠芬微微换些笑容,蔼人即撺掇他去白相。翠芬本觉在此无味,彳亍将行。素芬叫住,叮咛道:"耐末自家要见乖,阿晓得?再去竖起仔个面孔,拨俚哚笑。"

翠芬默然,懒懒的由志正堂前箭道上低着头向前走,胸中还辘辘的转念头。不知不觉转个弯,穿入万花深处,顺路踅过九曲平桥。桥下一直西北系大观楼的正路,另有一条小路,向南岔去,都是层层叠叠的假山。那山势千回百折,如游龙一般,故总名为蜿蜒岭。及至岭尽头,翻过龙首天心亭,亦可通大观楼了。

翠芬无心走此小路,或悬崖峭壁,或幽壑深岩,越走越觉隐僻。正拟转身退回,忽见前面一个人,身穿簇新绸缎,蹲踞假山洞口,湿漉漉地。翠芬失声问:"啥人?"那人绝不返顾。翠芬近前逼视,竟是朱淑人,弯着腰,蹑着脚,手中拿根竹签,在那里撩苔剔藓,拨石掏泥。翠芬问道:"沓脱仔啥物事嗄?"淑人但摇摇手,只管旁视侧听,一步步捱进假山洞。翠芬道:"耐看衣裳龌龊哉呀。"淑人始低声道:"覅响哩。耐要看好物事末,该首去。"

翠芬不知如何好看物事,照依所指方向,贸然往寻。只见山腰里盖着三间洁白光滑的浅浅石室,周双玉独自一个坐于石槛上,两手合捧一只青花白地磁盆,凑到脸上,将盆盖微开一缝,孜孜的向内张觑。翠芬未至跟前,便嚷道:"啥物事嗄?拨我看哩!"双玉见是翠芬,笑说:"无啥好看。"随手授过磁盆。

翠芬接得在手,揭起盆盖,不料那盆内单装着一只促织儿,撅起两根须,奕奕闪动。双玉慌的伸手来掩,翠芬只道是抢,将身一扭,那促织儿就猛可里一跳,跳在翠芬衣襟上。翠芬慌的捕捉,早跳向草地里去了。翠芬发极乱嚷,丢下磁盆,迈步追赶,双玉随后跟去。那促织儿接连几跳,跳到一块山石之隙,被翠芬赶上一扑,扑入掌心,一把揣住,笑嘻嘻踅回来道:"来里哉,险个!"

双玉去草地里拾起磁盆。翠芬松手,放进促织儿,加上盖。双玉再张时,不禁笑道:"无行用个哉,放仔俚生罢。"翠芬慌的拦阻,问:"为啥无行用哉嗄?"双玉道:"沓脱仔脚哉呀。"翠芬道:"沓脱仔脚末,也勿要紧哓。"

双玉恐他纠缠,笑而不答。适值朱淑人满面笑容,一手沾染一搭烂泥,一手揣得紧紧的,亦到了石室前。双玉忙问:"阿曾捉着?"淑人点头道:"好像无啥,耐去看哩。"双玉向翠芬道:"难要放生仔俚,装该只哉。"翠芬按定盆盖,不许放,嚷道:"我要个呀!"

双玉遂把磁盆交给翠芬,和淑人并进石室中间,翠芬接踵相从。这室内仅摆一张通长玛瑙石天然几,几上叠着一大堆东西,还有许多杂色磁盆。双玉拣取空的一只描金白定窑,将淑人手中促织儿装上。双玉一张,果然玉冠金翅,雄杰非常,也啧啧道:"无啥! 再要比'蟹壳青'好。"

翠芬在旁,拉着双玉袖口,央告要看。双玉教他看法,翠芬照样捧着,张见这盆内原是一只促织儿,并无别的物事,便不看了。

双玉说起适间"蟹壳青"折脚一节,淑人也要放生。翠芬如何肯放,取那磁盆抱于怀中,只道:"我要个呀!"淑人笑道:"耐要俚做啥嗄?"翠芬略怔一怔,反问道:"划一要俚做啥? 我勿晓得哓,耐说哩。"招得淑人只望着双玉笑。双玉嘱道:"耐勦响,故末请耐一淘看好物事。"

翠芬唯唯遵命。当下展开一条大红老虎绒毯,铺设几前石板甃成的平地上,搬下一架象牙嵌宝雕笼,陈于中央,许多杂色磁盆,一字儿排列在外。淑人、双玉对面盘膝坐下,令翠芬南向中坐。先将现捉的促织儿下了雕笼,然后将所有"蝴蝶""螳螂""飞铃""枣核""金琵琶""香狮子""油利挞"各种促织儿,更替放入,捉对儿开闸厮斗。

初时这玉冠金翅的昂昂不动,一经草茎撩拨,勃然暴怒起来,凭陵冲突,一往无前,两下里扭结做一处,那里饶让一些儿。喜欢得翠芬拍腿狂笑,仍垂下头直瞪瞪的注视。不提防雕笼中戛然长鸣一声,倒把翠芬猛吓一跳。原来一只"香狮子"竟被玉冠金翅的咬死,还见他耸身振翼,似乎有得意之状。接连斗了五六阵,无不克捷。末后连那"油利挞"都败下奔逃。淑人也喝采道:"故末是真将军哉!"双玉道:"耐搭俚起个名字哩。"翠芬抢说道:"我有蛮好个名字来里。"淑人、双玉同声请教。

翠芬正待说出,忽见娘姨阿珠探头一望,笑道:"我说小先生也来里该搭,花园里才寻到个哉,快点去罢。"翠芬生气道:"寻啥嗄?阿怕我逃走得去!"阿珠沉下脸,道:"尹老爷来浪寻呀,倪末寻耐小先生做啥!"

说着,即闻尹痴鸳声音,一路说笑而至,淑人忙起立招呼。痴鸳当门止步,顾见翠芬,抵掌笑道:"难末耐也有仔淘伴哉。"翠芬道:"耐阿要看?来哩。"痴鸳只是笑,双玉道:"今朝就是俚一只来里斗,勷难为俚,明朝看罢。"

阿珠听说,上前收拾一切家伙。淑人俯取雕笼,将这"玉冠金翅将军"亲手装盆,郑重标记。翠芬、双玉且撑且挽,一齐起身。痴鸳向双玉道:"耐也坐来里冰冷个石头浪,干己个哩!勿比得翠芬勿要紧。"淑人道:"故末为啥?"双玉斜瞅一眼,道:"耐勷去问俚,阿有啥好闲话!"

痴鸳呵呵一笑,因催翠芬先行。翠芬徙倚石几,还打量那折脚的促织儿,依依不舍。双玉乃道:"耐要末,拿得去。"翠芬欣然携盆出门。痴鸳问淑人道:"倪才来里大观楼,阿就来?"淑人点首应诺。痴鸳又道:"老兄两只贵手也要去揩揩哉嗄。"一面搭讪,已和翠芬去的远了。

阿珠收拾粗毕,自己咕噜道:"人末小干仵,脾气倒勿小。"双玉道:"耐也勿着落,'先生'末'先生',啥个'小先生'嗄!"阿珠道:"叫俚小先生也无啥啘。"双玉道:"起先是无啥,故歇添仔个'大先生'哉呀。"朱淑人接嘴说:"故倒勿差,倪也要当心点哚。"阿珠道:"啥人去当心嗄?勿理仔末好哉。"

于是朱淑人、周双玉随带阿珠,从容联步,离了石室,趸至蜿蜒岭磴道之下,却不打天心亭翻过去。只因西首原有出路在龙颔间,乃是一洞,逶迤窈窕,约三五十步,穿出那洞,反在大观楼之西。虽然远些,较之登峰造极,终为省力,故三人皆由此路转入大观楼前堂。那知茶烟未散,寂无一人,料道那些人都向堂外近处散步,且令阿珠舀水洗手,少坐以待。既而当值管家上堂点灯,渐渐的暮色苍然,延及户牖,方才一对一对陆续咸集于堂上。

谈笑之间,排上晚宴,大家偶然不甚高兴,因此早散。散后,各归卧房歇息。朱淑人初为养病,和周双玉暂居湖房,病愈将拟迁移,恰好朱蔼人、林素芬到园,喜其宽绰,就在湖房下榻,淑人亦遂相安。两朱卧房虽非连属,仅空出当中一间为客座。那林翠芬向居大观楼,于尹痴鸳房后别设一床。后来添了个张秀英,翠芬自觉不便,也搬进湖房来,便把客座后半间做了翠芬卧房,关断前半间,从阿姐房中出入。

这晚两朱暨其相好一起散归,直至客座,分路而别。朱蔼人到了房里,吸着鸦片烟,与林素芬随意攀谈,谈及明晨公祭,今夜须当早睡。素芬想起翠芬未归,必在尹痴鸳那边,叫他大姐吩咐道:"耐拿个灯笼去张张俚啘。晚歇无拨仔自来火,教俚一干子阿好走嗄!"大姐说是"来里该搭天井里"。素芬道:"价末喊俚进来哉呀,天井里去做啥?"大姐承命去喊,半日杳然。素芬自望房门口高声叫唤,隐隐听得外面应说:"来哉。"

又半日,蔼人吸足烟瘾,吹灭烟灯,翠芬才匆匆趋至,向姐夫、阿姐面前打个遭儿,回身要走。素芬见其袖口露出一物,好像算盘,问:"拿个啥物事?"翠芬举手一扬,笑道:"是五少爷个呀。"说了已趱进里间,随手将房门掩上。外间蔼人宽衣先睡,比素芬登床,复隔房叫翠芬道:"耐也困罢,明朝早点起来。"翠芬顺口噉应。素芬亦就睡下,因恐睡的失睰,落后见笑,自己格外留心。

正自睡得沉醲甜熟,蔼人忽于梦中翻了个身,依然睡去,反惊醒了素芬。素芬张目存想,不知甚么时候,轻轻欠身揭帐,剔亮灯台,看桌上自鸣钟,不过两点多些。再要睡时,只闻翠芬房里历历碌碌的作响,细听不是鼠耗,试叫一声"翠芬"。翠芬在内问道:"阿是阿姐喊我?"素芬道:"为啥勿困嗄?"翠芬道:"难要困哉。"素芬道:"两点钟哉,来浪做啥,再勿困?"翠芬更不答话,急急收拾,也睡了。

素芬偏又睡不着,听那四下里一片蛙声,嘈嘈满耳,远远的还有鸡鸣声、狗吠声、小儿啼哭声,园中不应有此,园外如何得闻,猜解不出。接着巡夜更夫敲动梆子,迤逦经过湖房墙外,素芬无心中循声按拍,跟着敲去,遂不觉跟到黑甜乡中,流连忘返。

次日起身,幸未过晚。刚刚梳洗完备,早有管家传命于娘姨,请老爷、先生们到凰仪水阁会齐用点心。朱蔼人应诺,回说:"就来。"适值对房里朱淑人亲来探问:"阿曾舒齐?"林素芬说:"舒齐哉。"淑人道:"价末倪着好仔衣裳,一淘去。"素芬道:"好个。"

翠芬在里间听见淑人声音,忙扬声叫:"五少爷。"淑人进去问:"啥?"翠芬取那两件雕笼磁盆交还淑人,道:"耐带得去,勿要哉。"

淑人见雕笼内竟有两只促织儿,一只是折脚的"蟹壳青",一只乃是"油葫芦",笑问:"陆里来个嘎?"翠芬咳了一声,道:"覅去说俚!我末昨日夜头倒辛辛苦苦捉着仔一只,搭俚姘个对。陆里晓得短命众生单会奔,团团转个奔得来奔得去。我煞死要俚斗,俚末煞死个奔,耐说阿要火冒?"淑人笑道:"原说无行用个哉,耐勿相信。耐喜欢末,我送一对拨耐,拿转去白相相。"翠芬道:"谢谢耐,勿要哉。看见仔也讨气。"

淑人笑着,顺赍笼盆,赶紧回房,催周双玉换了衣裳便走。两边不先不后相遇于客座中间。五个人带着娘姨、大姐同出湖房,一路并不停留,径赴凰仪水阁,只见众人已齐集等候。厮见就坐,用过点心。总管夏余庆趋前禀道:"一切祭礼同应用个物事,才舒齐,送得去一歇哉。人末就派仔两个知客去伺候,阿要用赞礼?"齐韵叟沉吟道:"赞礼勿必哉,喊小赞去一埭。"夏总管出外宣命。

须臾,小赞带个羽缨凉帽,领那班跟出门的管家,攒聚帘外。韵叟顾问:"马车阿曾套好?"管家回禀:"套哉。"韵叟乃向众人道:"倪去罢。"

众人听说,各挈相好,即时起身。于是七客八局并从行仆媪,一行人下了凰仪水阁台阶,簇拥至石牌楼下。那牌楼外面一条宽广马路,直通园外通衢大道,十几辆马车,皆停在那里。一行人纷纷然登车坐定,蝉联鱼贯,驶出园门。

不多时,早又在于四马路上。陶玉甫从车中望见"东兴里"门楣三个金字,灿烂如故;左右店家装潢陈设,景象依然。弄口边摆着个拆字先生摊子,挂一轴面目部位图,又是出进所常见的。玉甫那里忍得住,一阵心酸,急泪盈把,惹得个李浣芳也哭起来。

幸而马车霎时俱停,知客迎候于弄外,一行人纷纷然下车进去。陶玉甫恐人讪笑,掩在陶云甫背后,缓步相随。比及门首,玉甫更吃一惊,不独李漱芳条子早经揭去,连李浣芳条子亦复不见。却见对门白墙上贴了一张黄榜,八众沙门在客堂中顶礼《大悲经忏》,烧的香烟氤氲不散。知客请一行人暂坐于右首李浣芳房间,不料陈小云在内,不及回避,齐韵叟殊为诧异。陶云甫抢步上前,代通姓名,并述相恳帮办一节。韵叟方拱手说:"少会。"大家随便散坐。

一时知客禀请行礼,齐韵叟亲身要行,陶云甫慌忙拦阻。韵叟道:"我自有道理,耐也何必替俚哚客气?"云甫遂不言语。

韵叟举目四顾,单少了陶玉甫一人,内外寻觅不见。陶云甫便疑其往后面去的,果然从李秀姐房里寻了出来。韵叟见玉甫两眼圈儿红中泛紫,竟似鲜荔枝一般,后面跟的李浣芳更自满面泪痕,把新换的一件孝衫沾湿了一大块。

韵叟点头感叹,却不好说什么。当和一行人穿过经坛,簇拥至对过左首房间。那房间比先前大不相同,橱箱、床榻、灯镜、几案,收拾得一件也没有了。靠后屏门,张起满堂月白缥帐,中间直排三张方桌,桌上供一座三尺高五彩扎的灵宫,遮护位套。一应高装祭品,密密层层,摆列在下,龙香、看烛、饭亭俱全。

尔时帐后李秀姐等号啕举哀,秀姐嗣子羞惧不出,灵右仅有李浣芳俯伏在地。小赞手端托盘,内盛三只银爵,躬身侧立,只等主祭者行礼。

第四十六回终。

第四十七回

陈小云运遇贵人亨　吴雪香祥占男子吉

按：齐韵叟随身便服，诣李漱芳灵案前恭恭敬敬朝上作了个揖，小赞在旁伏侍拈香奠酒，再作一揖，乃退下两步，令苏冠香代拜。冠香承命，拜了四拜。其余诸位自然照样行事。次为高亚白，是姚文君代拜的。文君拜过平身，重复跪下再拜四拜。亚白悄问何故，文君道："先是代个呀，倪自家也该应拜拜俚。"亚白微笑。尹痴鸳欲令林翠芬代拜。翠芬不肯，推说："阿姐勿曾拜哉呀。"痴鸳笑道："倒也勿差。"只得令张秀英来代。及林素芬为朱蔼人代拜之后，翠芬就插上去也拜了。以下并不待开口，朱淑人作过揖，周双玉便拜；陶云甫作过揖，覃丽娟便拜。煞末挨到陶玉甫，正作揖下去，齐韵叟扬言道："浣芳间架头，玉甫只好自家拜。"玉甫听说，正中心怀，揖罢即拜，且拜且祝，不知祝些甚么；祝罢又是一拜，方含泪而起。小赞乃于案头取下一卷，双手展开，系高亚白做的四言押韵祭文，叙述得奇丽哀艳，无限缠绵。小赞跪于案旁，高声朗诵一遍，然后齐韵叟作揖焚库。

礼成祭毕，陶玉甫打闹里挈起李浣芳先自溜去。一行人纷纷然重回右首李浣芳房间，陈小云侧立迎进。怎奈外间钟鼓之声，聒耳得紧，大家没得攀谈。覃丽娟、张秀英同词说道："倪完结哉呀，请该首去坐罢。"

齐韵叟连说"好极",却请陈小云一淘叙叙,小云嗫嚅不敢。韵叟转挽陶云甫代说,小云始遵命奉陪。临行时又寻起陶玉甫来,差大阿金往后面去寻,不见回复。齐韵叟攒眉道:"故末真真罢哉!"陶云甫忙道:"我去喊。"亲自从房后赶至李秀姐房门首,只见李浣芳独倚门旁,秀姐和玉甫并在房中,对面站立,一行说一行哭。云甫跺脚道:"去哉呀,几花人单等耐一干子!"秀姐因也催道:"价末二少爷外头去罢,晚歇再说末哉。"玉甫只得跟云甫踅出前边,大家哄然说:"来哉,来哉!"齐韵叟道:"难人阿曾齐嘎?"苏冠香道:"再有个浣芳。"

一语未终,阿招挽着浣芳也来了。浣芳一直踅至韵叟面前,便扑翻身磕一个头。韵叟错愕问故,阿招代答道:"无姆教俚替阿姐谢谢大人、老爷、先生、小姐。"韵叟挥手道:"算啥嘎?勿许谢。"侧里冠香即一把拉浣芳到身边,替他宽带解钮,脱下孝衫,授与阿招收去。一面齐韵叟起身离座,请陈小云前行。小云如何敢僭,垂手倒退。尹痴鸳笑道:"覅让哉,我来引导。"当先抢步出房。随后一个一个次第行动。

痴鸳将及东兴里口,忽闻知客在后叫"尹老爷",追上禀道:"马车停来浪南昼锦里,我去喊得来。"痴鸳道:"马车勿坐哉唲,问声大人看。"知客回身拦禀请命,齐韵叟亦道:"一点点路,俚走得去好。"知客应声"是"。韵叟令其传命执事人等一概撤回,但留两名跟班伺候。知客又应声"是",退站一边。

一行人接踵联袂,步出马路,或左或右,或前或后,参差不齐。转

第四十七回　陈小云运遇贵人亨　吴雪香祥占男子吉　417

瞬间已是西公和里。姚文君打头，跑进覃丽娟家，三脚两步，一溜上楼。尹痴鸳续到，却不进去，于门首伫立凝望。即时齐韵叟带领大队，簇拥而至。痴鸳拦臂请进，韵叟道："耐阿是算本家？"痴鸳笑而不辨，跟随进门，暨至客堂。一个外场手持一张请客票呈上陶云甫。云甫接来一看，塞向怀里。众人都不理会。

覃丽娟等在屏门内，要挽扶齐韵叟。韵叟作色道："耐道仔我走勿动？我不过老仔点，比仔小伙子勿推扳哩。"说着，撩衣蹑足，拾级登梯。娘姨打起帘子，请到房里。韵叟四面打量，夸赞两句。覃丽娟随口答道："勿要个，大人请坐哩。"

韵叟略让陈小云，方各坐下。大家陆续进房，随意散坐，恰好坐满一屋子。姚文君满面汗光，畅开一角衣襟，只顾搧扇子。高亚白就说道："耐怕热末，坎坎啥要紧实概跑？"文君道："陆里跑嘎！我常恐拨癞头鼋个流氓看见，要紧仔点。"

齐韵叟见房内人多天热，因向众人道："倪再要去认认秀英个房间哉呀。"大家说："好。"张秀英起立专候，并催道："价末一淘请过去哩。"陈小云不复客气，先走一步，与齐韵叟同过对过张秀英房间。众人也有相陪过去的，也有信步走开的，只剩朱蔼人吸烟过瘾。

陶玉甫、李浣芳没精打彩，尚在覃丽娟房里。陶云甫令娘姨传命外场摆台面，再去对过胡乱应酬一会，捉个空，仍回房来问陶玉甫道："李秀姐搭耐说啥？"玉甫道："说个浣芳。"云甫道："说浣芳末，为啥哭嘎？"玉甫垂首无语。

云甫从容劝道："耐麷单顾仔自家哭，样式样才勿管。今朝几花人跑得来做啥?说末说祭个李漱芳,终究是为仔耐。常恐耐一干子去,想着仔漱芳再要一泡仔哭,有几花人一淘来浪,故末让耐散散心,豁开点。故歇就说是豁勿开,耐也该应讲讲笑笑,做出点快活面孔,总算几花人面浪领个情。耐自家去想,阿对?"

玉甫依然无语。适娘姨来说:"台面摆好哉。"云甫想去问齐韵叟阿要起手巾。朱蔼人道:"问啥哩,喊俚哚绞起来末哉。"娘姨应了。云甫替陈小云开张局票,授与娘姨带下发讫。

比外场绞过手巾,两面房间客人、倌人齐赴当中客堂,分桌坐席,公议齐韵叟首位,高亚白次位,陈小云第三。其余诸位早自坐定。陈小云相机凑趣,极意逢迎。大家攀谈,颇相浃洽。陶玉甫勉承兄命,有时也搭讪两句。

俄而金巧珍出局到来,众人命于陈小云肩下骈坐。巧珍本系圆融的人,复见在席同侪衔杯举箸,饮啖自如,自己亦随和入席。齐韵叟赏其圆融,偶然奖许。巧珍益自卖弄,诙谐四出,满座风生。为此席间并不寂寞。

齐韵叟忽然想着,问高亚白道:"耐做个祭文里说起仔病源,有多花曲曲折折,啥个事体?"亚白见问,遂将李漱芳既属教坊,难居正室,以致抑郁成病之故,彻底表明。韵叟失声一叹,连称:"可惜,可惜!起先搭我商量,我倒有个道理。"亚白问:"是何道理?"韵叟道:"容易得势,漱芳过房拨我,算是我个囡仵,再有啥人说啥闲话?"

大家听说默然。惟有陶玉甫以为此计绝妙,回思漱芳病中若得此计,或可回生,今则徒托空言,悔之何及。登时提起一肚皮眼泪,按捺不下,急急抽身溜入覃丽娟房间去了。

高亚白道:"故末是倪勿好,讲得起劲仔,忘记仔玉甫。"姚文君插口道:"李漱芳个人也忒好哉!做仔倌人也无啥要紧哇,为啥勿许做大老母?外头人是瞎说呀,我做李漱芳末,先拿说闲话个人拨两记耳光俚吃。"说得大家一笑。

齐韵叟禁阻道:"覅去说俚哉,随便啥讲讲罢。"高亚白矍然道:"有样好物事来里,拨耐看。"欻地出席,去张秀英房间取出一本破烂春册,授与韵叟。韵叟揭开细细阅竟,道:"笔意蛮好,可惜勿全。"随将春册递下传观。亚白道:"好像是玉壶山人手迹,不过寻勿出俚凭据。"韵叟道:"名家此种笔墨,陆里肯落图章款识。再有仔个题跋就好哉。"尹痴鸳道:"题个跋末勿如做篇记。就拿七幅来分出个次序,照叙事体做法,点缀点缀,竟算俚是全璧,阿是比仔题跋好?"亚白道:"故末要请教耐去做个哉。"痴鸳道:"耐请我老旗昌开厅,我做拨耐看。"亚白道:"我末就请仔耐开厅。倘然耐做出来,有一字不典,一句不雅,要罚耐十台开厅哚唲!"痴鸳拍案大声道:"一言为定,台面浪才是见证!"

不料这一拍,倒惊动了陶玉甫,只道外面破口争论,悄悄的揩干泪痕,出房归席,见众人或仰着脸,或摇着头,皆说这篇文章着实难做。高亚白道:"俚敢于大言不惭,终有本事来浪,管俚难勿难。"齐韵叟道:"我要紧拜读拜读。明朝耐就请仔俚,教俚快点做。"尹痴鸳道:"节浪无工夫,我十七做好仔,十八到老旗昌交卷。该应罚勿该应罚,大家公评。"亚白道:"准于十八老旗昌取齐,在席七位就此面订恕邀。"众人皆说:"理应奉陪。"

陶玉甫低问陈小云做的何等文章。小云取过春册,诉明缘由。玉甫无心展阅,略翻一翻,随手丢下。

齐韵叟见玉甫强作欢容,毫无兴会,又见天色阴晦,恐其下雨,当约众人早些散席,大家无不遵命。金巧珍见出局不散,未便擅行。陈小云暗地催他:"去罢。"巧珍方去。

席散后,陶云甫拟进城回家,了理俗务。朱蔼人为汤啸庵出门,没个帮手,节间更忙,并向齐韵叟告罪失陪。韵叟欲请陈小云到园,小云亦托辞有事。韵叟道:"价末中秋日务必屈驾光临。"小云未及答言,陶云甫已代应了。韵叟转问尹痴鸳:"阿转去?"痴鸳道:"耐先请,我就来。"

韵叟乃与高亚白、朱淑人、陶玉甫各率相好,拱手作别,仍坐原车归园,罩丽娟、张秀英直送出大门而回。接着朱蔼人兴辞,林翠芬跟阿姐林素芬乘轿同去。陈小云始向陶云甫打听中秋一笠园大会情形。

云甫道:"啥个大会嗄!说末说日里赏桂花,夜头赏月,正经白相原不过叫局吃酒。"小云道:"听说吃仔酒末定归要做首诗,阿有价事?"云甫摇手笑道:"无拨个,啥人肯做诗嗄。倘然耐高兴做也做末哉,总无拨俚哚自家人做个好,徒然去献丑。"小云道:"我第一埭去阿要用个帖子拜望?"云甫摇手道:"无须。俚请仔耐末,交代园门口,簿子浪就添仔耐陈小云个名字。耐末便衣到园门口说明白仔,自有管家来接耐进去。看见仔韵叟,大家作个揖,切勿要装出点斯斯文文个腔调来。做生意末,生意本色好哉。"

小云再欲问时,尹痴鸳适从对过张秀英房里特来面说,即要归园。云甫赶着问道:"耐说做该篇记,我替耐想想,一个字也做勿出。耐如何做法,阿好先说拨我听听?"痴鸳笑道:"故歇我也说勿出如何做法。好像无啥难做,等我做好仔看罢。"云甫只得撩开。

尹痴鸳既去,小云亦即起身,说要往东合兴里。云甫道:"阿是葛仲英请耐? 我同耐一淘去,稍微应酬歇,我要进城哉。"小云应承暂驻,云甫匆匆着好熟罗单衫,夹纱马褂。覃丽娟并不相送,但说声"就来叫"。

云甫随小云下楼,各令车轿往东合兴伺候。两人联步出门,穿过马路,同至吴雪香家。一进房间,便见大床前梳妆台上亮汪汪点着一对大蜡烛,怪问何事,葛仲英笑而不言。吴雪香敬过瓜子,回说:"无啥。"

须臾,罗子富、王莲生、洪善卿三位熟识朋友陆续咸集。葛仲英道:"蔼人、啸庵才勿来,就是倪六个人,请坐罢。"小妹姐检点局票,说:"王老爷局票勿曾有哚。"仲英问王莲生叫何人,莲生自去写了个黄金凤。然后相让入席。

洪善卿趁小妹姐装水烟时,轻轻探问:"为啥点大蜡烛?"小妹姐悄诉道:"倪先生恭喜来浪,斋个催生婆婆。"善卿即向葛仲英、吴雪香道喜。席间闻得此信,一叠连声:"恭喜,恭喜! 且借酒公贺三杯。"仲英只是笑,雪香却嗔道:"啥个喜嘎,小妹姐末瞎说!"席间误会其意,皆正色说道:"故是正经喜事,无啥难为情。"雪香咳了一声道:"勿是难为情。人家倪子养得蛮蛮大,再要坏脱个多煞;刚刚有仔两个月,怎晓得俚成人勿成人,就要道喜,也忒要紧啘。"

席间见如此说,反觉无可戏谑。雪香叹了一声,又道:"覅说啥养勿大,人家再有勿好个倪子,起先养个辰光,快活煞,大仔点倒讨气。"

仲英不待说毕,笑喝道:"耐再要说,人家听仔耐闲话,也来浪讨气!"雪香伸手将仲英臂膀摔了一把,道:"耐末讨气哉哩!"仲英叫声"阿唷坏",惹的哄堂大笑。连小妹姐并既到的出局亦笑声不绝。

罗子富见黄翠凤、黄金凤早来,就拟摆庄。覃丽娟继至,为报陶云甫道:"天来浪落雨,耐阿好覅进城哉?"云甫缘有要件不可,转向罗子富通融,先摆十杯。子富应诺,席间乃争先出手打陶云甫的庄。

那边黄翠凤乘间问罗子富道:"今朝耐为啥勿来?"子富道:"我常恐耐无姆再要多说多话。"翠凤道:"倪无姆咿好哉呀,赎身也定归哉,身价末原是一千。"子富大为诧异,道:"原是一千末,为啥起先勿肯,故歇倒肯哉嗄?"翠凤满面冷笑,半晌答道:"晚歇搭耐说。"子富心下鹘突,却不敢紧着问。

泊乎陶云甫满庄,要紧回家,挽留不住,竟和覃丽娟告辞别去。罗子富意不在酒,虽也续摆一庄,胡乱应景而已;只等出局一散,约下王莲生要去打茶会。陈小云、洪善卿乖觉,覆杯请饭。葛仲英亦不强劝,草草终席。

罗子富喊轿班点灯,径同王莲生于客堂登轿,抬出东合兴里,正遇一阵斜风急雨顶头侵入轿中。高升、来安从旁放下轿帘,一路手扶轿杠,直至尚仁里黄翠凤家客堂停轿。子富让莲生前行。

到了楼上,翠凤迎进房间,请莲生榻床上坐,令赵家姆先点烟灯,再加茶碗。黄金凤在对过房间,赶紧过来叫声"姐夫",即道:"王老爷对过去用烟哩。"莲生道:"就该搭吃一样个碗。"金凤道:"对过有多花烟泡来浪。"翠凤道:"烟泡末,耐去拿得来好哉。"

金凤恍然,重复赶去取过七八根烟签子,签头上各有一枚烟泡。莲生本爱其娇小聪明,今见如此巴结,更胜似浑倌人,心有所感,欣然接受,嘴里说:"难为耐。"一手拉金凤坐于身旁。

金凤半坐半爬看莲生吸烟。黄珠凤扭扭捏捏给罗子富装水烟,子富推开不吸,紧着要问赎身之事。翠凤且笑且叹,慢慢说来。

第四十七回终。

第四十八回

误中误侯门深似海　　欺复欺市道薄于云

按:黄翠凤当着王莲生即向罗子富说道:"倪个无姆终究是好人,听俚闲话末好像蛮会说,肚皮里意思倒不过实概。耐看俚,三日天气得来饭也吃勿落,昨日耐去仔,俚一干子来哚房间里反仔一泡。今朝赵家姆下头去,无姆看见仔,就搭赵家姆说,说我个多花勿好,说起:'我衣裳、头面买俚要万把洋钱哚,勿然,俚赎身末我想多拨点俚,故歇定归一点也勿拨俚个哉!'

"我来里楼浪,刚刚听见,咿气末咿好笑。难末我去搭无姆说说明白,我说:'衣裳、头面才是我撑个物事,我来里该搭,我个物事随便啥人勿许动,我赎仔身阿好带得去?才要交代无姆个啘。倘然无姆要拨点我,勿是我客气,谢谢无姆,我末一点也勿要。覅说啥衣裳、头面,就是头浪个绒绳,脚浪个鞋带,我通身一塌括仔换下来交代仔无姆,难末出该搭个门口。无姆放心末哉,我一点也勿要。'

"陆里晓得倪无姆倒真个要分点物事拨我,俚道仔我末定归要俚几花哚。我说仔一点勿要,故末倪无姆再要快活也无拨,教我赎身末赎末哉,一千身价就一千末哉,替我看仔个好日子,十六写纸,十七调头,样式样才说好。耐说阿要快?就是我也勿可帐实概个容易。"

子富听了,代为翠凤一喜。莲生不胜叹服,赞翠凤好志气,且道:

"有句闲话说:'好男勿吃分家饭,好女勿着嫁时衣。'赛过就是耐。"

翠凤道:"做个倌人,总归自家有点算计,故末好挣口气。倘然我赎身出去,先空仔五六千个债,倒说勿定生意好勿好,我就要挣气也挣勿来。故歇我是打好仔稿子做个事体,有几户客人勿来里上海才勿算,来里上海个客人就不过两户,单是两户客人照应照应我,就勿要紧个哉。五六千个债也写意得势,我也犯勿着要俚哚衣裳、头面。王老爷说得好,'嫁时衣'还是亲生爷娘拨来哚因仵个物事,因仵好末也覅着,我倒去要老鸨个物事!就要得来,碰关千把洋钱,啥犯着嗄?"

莲生仍赞不绝口。子富却早知赎身之后定有一番用度,自应格外周全,只不料其如许之多;沉吟问道:"陆里有五六千个债?"

翠凤道:"耐说无拨五六千,耐算哩。身价末一千;衣裳、头面开好一篇帐来里,煞死要减省末三千;三间房间铺铺,阿要千把?连搭仔零零碎碎几花用场,阿是五六千哚。故歇我就教带得去个赵家姆同下头一个相帮,先去借仔二千,付清仔身价,稍微买点要紧物事,调头过去再说。"

子富默然。莲生吸过四五口烟,抬身箕坐。金凤忙取水烟筒要装,莲生接来自吸。

消停良久,子富方问起调头诸事。翠凤告诉大概:看定兆富里三间楼面,与楼下文君玉合借;除带去娘姨、相帮之外,添用帐房、厨子、大姐、相帮四人;红木家生暂行租用,合意议价。又道:"十六俚哚写纸,我末收捉物事交代无姆,无拨空,耐就月半吃仔台酒末哉。"子富遂面约了莲生,并写了张条子请葛、洪、陈三位,令高升立刻送去。

高升赶往东合兴里吴雪香家,果然洪善卿、陈小云为阻雨未散。看过条子,葛仲英先道:"我只好谢谢哉,一笠园约定来浪。"小云亦以此约为辞。止有善卿准到,写张回条,打发高升复命。却听窗外雨声渐渐停歇,凉篷上点滴全无,洪善卿遂蹈隙步行而去。

小云从容问仲英道:"倌人叫到仔一笠园,几日天住来浪,算几花局嗄?"仲英道:"看光景起,园里三四个倌人常有来浪,各人各样开消。再有倌人自家身体,喜欢白相,同客人约好仔,索性花园里歇夏,故也只好写意点。"小云道:"耐阿是带仔雪香一淘去?"仲英道:"有辰光一淘去,到仔园里再叫也无啥。"小云自己盘算一回,更无他话,辞别仲英,径归南昼锦里祥发吕宋票店。

明日,陈小云亲往抛球场相熟衣庄,拣取一套簇新时花浅色衫裙,复往同安里金巧珍家给个信。巧珍一见,问道:"耐陆里去认得个齐大人?"小云道:"就昨日刚刚认得。"巧珍道:"耐搭俚做仔朋友末,倪要到俚花园里白相相去。"小云道:"明朝就请耐去白相,阿好?"巧珍道:"故歇客客气气算啥嗄?"小云道:"明朝是一笠园中秋大会,闹热得野哚,我末去吃酒。耐要白相,早点舒齐好仔,局票一到末就来。"巧珍自是欣喜,当晚小云、巧珍畅叙一宿。

到了八月十五中秋节日,陈小云绝早起身,打扮修饰,色色停当,钟上刚敲八点,即催起金巧珍,叮嘱两句。小云赶回店内,坐上包车,望山家园进发。

比至齐府大门首,靠对过照墙边停下。小云下车看时,大门以内,直达正厅,崇闳深邃,层层洞开,却有栅栏挡住,不得其门而入,只得退出,两旁观望,静悄悄地不见一人。长福手指左首,似是便门。小云过去打量,觉得规模亦甚气概,跨进门口,始见门房内有三五个体面门公跷起脚说闲话。小云傍门立定,正要通说姓名,一个就摇手道:"耐有啥事体,帐房里去。"

小云喏喏,再历一重仪门,侧里三间堂屋,门楣上立着"帐房"二字的直额。小云踅进帐房,只见中间上面接连排着几号帐台,都是虚位,惟第一号坐着一位管帐先生,旁边高椅上先有一人和那先生讲话。

小云见讲话的不是别人,乃是庄荔甫,少不得厮见招呼。那先生道是同伙,略一颔首,荔甫让小云上坐。小云窃窥左右两间,皆有管帐先生在内,据案低头,或算或写,竟无一人理会小云。小云心想不妥,踅近第一号帐台,向那先生拱手陪笑,叙明来意。那先生听了,忙说:"失敬,暂请宽坐。"喊个打杂的令其关照总知客。

小云安心坐候,半日杳然,但见仪门口一起一起出出进进,络绎不绝,都是些有职事的管家,并非赴席宾客。小云心疑太早,懊悔不迭。

忽听得闹攘攘一阵呐喊之声,自远而近,庄荔甫慌的赶去。随后二三十脚夫,前扶后拥,扛进四只极大板箱。荔甫往来蹀躞,照顾磕碰,扛至帐房廊下,轻轻放平,揭开箱盖,请那先生出来检点。

小云仅从窗眼里望望,原来四只板箱分装十六扇紫楠黄杨半身屏风，雕镂全部《西厢》图像，楼台士女，鸟兽花木，尽用珊瑚、翡翠、明珠、宝石，镶嵌的五色斑斓。看不得两三扇，只见打杂的引总知客匆匆跑来，问那先生客在何处，那先生说在帐房。总知客一手整理缨帽，挨身进门，见了小云，却不认识，垂手站立门旁，请问："老爷尊姓？"小云说了。又问："老爷公馆来哚陆里？"小云也说了。总知客想了一想，笑问道："陈老爷阿记得陆里一日送来个帖子？"小云乃说出前日罩丽娟家席间面约一节。总知客又想一想，道："前日是小赞跟得去个哕。"小云说："勿差。"

总知客回头令打杂的喊小赞立刻就来，一面想些话头来说。因问道："陈老爷叫局末叫个啥人？倪去开好局票来浪，故末早点，头牌里就去叫。"

小云正待说时，小赞已喘吁吁跑进帐房，叫声"陈老爷"，手持一条梅红字纸递上总知客。总知客排揎道："耐办得事体好舒齐，我一点点勿曾晓得，害陈老爷末等仔半日！晚歇我去回大人。"小赞道："园门浪交代好个哉，就勿曾送条子。也为仔大人说，帖子夠补哉。我想晚点送勿要紧，陆里晓得陈老爷走仔该搭宅门。"总知客道："耐再要说，昨日为啥勿送条子来？"

小赞没得回言，肩随侍侧。总知客问知小云坐的包车，令小赞去照看车夫，亲自请小云由宅内取路进园。

其时那先生看毕屏风，和庄荔甫并立讲话，陈小云各与作别。庄荔甫眼看着总知客斜行前导，领了陈小云前往赴席，不胜艳羡之至。

那先生讲过,径去右首帐房取出一张德大庄票,交付荔甫。荔甫收藏怀里,亦就兴辞,踅出齐府便门,步行一段,叫把东洋车,先至后马路向德大钱庄,将票上八百两规银兑换英洋,半现半票,再至四马路向壶中天番菜馆,独自一个饱餐一顿,然后往西棋盘街聚秀堂来。

陆秀林见其面有喜色,问道:"阿曾发财?"荔甫道:"做生意真难说!前回八千个生意,赚俚二百,吃力煞;故歇蛮写意,八百生意,倒有四百好赚。"秀林道:"耐个财气到哉!今年做掮客才勿好,就是耐末做仔点外拆生意,倒无啥。"荔甫道:"耐说财气,陈小云故末财气到哉。"遂把小云赴席情形细述一遍。秀林道:"我说无啥好。吃酒叫局,自家先要豁脱洋钱,倘忙无啥事体做,只好拉倒。倒是耐个生意稳当。"

荔甫不语,自吸两口鸦片烟,定个计较,令杨家姆取过笔砚,写张请帖,立送抛球场宏寿书坊包老爷,就请过来。杨家姆即时传下。荔甫更写施瑞生、洪善卿、张小村、吴松桥四张请帖。"陈小云或者晚间回店,也写一张请请何妨?"一并付之杨家姆,拨派外场,分头请客,并喊个台面下去。

吩咐粗完,只听楼下绝俏的声音,大笑大喊,嚷做一片,都说:"'老包'来哩,'老包'来哩!"直嚷到楼上客堂。荔甫料知必系宏寿书坊请来的老包,忙出房相迎。不意老包陷入重围,被许多倌人、大姐此拖彼拽,没得开交。荔甫招手叫声"老包",老包假意发个火跳,挣脱身子。还有些不知事的清倌人,竟跟进房间里,这个摔一把,那个拍一下。有的说:"老包,今朝坐马车哉哦!"有的说:"老包,手帕子哩,阿曾带得来?"弄得老包左右支吾,应接不暇。

荔甫佯嗔道:"我有要紧事体请耐来,啥个假痴假呆!"老包矍然起立,应声道:"噢,啥事体?"怔怔的敛容待命。清倌人方一哄而散。

荔甫开言道:"十六扇屏风末,卖拨仔齐韵叟,做到八百块洋钱,一块也勿少。不过俚哚常恐有点小毛病,先付六百,再有二百,约半个月期。我做生意,喜欢爽爽气气,一点点小交易勥去多拌哉。故歇我来搭俚付清仔,到仔期我去收,勿关耐事,阿好?"老包连说:"好极。"

荔甫于怀里摸出一张六百洋钱庄票,交明老包,另取现洋一百二十元,明白算道:"我末除脱仔四十,耐个四十晚歇拨耐。正价该应七百廿块,耐去交代仔卖主就来。"

老包应诺,用手巾一总包好,将行。陆秀林问道:"晚歇陆里来请耐嗄?"老包道:"就来个,勥请哉。"说着,望帘缝中探头一张,没人在外,便一溜烟溜过客堂。适遇杨家姆对面走来,不提防撞个满怀。杨家姆失声嚷道:"老包!啥去哉嗄?"

这一嚷,四下里倌人、大姐蜂拥赶出,协力擒拿,都说:"老包勥去哩!"老包更不答话,奔下楼梯,夺门而逃。后面知道追不上,喃喃的骂了两声。老包只作不知,趈出西棋盘街,一直到抛球场生全洋广货店,专寻卖主爻三。

那爻三高居三层洋楼,身穿捆身子,靸着拖鞋,散着裤脚管,横躺在烟榻下手,有个贴身伏侍小家丁名叫奢子的,在上手装烟。既见老包,说声"请坐",不来应酬。

老包知其脾气,自去打开手巾包,将屏风正价庄票现洋摊在桌上,请殳三核数亲收,并道:"庄荔甫说:一点点小交易,做得吃力煞,讲仔几日天,跑仔好几埭,俚哚帐房门口再要几花开消,八十块洋钱末俚一干子要个哉。我说:'随便末哉,有限得势,就无拨也勿要紧。'"殳三道:"耐无拨,勿对个啘。"随把念块零洋分给老包。

老包推却不收,道:"故末覅客气。耐要挑挑我,作成点生意好哉。"殳三不好再强。老包就说声"我去哉"。殳三也任其扬长而去。

老包重回聚秀堂,幸而打茶会客人上市,倌人、大姐不得空,因此毫无兜搭,径抵陆秀林房间。庄荔甫早备下四张拾圆银行票,等得老包回话,即时付讫。当有些清倌人闻得秀林有台面,捉空而来,团团簇拥老包,都说:"老包叫我,老包叫我!"见老包俫嘻嘻不睬,越发说的急了。一个拉下老包耳朵,大声道:"老包阿听见?"一个尽力把老包揣捏摇撼,白瞪着眼道:"老包说嚡!"一个大些的不动手,惟嘴里帮说道:"生来一淘才要叫个哉!来里该搭吃酒,耐阿好意思勿叫?"老包道:"陆里吃个酒嘎?"一个道:"庄大少爷勿是请耐吃酒?"老包道:"耐看庄大少爷阿是来浪吃酒?"一个不懂,转问秀林:"庄大少爷阿吃酒?"秀林随口答道:"怎晓得俚。"

大家听说,面面厮觑,有些惶惑。可巧外场面禀荔甫道:"请客末才勿来浪,四马路烟间、茶馆通通去看也无拨,无处去请哉啘。"

荔甫未及拟议,倒是这些清倌人却一片声嚷将起来,只和老包不依,都说:"耐好!骗倪!难末定归才要叫个哉!"一个个抢上前磨墨蘸笔,寻票头,立逼老包开局票。老包无法可处。

荔甫忍不住，翻转脸喝道："陆里来一淘小把戏，得罪我朋友，喊本家上来问声俚看！俚开个把势，阿晓得规矩？"外场见机，含糊答应，暗暗努嘴，催清倌人快走。秀林笑而排解道："去罢，去罢，夠来里瞎缠哉。倪吃酒个客人还勿曾齐，倒先要紧叫局。"这些清倌人一场没趣，讪讪走开。

荔甫向老包道："我有道理。耐叫末叫本堂局，先起头叫过歇个定归勿叫。"老包道："本堂就是秀林末勿曾叫歇。"秀林接嘴道："秀宝也勿曾。"

荔甫不由分说，即为老包开张局票叫陆秀宝。另写三张请帖，请的两位同业是必到的，其一张请胡竹山。外场接得在手，趁早赍送。

第四十八回终。

第四十九回

明弃暗取攘窃蒙赃　　外亲内疏图谋挟质

按:聚秀堂外场手持请客票头,赍往南昆锦里,只见祥发吕宋票店中仅有一个小伙计坐守柜台。问胡竹山,说:"勿来里,尚仁里吃花酒去哉。"外场笑道:"今朝请客真真难煞,一个也请勿着!"

小伙计取看票头,忽转一念,要瞒着长福赚这轿饭钱,因说道:"票头放来里,我替耐送得去,阿好?"外场喜谢恳托而去。

那小伙计唤出厨子,嘱其代看,亲去尚仁里黄翠凤家,直至楼上客堂,张见房间内正乱着坐台面。小伙计怕羞却步,将票头交与大姐小阿宝。小阿宝呈上罗子富,子富转授胡竹山。竹山阅竟,回说:"谢谢。"小伙计扫兴归店。

少顷,出局渐集。周双珠带赍一张票头给洪善卿阅,就是庄荔甫请的。善卿遂首倡摆庄,十觥打完,告辞作别。罗子富猜度黄翠凤必有预先了理之事,也想早些散席为妙。席间饮量平常,大抵与胡竹山差不多。惟有姚季莼喜欢闹酒,偏为他人催请不过,去的更早。可惜这华筵令节,竟不曾畅叙通宵,无事可叙,无话可述。

罗子富等客散之后,将回公馆。黄翠凤问道:"耐再有啥事体?"子富道:"我是无啥事体。耐阿要收作收作? 明朝一日天常恐忙勿过。"翠凤掉头笑道:"咳! 我个物事收作好仔长远哉,等到故歇。"

子富重复坐下,翠凤道:"明朝忙也勿忙,倒要用着耐,夠去。"子富唯唯,打发高升、轿班自回。却听对过房间黄金凤台面上豁拳唱曲之声,聒耳可厌。比及金凤席终,接着翠凤出局,子富又不免寂寞些,将金凤烧的烟泡连吸三口,提起精神。

翠凤于夜分归家,嘱付相帮小心照看斗香、椽烛。相帮约了赵家姆、小阿宝挖花赌钱,以为消夜之计。子富闻得楼下人声嘈嘈不绝,不知不觉和翠凤谈至天亮,连忙宽衣登床,酓腾一觉。毕竟有事在心,不致失聪,将近午刻,共起同餐。

早有人送到一包什物,翠凤令赵家姆将去暂交黄二姐,代为收存,明辰应用。且请黄二姐上楼,翠凤自去捧出先前子富寄留的拜匣,讨子富身边钥匙,当场开锁。匣内只有许多公私杂项文书,并无别样物件。翠凤教子富把文书点与黄二姐看,黄二姐笑拦道:"晓得哉,耐个人陆里有推扳,夠看哉。"翠凤道:"无姆勿呀,该个是俚乃个物事,无姆看过仔我好带得去,让俚乃自家也点仔一点,倘忙停两日缺下来,勿关无姆事,阿对?"

黄二姐只得看其点过锁好。翠凤亦令赵家姆将去,连适间一包,做一处安放。更请帐房先生随带衣裳、头面帐簿上楼。子富听这名目新奇,从旁看去。原来那帐簿前半本开具头面若干件,后半本开具衣裳若干件,如有破坏改拆等情,下面分行小注,一览而知。子富暗地叹服其精细。

当下小阿宝帮同赵家姆从橱肚中掇出三号头面箱。翠凤自去先开一箱,把箱内头面一总排列桌上,央帐房先生从头念下。这边念一件,那边翠凤取一件头面付给黄二姐,亲眼验,亲手接。黄二姐递付赵家姆,仍装入箱内。装毕,请黄二姐加上锁。通共一箱金,一箱珠,一箱翡翠、白玉。三箱头面,照帐俱全,一件不缺。

赵家姆另喊两个相帮上楼,从床背后暨亭子间两处,抬出十号朱漆皮箱。翠凤自去先开一箱,把箱内衣裳一总堆列榻上,央帐房先生从头念下。这边念一件,那边翠凤取一件衣裳付给黄二姐,亲眼验,亲手接。黄二姐递付赵家姆,仍装入箱内。装毕,请黄二姐加上锁。通共两箱大毛,两箱中毛,两箱小毛,两箱棉,一箱夹,一箱单与纱罗。十箱衣裳,照帐俱全,一件不缺。

翠凤重央帐房先生翻到帐簿末底两页,所有附开各帐一概要念。此乃花梨、紫檀一切家生,以及自鸣钟、银水烟筒之类。翠凤一件件指点明白,某物在某所,某物在某所。黄二姐嘻开嘴,胡乱答应,实未留心。

翠凤一直接说道:"再有我家常着个衣裳,同零零碎碎白相物事,帐末勿曾开,才来里官箱里,无姆空仔点查末哉。"黄二姐笑讽道:"耐也该应吃力哉呀,吃筒水烟,请坐歇哩。"

翠凤果然觉得疲乏,和黄二姐对面坐下。黄珠凤慌的过来装水烟,黄金凤正陪着子富说笑,亦遂停止。大家相视,嘿嘿无言。帐房先生料无他事,随带帐簿,领了相帮下楼。赵家姆、小阿宝陆续各散。

翠凤特地叫声"无姆",从容规谏道:"我几花衣裳、头面,多末勿算多,撑得来也勿容易。今朝我交代仔无姆,无姆收作去,耐要自家有淘成点末好哩!再拨来姘头骗仔去,耐要吃苦个哩!耐几个老姘头,才是夷场浪拆梢流氓,靠得住点正经人一个也无拨。我眼睛里看见末,勿晓得拨俚哚骗仔几花哉!我个物事,幸亏我捏牢子,替无姆看好来浪,一径到故歇,勿曾骗得去。倘然来哚无姆手里,故歇也无拨个哉。我末做仔四五年大生意,替无姆撑仔点物事,原有今朝日脚,无姆面浪总算我有交代。该搭事体我完结哉,倒是无姆个无淘成,有点勿放心。我去仔再有啥人来说耐嘎!耐末去听仔妍头个闲话,勿消四五年,骗仔耐洋钱,再骗耐物事,等耐无拨仔,让耐去吃苦。耐为仔妍头吃个苦,阿好意思教人照应点?耐也无拨面孔去说哞!"

一席话,说得黄二姐无地容身,低下头去,拨弄手中一把钥匙。子富但微微的笑。翠凤又叫声"无姆",道:"耐勿怪我多说多话,我是替无姆算计。我赎身末赎仔出去,我个亲人单有耐无姆,随便到陆里,总是黄二姐哚出来个因件。无姆好,我也体面点;勿好,大家坍台。无姆样色样才无啥,做生意蛮巴结,当个家蛮明白,就是来里妍头面浪吃个亏。我为仔看勿过说说耐,难下去我也勿好说个哉。耐要自家有淘成,五十多岁个年纪,原像仔先起头实概样式,做出点话靶戏拨小干仵笑话,我倒替耐难为情。"

黄二姐听了,坐着不好,走开不好,渐渐涨的满面绯红。翠凤不忍再说下去,乃更端道:"我说耐故歇就拿一千洋钱买个把讨人,衣裳、头面才有来浪,做点生意下来,开消也够哉。再歇两年,金凤梳仔个正头,刚刚接下去,故末再好无拨。珠凤生来无用场,倘忙有人家要末,倒让俚好场花去罢。金凤阿有啥说嘎,定归是挨一挨二个时髦倌人;就说勿时髦,抵桩也像仔我末哉哞。无姆依仔我,是无姆福气。"

子富连连点头,又口道:"故倒是正经闲话,一点勿差。"翠凤道:"价末起先头闲话阿是说差哉?"黄二姐因而插嘴道:"才是好闲话,陆里有差嗄。"说罢,起立徘徊,自言自语道:"俚哚该应来快哉,我下头去等来浪。"遂拨转头径归楼下小房间。

翠凤在后手指黄二姐脊背,低声向子富道:"耐看俚,越说俚越是个厚皮!难我说过仔勿说哉,俚要去吃苦,等俚歇。"子富道:"俚做老鸨苦恼,拨耐埋冤煞,一声也勿敢响。"翠凤道:"耐说哉啘,七姊妹淘里阿有啥好人!倪要做差仔点,拨俚打起来要死。"子富道:"我勿相信。"翠凤道:"耐勿相信,看诸金花。俚哚七姊妹,我碰着三个人。诸三姐比仔倪无姆好得野哚,就不过打仔两顿。要是倪无姆个讨人,定归要死勿死,要活勿活,教俚试试看末晓得哉。"

子富笑而不语,翠凤叹口气道:"覅说是倪无姆,耐看上海把势里陆里个老鸨是好人!俚要是好人,陆里会吃把势饭!再有个郭孝婆,耐也晓得点哉啘?故歇自家无拨讨人,再要去帮诸三姐打个诸金花,耐说阿要讨气。"

不料翠凤说话之间,突然楼梯上一起脚声,跑上三个人,黄二姐前引,帐房先生后随,直往对过金凤房间。子富怪诧问故,翠凤摇手悄诉道:"才是流氓呀,倪赎身文书要俚哚到仔末好写啘。"

子富见说,放下窗帘。翠凤惟令珠凤过去应酬,不许擅离。金凤竟不过去,怔怔痴坐,不则一声。子富视其面色如有所思,拉近身边,亲切问道:"阿姐去仔,阿冷静嗄?"金凤攒眉含泪而答道:"冷静点是勿要紧,我来里想:阿姐去仔,就剩我一干子做个生意,房钱、捐钱几花开消,忙煞我也无拨几台酒,几个局,无姆发极起来,故末要死哉!教我再有啥法子嗄!"

翠凤一听,嗤的笑道:"耐故歇做生意来够开消仔,无姆要发财哉!"子富也笑慰道:"耐放心,无姆陆里来说耐。珠凤比耐大一岁,要说末先说俚。"金凤道:"俚乃生来无拨生意,倒也无啥。我是无姆一径来浪说:'难末生意该应好点哉。'阿姐也实概说,陆里晓得该节个帐比仔前节倒少仔点。"翠凤道:"耐末勥去转啥念头,自家巴结做生意好哉。"子富也道:"耐要记好仔阿姐个闲话,故末无姆喜欢耐。"

黄二姐适从对过房里踅来,听得"无姆"两字,问说甚话。翠凤为述金凤之言。黄二姐顺口赞道:"好因仔,倒难为俚想得到!"金凤转觉害羞,一头撞入子富怀抱。大家一笑丢开。

黄二姐袖中掏出一只金时辰表,一串金剔牙杖,双手奉与翠凤,道:"耐说物事一点勿要,我也晓得耐个意思,勿好拨耐。该个两样,耐一径挂来哚身浪,无拨仔勿便个哇,耐带得去。小意思,也勿好算啥物事。"

翠凤不推不接,并不觑一正眼儿,冷笑两声,道:"无姆,谢谢耐!我说过一点勿要,无姆再要客气,笑话哉。"黄二姐伸出手缩不进,忸怩为难。

子富在傍调停道:"拨仔金凤罢。"黄二姐想了想,不得已,给与金凤。翠凤正色道:"索性搭无姆说仔罢,我到仔兆富里,无姆要张张我,来末哉。倘然送副盘拨我,故末无姆麭动气,连搭仔下脚洋钱才无拨。"

黄二姐欲说不说,嗫嚅为难。忽见赵家姆送上一张请客票头,黄二姐便趁势搭讪,问:"陆里搭请?"子富看那票头乃泰和馆的,知系局中例酒。翠凤不去理会,盛气庄容,凛乎难犯。黄二姐自觉没趣,趔趄半晌,原往对过房里去了。

子富将行,翠凤嘱道:"晚歇耐要来个哩,勿晓得俚哚赎身文书写个阿对。"子富应诺,暂出客堂,望见对过房间点得保险台灯分外明亮,但静悄悄的毫无一些声息。子富向帘子缝里暗立潜窥,只见帐房先生架起眼镜,据案写字;三个流氓连黄二姐攒聚一堆儿,切切私语,不知商议什么事情;珠凤、小阿宝伺应左右。

子富并未惊动,自去赴宴。到了泰和馆,自然摆庄叫局,热闹如常。惟子富牢记翠凤所嘱,生恐醉后误事,不敢尽欢,酬酢一回,乘间逃席。

那时金凤房间也摆起四盘八簋,请那流氓,雄啖大嚼,吮啜有声,笑詈叫号,杂沓间作。子富逆揣赎身文书必然写好,见了翠凤,将出一张正契,一张收据,上面写的画蚓涂鸦,不成字体。及观文理,倒还清楚,盖有相传秘本作为底稿,所以不致乖谬。

翠凤终不放心,定要子富逐句讲解一遍,自己逐句推敲一遍,始令小阿宝赍交黄二姐签押盖印。子富记得年月底下一排姓名,地方、代笔之外,平列三个中证:一个周少和,一个徐茂荣,一个混江龙。问这混江龙是否拆号,翠凤道:"该个末,倪无姆个姘头哕。就是俚勿声勿响,调皮得来,坎坎还来浪起个花头。我个人去上俚个当,拗空哉嗄!"

子富看过赎身文书,瞻顾徬徨,若有行意。翠凤坚留如前,说:"明朝倪一淘过去。"子富没法,遵命。待那三个流氓渐次散尽,方各睡下。

翠凤睡中留神,黎明即醒,唤起赵家姆,命向黄二姐索取一包什物。这包内包着一身行头,色色具备。翠凤坐于床沿,解松脚缠,另换新布。子富朦朦胧胧,重入睡乡。直至翠凤梳洗俱完,才来叫醒。

子富一见翠凤,上下打量,不胜惊骇。竟是通身净素,湖色竹布衫裙,蜜色头绳,玄色鞋面,钗环簪珥一色白银,如穿重孝一般。

翠凤不等动问,就道:"我八岁无拨仔爷娘,进该搭个门口就勿曾带孝;故歇出去,要补足俚三年。"子富称叹不置。翠凤道:"夠瞎说哉,快点去罢。"子富道:"去末哉嗄。"翠凤道:"耐先去,我舒齐仔就来。"随命小阿宝跟子富至楼下,向黄二姐索取那只拜匣,置于轿中。

于是子富乘轿往兆富里,先有一辆包车停歇门首。子富下轿进门,一个添用的大姐,曾经识面,一直请进楼上正房间。高升捧上拜匣,随即退下。子富四下里打一看时,不独场面铺陈无少欠缺,即家常动用器具亦莫不周匝齐全。子富满口说好,更欲看那对过腾客人的空房间,大姐拦说有客,乃止。

须臾,大门外点放一阵百子高升,赵家姆当头飞报:"来哉。"大姐忙去当中间点上一对大蜡烛。

翠凤手执安息香，款步登楼，朝上伏拜。子富蹑足出房，隐身背后观其所为。翠凤觉着，回头招手道："耐也来拜拜哩。"子富失笑倒退。翠凤道："价末张啥嘎，房里去！"一手推子富进房，把怀中赎身文书教子富覆勘一遍，的真不误。

翠凤自去床背后，从朱漆皮箱内捧出一只拜匣，较诸子富拜匣，色泽体制，大同小异。匣内只有一本新立帐簿，十几篇店铺发票。

翠凤当场装入赎身文书，照旧加上锁，然后将这拜匣同子富的拜匣一总捧去，收藏于床背后朱漆皮箱。凡事大概就绪，翠凤安顿子富在房，暂过对过空房间，打发钱子刚回家。

第四十九回终。

第五十回

软厮缠有意捉讹头　恶打岔无端尝毒手

按：黄翠凤调头这日，罗子富早晚双台，张其场面。十二点钟时分，钱子刚回家既去，所请的客陆续才来，第一个为葛仲英。仲英见三间楼面清爽精致，随喜一遭，既而踅上后面阳台，这阳台紧对着兆贵里孙素兰房间。仲英遥望玻璃窗内，可巧华铁眉和孙素兰衔杯对酌，其乐陶陶。大家颔首招呼。

华铁眉忽推窗叫道："耐空末，来说句闲话。"葛仲英度坐席尚早，便与罗子富说明，并不乘轿，步行兜转兆贵里。不意先有一群不三不四的人，身穿油晃晃暗昏昏绸缎衣服，聚立门前，若有所俟。

葛仲英进门后，即有一顶官轿，接踵而至，一直抬进客堂。仲英赶急迈步登楼，孙素兰出房相迎，请进让坐。华铁眉知其不甚善饮，不复客套。葛仲英问有何言，铁眉道："亚白请客小启耐阿看见？啥个绝世奇文，请倪一淘去赏鉴。"仲英道："我问小云，也坎坎晓得。"遂历叙高、尹赌东之事，铁眉恍然始悟，道："我正来里说，姚文君屋里末，为仔个癫头鼋勿好去请客，为啥要老旗昌开厅？陆里晓得痴鸳来浪高兴。"

道言未了，只见娘姨金姐来取茶碗，转向素兰耳边悄说一句。素兰猛吃大惊，随命跟局的大姐盛碗饭来。铁眉怪问为何，素兰悄说道:"癞头鼋来里。"铁眉不禁吐舌,也就撤酒用饭。

食顷,倏闻后面亭子间豁琅一声响,好像砸破一套茶碗。接着叱骂声,劝解声,沸反盈天。早有三四个流氓门客,履声橐橐,闯入客堂;竟是奉令巡哨一般,直至房门口,东张西望,打个遭儿。

葛仲英坐不稳要走,华铁眉请其少待,约与同行。孙素兰不敢留,慌忙丢下饭碗,用干手巾抹了抹嘴,赶紧出去。只见赖公子气愤愤地乱嚷,要见见房间里是何等样恩客。那些手下人个个摩拳擦掌,专候动手。金姐、大姐没口子分说,扯这个,拉那个,那里挡得住。素兰只得上前按下赖公子,装做笑脸,宛转陪话。赖公子为情理所缚,不好胡行,一笑而止。流氓狎客亦皆转柁收篷,归咎于娘姨、大姐,说是莽撞得罪了。

一时,葛仲英、华铁眉匆匆走避,让出房间。孙素兰又不敢送,就请赖公子:"去哩。"赖公子假意问:"陆里去?"素兰说:"房间里。"赖公子直挺挺坐在高椅上,大声道:"房间里勿去哉,倪来做填空!"流氓狎客听说,亦皆拿腔作势,放出些脾气来,不肯动身。禁不起素兰揣着赖公子两手,下气柔声,甜言蜜语的央告。赖公子遂身不由主,趔趄相从。一边金姐、大姐做好做歹,请那流氓狎客一齐踅进房间。

赖公子只顾脚下,不堤防头上,被挂的保险灯猛可里一撞,撞破一点油皮,尚不至于出血。赖公子抬头看了,嗔道:"耐只勿入调个保险灯,也要来欺瞒我!"说着,举起手中牙柄折扇轻轻敲去,把内外玻璃罩,叮叮当当敲得粉碎。素兰默然,全不介意。一班流氓狎客却还言三语四,帮助赖公子。一个道:"保险灯勿认得耐呀,要是恩客末,就勿碰哉!看仔俚保险灯,也蛮乖哚。"一个道:"保险灯就不过勿会说闲话,俚碰耐个头,赛过要赶耐出去,阿懂嘎?"一个道:"倪本底子勿该应到该搭正房间里来,倒冤枉煞个保险灯!"

赖公子不理论这些话,只回顾素兰道:"耐勤来里肉痛,我赔还耐末哉。"素兰微哂道:"笑话哉喧!生来倪个保险灯挂得勿好,要耐少大人赔还。"赖公子沉下脸道:"阿是勿要?"素兰急改口道:"少大人个赏赐,阿有啥勿要嘎。故歇说是赔还倪,故末倪勿要。"赖公子又喜而一笑。弄得他手下流氓狎客摸不着头脑,时或浸润挑唆,时或夸诩奉承。素兰看不入眼,一概不睬,惟应酬赖公子一个。

赖公子喊个当差的,当面吩咐传谕生全洋广货店掌柜,需用大小各式保险灯,立刻赍送张挂。不多时,当差的带个伙计销差。赖公子令将房内旧灯尽数撤下,都换上保险灯。伙计领命,密密层层挂了十架。素兰见赖公子意思之间不大舒服,只得任其所为。赖公子见素兰小心伺候,既不亲热,又不冷淡,不知其意思如何。

既而赖公子携着素兰并坐床沿,问长问短。素兰格外留神,问一句说一句,不肯多话。问到适间房内究属何人,素兰本待不说,但恐赖公子借端兜搭,索性说明为华铁眉。赖公子欻地跳起身子,道:"早晓得是华铁眉,倪一淘见见蛮好啘!"素兰不去接嘴。那流氓狎客即群起而捭掇道:"华铁眉住来浪大马路乔公馆,倪去请俚来,阿好?"赖公子欣然道:"好,好!连搭仔乔老四一淘请。"当下写了请客票头,另外想出几位陪客,一并写好去请。素兰任其所为,既不怂恿,亦不拦阻。

第五十回　软厮缠有意捉讹头　恶打岔无端尝毒手

赖公子自己兴兴头头,胡闹半日,看看素兰落落如故,肚中不免生了一股暗气。及当差的请客销差,有的说有事,有的不在家,没有一位光顾的。赖公子怒其不办事,一顿"王八蛋",喝退当差的,重新气愤愤地道:"俚哚才勿来末,倪自家吃!"

当下复乱纷纷写了叫局票头。赖公子连叫十几个局,天色已晚,摆起双台。素兰生怕赖公子寻衅作恶,授意于金姐,令将所挂保险灯尽数点上,不独眼睛几乎耀花,且逼得头脑烘烘发烧,额角珠珠出汗。赖公子倒极为称心,鼓掌狂叫,加以流氓狎客哄堂附和,其声如雷。素兰在席,只等出局到来,便好抽身脱累。谁知赖公子且把出局靠后,偏生认定素兰,一味的软厮缠。素兰这晚偏生没得出局,竟无一些躲闪之处。

初时素兰照例筛酒,赖公子就举那杯子凑到素兰嘴边,命其代饮。素兰转面避开。赖公子随手把杯子扑的一碰,放于桌上。素兰斜瞅一眼,手取杯子,笑向赖公子婉言道:"耐要教我吃酒末,该应敬我一杯。我敬耐个酒原拿拨我吃,阿是耐勿识敬。"也把杯子一碰,放于赖公子面前。赖公子反笑了,先自饮讫,另筛一杯授与素兰,素兰一口呷干。席间皆喝声采。

赖公子豪兴遄飞,欲与对饮。素兰謇蹙道:"少大人请罢,倪勿大会吃酒。"赖公子错愕道:"耐再要欺瞒我!出名个好酒量,说勿会吃。"素兰冷笑:"少大人要缠煞哚!倪吃酒,学得来个呀。拿一鸡缸杯酒一淘呷下去,停仔歇再挖俚出来,难末算会吃哉。出局去到仔台面浪,客人看见倪吃酒一口一杯,才说是好酒量,陆里晓得转去原要吐脱仔末舒齐。"赖公子也冷笑道:"我勿相信！要末耐吃仔一鸡缸杯,挖拨倪看。"素兰故意岔开道:"挖啥嗄？耐少大人末,教人挖仔再要教人看。"

赖公子一路攀谈,毫无戏谑,今听斯言,快活得什么似的,张开右臂,欲将素兰揽之于怀。素兰乖觉,假作发极,俏声一喊,仓皇逃遁。只见金姐隔帘点首儿,素兰出房,问其缘故。原来是华铁眉的家奴,名唤华忠,奉主命探听赖公子如何行径。素兰述其梗概,并道:"耐转去搭老爷说,一径噪到仔故歇,总归要扳倪个差头。问老爷阿有啥法子？"

华忠未及答话,台面上一片声唤"先生",素兰只得归房。华忠屏息潜踪,向内暗觑,但觉一阵阵热气从帘缝中冲出,席间科头跣足,袒裼裸裎,不一而足。赖公子这边被十几个倌人团团围坐,打成栲栳圈儿,其热尤酷。

赖公子喝令让路,要素兰上席豁拳。素兰推说:"勿会豁。"赖公子拍案厉声道:"豁拳末阿有啥勿会个嗄！"素兰道:"勿曾学歇,陆里会嗄。少大人要豁拳,明朝我就去学,学会仔再豁末哉。"赖公子瞋目相向,狞恶可畏。幸而流氓狎客为之排解道:"俚哚是先生,先生个规矩,单唱曲子,勿豁拳。教俚唱仔只曲子罢。"素兰无可推说,只得和起琵琶来。

华忠认得这一班流氓狎客,都是些败落户纨袴子弟与那驻防吴淞口的兵船执事,恐为所见,查问起来难于对答,遂回身退出,自归大马路乔公馆转述于家主。华铁眉寻思一回,没甚法子,且置一边。

次日饭后,却有个相帮以名片相请。铁眉又寻思一回,先命华忠再去探听赖公子今日游踪所至之处,自己随即乘轿往兆贵里孙素兰家等候覆命。

素兰一见铁眉,呜呜咽咽,大放悲声,诉不尽的无限冤屈。铁眉惟恳恳的宽譬慰劝而已。素兰虑其再至,急欲商量。铁眉浩然长叹,束手无策。素兰道:"我想一笠园去住两日,耐说阿好?"铁眉大为不然,摇头无语。素兰问怎的摇头,铁眉道:"耐勿晓得有多花勿便哚。我末先勿好搭齐韵叟去说,癞头鼋同倪世交,拨俚晓得仔末,也好像难为情。"素兰道:"姚文君来浪一笠园,就为仔癞头鼋,啥勿便嗄?"铁眉理屈词穷,依然无语。

良久,素兰鼻子里哼了一声,道:"我是晓得耐个人,随便啥一点点事体,用着仔耐末,总归勿答应。耐放心,我不过先告诉耐,齐大人搭我自家说末哉,癞头鼋晓得仔,也勿关耐事。"铁眉拍手道:"故末蛮好。晚歇倪到老旗昌,耐要说末就说。"素兰鼻子里又哼了一声,亦复无语。

两人素性习静,此时有些口角,越发相对忘言。直至华忠回来报说:"故歇少大人来浪坐马车,转来仔到该搭。"铁眉闻信,甚为慌张,方启口向素兰道:"倪去罢。"素兰闻信,愈觉生气,迟回半晌,方启口答道:"随便耐。"

于是铁眉留下华忠,假使赖公子到此生事,速赴老旗昌报信。素兰嘱付金姐好生看待赖公子,只实说出局于老旗昌便了。

两人相与下楼，各自上轿。刚抬出兆贵里，便隐隐听得轮蹄之声，驶入石路。一霎间追风逐电，直逼到轿子傍边。铁眉道是赖公子，探头一张，乃系史天然挈带赵二宝，分坐两把马车，一路朝南驶去，大约即为高亚白所请同席之客。等得马车过后，轿子慢慢前行，转过打狗桥，经由法马路，然后到了老旗昌。只见前面一带歇着许多空轿、空车，料史天然必然先到，又见后面更有许多轿子衔接抬来。

华铁眉、孙素兰站定少待。那轿子抬至门首，一齐停下，却系葛仲英、朱蔼人、陶云甫三位，连带的局吴雪香、林素芬、罩丽娟，共是六肩轿子。大家觑见，纷纷进门。

高亚白在内望见，与两个广东婊子迎出前廊，大笑道："催请条子刚刚去，倒才来哉。再有个天然兄，还要早，好像大家约好个辰光。"一行人蹑足升阶，至于厅堂之上。先到者除史天然、赵二宝之外，又有尹痴鸳、朱淑人、陶玉甫三位。

大家见过，尚未入座，陶云甫就开言道："倪末勿是约好辰光，为仔痴鸳先生绝世奇文，要紧请教。快点拿得来，我要急煞哉！"尹痴鸳道："倪要等客人到齐仔末交卷哚，耐勿来里性急。"葛仲英道："等到啥辰光哩？"高亚白道："难快哉，就是个陈小云同仔韵叟勿曾到。"

众人没法，相让坐下，因而仔细打量这厅堂。果然别具风流，新翻花样，较诸把势绝不相同。屏栏窗牖非雕镂即镶嵌，刻划得花梨、银杏、黄杨、紫檀层层精致；帐幕帘帷非藻绘即绮绣，渲染得湖绉、官纱、宁绸、杭线色色鲜明。大而栋梁、柱础、墙壁、门户等类，无不耸翠上腾，流丹下接；小而几案、椅杌、床榻、橱柜等类，无不精光外溢，宝气内含。至于栽种的异卉奇葩,悬挂的法书名画,陈设的古董雅玩,品题的美果佳茶,一发不消说了。

众人再仔细打量那广东婊子,出出进进,替换相陪,约摸二三十个,较诸把势却也绝不相同。或撅着个直强强的头,或拖着根散朴朴的辫,或眼梢贴两枚圆丢丢绿膏药,或脑后插一朵颤巍巍红绒球。尤可异者,桃花颧颊好似打肿了嘴巴子,杨柳腰肢好似夹挺了脊梁筋。两只袖口晃晃荡荡,好似猪耳朵;一双鞋皮踢踢塌塌,好似龟板壳。若说气力,令人骇绝。朱蔼人说得半句发松闲话,婊子既笑且骂,扭过身子,把蔼人臂膊隔着两重衣衫轻轻捽上一把,捽的蔼人叫苦连天。连忙看时,并排三个指印,青中泛出紫色,好似熟透了牛奶葡萄一般。众人见之,转相告戒,无敢有诙谐戏谑者。婊子兀自不肯干休,咭咭呱呱说个不了。

幸而外间通报:"齐大人来。"众人乘势起立趋候。齐韵叟率领一群娉娉袅袅、袅袅婷婷的本地婊子,即系李浣芳、周双玉、张秀英、林翠芬、姚文君、苏冠香六个出局。那广东婊子插不上去,始免纠缠。齐韵叟见了众人,四顾一数,向尹痴鸳道:"客人齐哉唲,耐个奇文哩?"高亚白代答道:"齐末勿曾齐,赛过齐个哉,陈小云是外行,等俚做啥。"尹痴鸳不从,道:"故末觌欺瞒俚,再等歇也勿要紧唲。"

史天然叉问道:"我要问耐,客人勿齐也勿要紧唲,为啥要等嗄?"华铁眉接说道:"我来里想,痴鸳先生个绝世奇文,常恐是做勿出勿曾做唲,嘴里末一径说交卷,一径搭浆下去。"葛仲英、朱蔼人、陶云甫皆抵掌道:"一点勿差,定归是做勿出勿曾做!"大家你一言我一语,惟朱淑人、陶玉甫不措一词。尹痴鸳只是微哂。

谈笑之间,陈小云亦带金巧珍而至。齐韵叟道:"难无啥说哉哕。"尹痴鸳道:"我是做勿出勿曾做,说啥嘎。"齐韵叟俨色庄声,似怒非怒道:"拿得来!"

第五十回终。

第五十一回

胸中块《秽史》寄牢骚　眼下钉小蛮争宠眷

按：尹痴鸳鼓掌大笑，取出怀中誊真底稿，授与齐韵叟。众人争先快睹，侧立旁观。只见首行标题乃是《秽史外编》四字。其文曰：

高唐氏有二女焉，家习朋淫，人求野合。登徒子趋之如归市。一石婢充"氤氲使"，操玉尺于门之右，以旌别其上下床。

东墙生闻而造曰："窃比大阴之嫪毐，技擅关车；愿为禁脔之昌宗，官除控鹤。"以翘翘者示石。丹之刃磨厉以须，毛之锥脱颖而出。石睨而笑曰："践形惟小，具体而微。人何以良，婿真是赘。"生曰："不然。仆闻精多者物宏，体充者用肥。屠牛坦解十二牛，而芒刃不顿者，其批郤导窾，皆众理解也。卿毋皮相，仆试身尝。"

石曰："招我由房，请君入瓮。"乃见二女，喜而款之。有酒如淮旨且多；其人如玉美而艳。为武曌设无遮会，俾刘铁观大体双。

既酣，石趋进曰："寡君有不腆之溪毛，敢以荐之下执事。"生惶恐避席而对曰："三女成粲，一夫当关，恐陨越以贻羞，将厌覆之是惧。请以淫筹，参之觞政，按徐熙之院本，演王建之宫词；三珠张翠鸟之巢，十样斗蛾眉之谱，不亦可乎？"皆曰："善。"

尔乃屏四筵,陈六簙。高氏抵臂呼之,则风月三分,水天一色。生曰:"此'秋千戏'也。"高自裂帛缚踝,悬诸两楹;重门洞开,严阵以待。生及锋而试,不戒而驰;挟颍考叔之䡩,穿养由基之札。高知其易与也,强者弱之,实者虚之;若合若离,且迎且拒。鞭之长不及于腹,皮之存不傅于毛。生惊退三舍。高微哂,放踵而摩顶焉。龙已潜而勿用,蠖亦屈而不伸。无臭无声,恍比邱之入定;或推或挽,俨傀儡之登场。壁上观者椰揄之。

生内惭,不暇辨,以胥臣之虎皮蒙其马,以郈氏之金距介其鸡。华元之甲,弃而复来;董父之布,苏而复上。于是一张一弛,再接再厉;七纵七擒,十荡十决。王勃乘马当之风,浩浩然不知其所止;陆逊迷鱼復之阵,佅佅乎不知其何之。高嘤咛乞休曰:"可矣。今而后知死所矣。"生大笑。

次为唐氏,着手成春。厥象曰"后庭花"。唐曰:"舍正路而不由,从下流而忘反,不可。"生曰:"吕之射戟也辕门,冪之行舟也陆地,夫何伤?"强唐两手据地,而自其后乘之。大开月窟,横看成岭侧看峰;倒挂天瓢,翻手为云覆手雨。

高挠之曰:"勿尔,雌虽伏矣,牝可虚乎?"生乃止。唐愠曰:"背有刺,毡有针,殆哉。"

生令石博。石未及应。唐曰:"嘻! 守如瓶口,困在垓心。石兮石兮,乃如之人兮!"生不信,染指于鼎,草萋萋兮未长,泉涓涓兮始流。叶底芙蓉,花深不露;梢头荳蔻,苞吐犹含。扼腕叹曰:"涅而不缁白乎? 钻之弥坚卓尔! 除非力士,鸟道可以生开;安得霸王,鸿沟为之分割?"

聿及高。高博而辗然曰:"由来玉杵亲捣元霜,岂有金茎仰承甘露?"生曰:"得毋为'倒垂莲'乎? 有术在:仆也皤其腹,卿也鞠其躬。"遂战。交绥,生睚甚,顾谓石曰:"大嚼于屠门,熟闻于鲍肆,何以为情?"石曰:"不度玉门关,负我青春长已矣;直至黄龙府,与君痛饮复何如?"

生谨诺,拔帜而濠中突起,背水称兵;探珠而海底重来,尾闾扫穴。石创钜痛深,如兔斯脱。高曰:"姮娥奔矣。居士亦闻木樨香否?"生为抚掌。

会唐博,得"弄玉箫"之象,谋于石曰:"既兽畜而不能豕交,宁鸡口而毋为牛后。子盍为我图之。"

石受命,掬之以手,承之以口。双丸跳荡,一气卷舒;呜呜然犹蚯蚓窍之苍蝇声也。高曰:"未病而呻,虽槌亦醉,浑敦也而饕餮乎?"唐曰:"扪烛而得其形,尝鼎而知其味,娲皇有灵,能无首肯?"石亦忍俊不自禁焉。

生既刮垢磨光,伐毛洗髓;新硎乍发,游刃有馀。高度不敌,得"弓弯舞"而让于唐。生战益力,中强外肆,阴合阳开;左旋右抽,大含细入。如猛虎之咆哮;如神龙之夭矫;如急雨飘风之骤至;如轻车骏马之交驰。俄而津津乎其味,汩汩然而来。浃髓沦肌,揉若无骨;撑肠挂腹,扪之有棱。就其浅,就其深,丹成九转;旅而进,旅而退,曲奏三终。盖下视其辙,而唐且血流漂杵矣。

生曰:"乞灵于媚药,请命于淫符。昼日犹可接三,背城何妨借一?"高唐皆曰:"休矣先生!俟诸异日!"

生冠带兴辞,二女歌《采荍》之首章以送之,三肃使者而退。

众人阅毕,皆怔怔看着齐韵叟。不料韵叟连说:"好,好!"更无他词。惟史天然、华铁眉两人爱不释手,葛仲英、朱蔼人、陶云甫三人赞不绝口,连朱淑人、陶玉甫亦自佩服之至。异口同声,皆道:"洵不愧为绝世奇文矣!"

葛仲英道:"俚用个典故,倒也人人肚皮里才有来浪,就不过如此用法,得未曾有。"华铁眉道:"妙在用得恰好地步,又贴切,又显豁。正如右军初写《兰亭》,无不如志。"朱蔼人道:"最妙者,'鞭刺鸡锥'搭仔'马牝沟札'多花醒醍物事,竟然雅致得极。"史天然道:"像'扪之有棱'一联,此情此景,真有难以言语形容者,亏俚写得出!"陶云甫道:"我倒勿懂,俚末为啥忽然想到《四书》《五经》浪去,《四书》《五经》末为啥竟有蛮好句子拨俚用得去?阿要稀奇!"说得大家皆笑。

尹痴鸳道:"既蒙谬赏,就请赐批如何?"史天然、华铁眉沉吟并道:"要批倒难批哩。"葛仲英矍然道:"我有来里。"即讨取笔砚,向底稿后面空幅写下行书两行,道:

试问开天辟地,往古来今,有如此一篇洋洋洒洒,空空洞洞,怪怪奇奇文字否?普天下才子读之,皆当瞠目愕顾,箝口结舌,倒地百拜,不知所为!

史天然先喝声"批得好!"朱蔼人道:"故是金圣叹《西厢》个批

语,俚就去抄仔来哉。"华铁眉道:"抄也抄得好。"陶云甫点头道:"果然抄得好,除脱仔实概个批语,也无拨啥好批哉晼。"

葛仲英顾见高亚白独坐于旁,片言不发,讶而问道:"亚白先生啥勿声勿响嗄,难道痴鸳先生做得勿好?"亚白道:"好末阿有啥勿好,耐阿晓得城隍庙里大兴土木,阎罗王殿浪个拔舌地狱刚刚收作好,就等个痴鸳先生去末,要请俚尝尝滋味哉!"

大家复笑哄堂,尹痴鸳也笑道:"俚乃输仔东道,来里肉痛,无啥说仔末,骂两声出出气,阿对?"齐韵叟道:"亚白不过说说罢哉,我末要劝耐句闲话。大凡读书人通病,往往为坎坷之故,就不免牢骚;为牢骚之故,就不免放诞;为放诞之故,就不免溃败决裂,无所不为。耐阿好收敛点,君子须防其渐也。"尹痴鸳不禁竦然改容,拱手谢教。

其时满厅上点起无数灯烛,厅中央摆起全桌酒筵,广东婊子声请入席。众人按照规例,带局之外,另叫个本堂局。婊子各带鼓板弦索,呕呕哑哑,唱起广东调来。若在广东规例,当于入席之前挨次唱曲,不准停歇。高亚白嫌道聒耳,预为阻止。至此入席之后,齐韵叟也不耐烦,一曲未终,又阻止了。席间方得攀谈行令如常。

既而华铁眉的家丁华忠跫上厅来,附耳报命于家主道:"少大人到仔清和坊袁三宝搭去,兆贵里勿曾来。"华铁眉略一领首,因悄悄诉与孙素兰,使其放心。适为齐韵叟所见,偶然动问。铁眉乘势说出癞头鼋软厮缠情形,韵叟遽说道:"价末到倪花园里来哩,搭仔文君做淘伴,阿是蛮好?"素兰接说道:"倪原要到大人个花园里,为仔俚乃说,常恐勿便。"韵叟转问铁眉道:"啥勿便嗄?耐也一淘来末哉畹。"铁眉屈指计道："今朝末让俚先去,我有点事体,二十来张俚。"韵叟道："故也无啥。"天然也说是"二十来"。

铁眉见素兰的事已经妥议,记起自己的事,即拟言归。高亚白知其征逐狎昵皆所不喜,听凭自便。

华铁眉去后,丢下了素兰没得着落,去住两难。韵叟微窥所苦,就道："该搭个场面,生来全夜天哚畹,我转去要困哉。"高亚白知其起居无时,惟适之安,亦惟有听凭自便而已。

齐韵叟乃约同孙素兰带领苏冠香,辞别席间众人,出门登轿,迤逦而行。约一点钟之久,始至于一笠园。园中月色逾明,满地上花丛竹树的影子,交互重叠,离披动摇。韵叟传命抬往拜月房栊,由一笠湖东北角上兜过圈来。刚绕出假山背后,便听得一阵笑声,唏唏哈哈,热闹得狠,猜不出是些什么人。

比到拜月房栊院墙外面,停下轿子,韵叟前走,冠香挈素兰随后,步进院门。只见十来个梨花院落的女孩儿,在这院子里空地上相与勃交打滚,踢毽子,捉盲盲,顽耍得没个清头。蓦然抬头见了主人,猛吃大惊,跌跌爬爬,一哄四散。独有一个凝立不动,一手扶定一株桂树,一手垂下去湾腰提鞋,嘴里又咕噜道："跑啥嘎,小干仵无规矩！"

韵叟于月光中看去,原来竟是琪官。韵叟就笑嘻嘻上前,手搀手说道："倪里向去哩。"琪官踅得两步,重复回身,望着别株桂树之下,隐隐然似乎有个人影探头探脑。琪官怒声喝道："瑶官,来！"瑶官才从黑暗里应声趋出。琪官还呵责道："耐也跟仔俚哚跑,夠面孔！"瑶官不敢回言。

一行人踅进拜月房栊,韵叟有些倦意,歪在一张半榻上,与素兰随意闲谈,问起癞头鼋,安慰两句。见素兰拘拘束束的不自在,因命冠香道:"耐同仔素兰先生到大观楼浪去,看看房间里阿缺啥物事,喊俚哚舒齐好仔。"素兰巴不得一声,跟了冠香相携并往。

韵叟唤进帘外当值管家,吹灭前后一应灯火,只留各间中央五盏保险灯。管家遵办退出。韵叟遂努嘴示意,令琪官、瑶官两人坐于榻旁,自己朦朦胧胧合眼瞌睡,霎时间鼻息鼾鼾而起。琪官悄地离座,移过茶壶,按试滚热,用手巾周围包裹。瑶官也去放下后面一带窗帘,即低声问琪官道:"阿要拿条绒单来盖盖?"琪官想了想,摇摇手。

两人嘿嘿相对,没甚消遣。琪官隔着前面玻璃窗,赏玩那一笠湖中月色。瑶官偶然开出抽屉,寻得一副牙牌,轻轻的打五关。琪官作色禁止,瑶官佯作不知,手持几张牌,向嘴边祷祝些甚么,再呵上一口气,然后操将起来。琪官怒其不依,随手攫取一张牌藏于怀内。急得瑶官合掌膜拜,陪笑央及,无奈琪官别转头不理。瑶官没法,只得涎着脸,做手势,欲于琪官身上搜检。琪官生怕肉痒,庄容盛气以待之。

两人正拟交手扭结,忽闻中间门首吉丁当帘钩摇动声音。两人连忙迎上去,见是苏冠香和大姐小青进来。琪官不开口,只把手紧紧指着半榻。冠香便知道韵叟睡着了,幸未惊醒,亲自照看一番,却转身向琪官切切嘱道:"阿姐请我去,说有生活来浪,谢谢耐两家头替我陪陪大人。晚歇困醒仔,教小青里向来喊我好哉。"瑶官在傍应诺。冠香嘱毕,飘然竟去。琪官支开小青不必伺候,小青落得自在嬉游。

琪官坐定,冷笑两声,方说瑶官道:"耐个呆大末少有出见个,随便啥闲话,总归瞎答应。"瑶官追思适间云云,惶惑不解,道:"倷勿曾说啥唲?"琪官哼的从鼻子里笑出声来,道:"耐是倷买个讨人,该应替倷陪陪客人,勿曾说啥!"瑶官道:"价末倪走开点。"琪官睁目嗔道:"啥人说走嗄,大人教倪坐来里,陪勿陪挨勿着倷说唲!"瑶官才领会其意思。琪官复哼哼的连声冷笑,道:"倒好像是倷哚个大人,阿要笑话!"

这一席话,竟忘了半榻上韵叟,粲花之舌,滚滚澜翻,愈说而愈高了。恰好韵叟翻个转身,两人慌掩住嘴,鹄候半响,不见动静。琪官蹑足至半榻前,见韵叟仰面而睡,两只眼睛微开一线,奕奕怕人。琪官把前后襟左右袖各拉直些,仍蹑足退下。瑶官那里有兴致再去打五关,收拾牙牌装入抽屉,核其数三十二张,并无欠缺,不知琪官于何时掷还。两人依然嘿嘿相对,没甚消遣。

相近夜分时候,韵叟睡足欠伸,帘外管家闻声舀进脸水。韵叟揩了把面,瑶官递上漱盂,漱了口。琪官取预备的一壶茶,先自尝尝,温暾可口,约筛大半茶钟递上,韵叟呷了些。韵叟顾问:"冠香哩?"琪官置若罔闻,瑶官道:"说是姨太太搭去。"

韵叟传命管家去喊冠香。琪官接取茶钟,随手放下,坐于一旁,转身向外。韵叟还要吃茶,连说三遍,琪官只是不动,冷冷答道:"等冠香来筛拨耐吃,倪笨手笨脚陆里会筛茶。"韵叟呵呵一笑,亲身起立,要取茶钟。瑶官含笑近前,代筛递上。

韵叟吃过茶,就于琪官身傍坐下,温存慰贴了好一会。琪官仍瞪着眼,呆着脸,一语不发。韵叟用正言开导道:"耐勤来浪糊涂,冠香是外头人,就算我同俚要好,终勿比耐自家人。自家人一径来里,冠香一年半载末转去哉晼,耐也何必去吃个醋?"

琪官听说,大声答道:"大人,阿是耐无拨仔淘成哉?倪末晓得啥醋勿醋!"韵叟讪笑道:"吃醋耐勿晓得?我教个乖拨耐,耐故歇末就是叫吃醋。"琪官用力推开道:"快点去吃茶罢,冠香来哉!"韵叟回头去看,琪官得隙挣脱,招呼瑶官道:"冠香来哉,倪去罢。"

韵叟见侧首玻璃窗外,果然苏冠香影影绰绰来了,就顺势打发道:"大家去困罢,天也勿早哉。"瑶官一面应诺,一面跟从琪官暂下台阶,劈面迎着冠香。琪官催道:"先生快点来喤,大人等来浪。"冠香不及对答,迈步进去。琪官、瑶官两人遂缓缓步月而归。

第五十一回终。

第五十二回

小儿女独宿怯空房　　贤主宾长谈邀共榻

按:琪官、瑶官两人离了拜月房栊,趁着月色,且说且走。瑶官道:"今朝夜头个亮月,比仔前日夜头再要亮。前日夜头末闹热仔一夜天,今朝夜头一个人也无拨。"琪官道:"俚哚阿算啥赏月嗄,像倪故歇,故末倒真真是赏个月。"瑶官道:"倪索性到蜿蜒岭浪去,坐来哚天心亭里,一个花园通通才看见。该首赏月末最好哉。"琪官道:"正经要赏月,耐阿晓得啥场花? 来里志正堂前头高台浪,有几花机器,就是个看亮月同看星个家生。有仔家生,连搭仔太阳才好看哉,看仔末,再有几花讲究。俚哚说同皇帝屋里观象台一个样式,就不过小点。"瑶官道:"价末倪到高台浪去罢。倪也用勿着俚家生,就实概看看末哉。"琪官道:"倘忙碰着个客人,勿局个。"瑶官道:"客人才勿来浪呀。"琪官道:"倪还是大观楼去张张孙素兰阿曾困,故末蛮好。"瑶官高兴,连说:"去唲。"

两人竟不转弯归院,一直暨上九曲平桥,遥望大观楼琉璃碧瓦映着月亮,也亮晶晶的射出万道寒光,笼着些迷濛烟雾。两人到了楼下,寂静无声,上下窗寮一律掩闭,里面黑魆魆地,惟西南角一带楼窗——系素兰房间——好像有些微灯火在两重纱幔之中。两人四顾徘徊,无从进步。

第五十二回　小儿女独宿怯空房　贤主宾长谈邂共榻

琪官道:"常恐困哉哩。"瑶官道:"倪喊声俚看。"琪官无语,瑶官就高叫一声:"素兰先生。"楼上不见接应,却见纱幔上忽然现个人影儿,似是侧耳窃听光景。瑶官再叫一声,那人方卷幔推窗,望下问道:"啥人来里喊?"

琪官听声音正是孙素兰,搭嘴道:"倪来张耐呀,阿要困哉?"素兰辨识分明,大喜道:"快点上来哩,倪勿困哩。"瑶官道:"勿困末,门才关哉啘。"素兰道:"倪来开,耐等一歇。"琪官道:"甏开哉,倪也转去困哉。"素兰慌的招手跺脚,道:"甏去呀,来开哉呀!"瑶官见其发急,怂惥琪官略俟一刻。那素兰的跟局大姐一层层开下门来,手持洋烛手照,照请两人上楼。

素兰迎见,即道:"我要商量句闲话,耐两家头困来里甏转去,阿好?"琪官骇异问故,素兰道:"耐想该搭大观楼,前头后底几花房子,就剩我搭个大姐来里,阴气煞个,怕得来,困也生来困勿着。正要想到耐搭梨花院落来末,倒刚刚耐两家头来喊哉。谢谢耐,陪我一夜天,明朝就勿要紧哉。"

瑶官不敢作主,转问琪官如何。琪官寻思半日,答道:"倪两家头困来里,本底子也勿要紧,故歇比勿得先起头,有点间架哉。要末还是耐到倪搭去哝哝罢,不过怠慢点。"素兰道:"耐搭去最好哉,耐末再要客气。"

当下大姐吹灭油灯,掌着灯台,照送三人下楼,将一层层门反手带上,扣好钮镮。琪官、瑶官不复流连风景,引领素兰、大姐径望梨花院落归来。只见院墙门关得紧紧的,敲够多时,有个老婆子从睡梦中爬起，七跌八撞开了门。瑶官急问："阿有开水？"老婆子道："陆里再有开水，啥辰光哉嘎，茶炉子隐仔长远哉。"琪官道："关好仔门去困，覅多说多话。"老婆子始住嘴。

四人从暗中摸索，并至楼上琪官房间。瑶官划根自来火，点着大姐手中带来烛台，请素兰坐下。琪官欲搬移自己铺盖，让出大床给素兰睡。素兰不许搬，欲与琪官同床，琪官只得依了。瑶官招呼大姐，安顿于外间榻床之上。琪官复寻出一副紫铜五更鸡，亲手舀水烧茶。瑶官也取出各色广东点心，装上一大盘，都将来请素兰。素兰深抱不安。

三人于灯下围坐，促膝谈心，甚是相得。一时问起家中有无亲人，可巧三人皆系没爷娘的，更觉得同病相怜。琪官道："小个辰光无拨仔爷娘，故末真真是苦恼子！阿哥阿嫂陆里靠得住，场面蛮要好，心里来哚转念头。小干仵勿懂啥事体，上仔俚哚当还勿曾觉着。倘然有个把爷娘来浪，我为啥到该搭来！"素兰道："一点勿差。我爷娘刚刚死仔三个月，阿伯就出我个花样，一百块洋钱卖拨人家做丫头。幸亏我晓得仔，告诉仔娘舅，拿买棺材个洋钱还拨仔阿伯，难末出来做生意。陆里晓得个娘舅也是个坏坯子，我生意好仔点，骗我五百块洋钱去，人也勿来哉！"

瑶官在旁默然呆听，眼波莹莹然要吊下泪来。素兰顾问道："耐来仔该搭几年哉？"琪官代答道："俚乃再要讨气！来个辰光俚个爷一淘同得来，俚自家也叫俚'爷'。后来我问问俚，啥个爷嘎，是俚慢娘个姘头！"

素兰道："耐两家头运道倒无啥,才到仔该搭来也罢哉。我个命末生来是苦命,才说我无拨帮手个勿好,碰着仔要紧事体,独是我一干子发极,再有啥人替我商量商量;有仔点勿快活,闷来浪肚皮里,也无处去说哦。要寻个对景点娘姨、大姐,才难煞哚。"琪官道："耐也总算称心个哉,比仔倪好多花哚。像倪就说是两家头,阿有啥用场嗄?自家先一点点做勿来主,再要帮别人,生来勿成功。停两年,也说勿定倪两家头来浪一堆勿来浪一堆。"

素兰道："说到后底事体,大家看勿见,怎晓得有结果无结果。我想无拨啥法子,过一日末是一日,碰去看光景。"瑶官插说道："倪末来里过一日是一日,耐个后底事体,有点数目来浪。华老爷搭耐好得非凡,嫁得去末,端正享福好哉,阿有啥看勿见?"

素兰失笑道："耐倒说得写意哚,要是实概说起来,齐大人也蛮好哦,耐两家头为啥勿嫁拨仔齐大人嗄?"瑶官道："耐末说正正经就说到仔歪里去!"琪官点头道："闲话倒也是正经闲话,总归做仔个女人,大家才有点说勿出个为难场花,外头人陆里晓得,单有自家心里明白。想来耐华老爷好末好,终归能够十二分称心,阿对?"

素兰抵掌道："耐个闲话故末蛮准,可惜我勿是长住来里,住来里仔同耐讲讲闲话,倒无啥。"瑶官道："故也陆里说得定,倪出去也勿晓得,耐进来也勿晓得,耐说个'碰去看光景'。"琪官道："我说大家闲话对景仔,倒勿是定归要来浪一堆,就勿来浪一堆,心里也好像快活点。"素兰闻言,欣然倡议道："倪三个人索性拜姊妹阿好?"瑶官抢说："蛮好,拜仔末大家有照应。"

琪官正待说话,只听得外面历历碌碌,不知是何声响。琪官胆小,取只手照拉同瑶官出外照看。那月早移过厢楼屋脊,明星渐稀,荒鸡四叫,院中并无一些动静。两人各处兜转来,却惊醒了榻床上大姐,迷糊着两眼,问是"做啥"。两人说了,大姐道:"下头来浪响呀。"说着,果然历历碌碌响声又作,乃班里女孩儿睡在楼下,起来便遗。

两人呼问明白,放心回房,随手掩上房门,向素兰道:"天要亮哉,倪困罢。"素兰应诺。瑶官再请素兰用些茶点,收拾干净,自去间壁自己房间睡下。琪官爬上大床,并排铺了两条薄被,请素兰宽衣,分头各睡。

素兰错过睡性,翻来覆去睡不着,听琪官寂然不动,倒是间壁瑶官微微有些鼻声。俄而一只乌鸦哑哑叫着,掠过楼顶。素兰揭帐微窥,四扇玻璃窗倏变作鱼肚白色,轻轻叫琪官不答应,索性披衣起身,盘坐床中。不想琪官并未睡着,仅合上眼养养神,初时不应,听素兰起坐,也就撑起身来,对坐攀话。

素兰道:"耐说倪拜姊妹阿好?"琪官道:"我说勿拜一样好照应,拜个啥嗄?要拜末今朝就拜。"素兰道:"好个,今朝就拜。那价个拜法哩?"琪官道:"倪拜姊妹,不过拜个心。摆酒送礼多花空场面,才用勿着,就买仔副香烛,等到夜头,倪三个人清清爽爽,磕几个头末好哉嚜。"素兰道:"蛮好,我也说写意点好。"

琪官见天已大明,略挽一挽头发,跨下床沿,靸双拖鞋,往床背后去。一会儿,出来净过手,吹灭梳妆台上油灯,复登床拥被而坐,乃从容问素兰道:"倪拜仔姊妹,赛过一家人,随便啥闲话才好说个哉。

我要问耐,倪看个华老爷无啥啘,为仔啥勿称心嘎?"

素兰未言先叹道:"夠说起,说起仔末真真讨气!俚乃个人倒勿是有啥个勿称心,我同俚样色样蛮对景,就为仔一样勿好。俚乃个人做一百桩事体末,定归有九十九桩勿成功哚,有点干己个事体,俚乃生来勿肯做。就教俚做桩小事体,俚乃要四面八方通通想到家,是勿要紧个,难末再做,倘然有个把闲人说仔一声勿好,就勿做个哉。耐想实概个脾气,阿能够讨我转去?俚自家要讨也勿成功。"

琪官道:"倪一径来里说,先生小姐要嫁人,容易得势,陆里一个好末就嫁拨仔陆里一个,自家去拣末哉。故歇听耐说华老爷,倒划一为难。"

素兰转而问道:"我也要问耐,耐两家头自家算计,阿嫁人勿嫁人?"琪官亦未言先叹道:"倪末再要为难也无拨!故歇无啥人来里,搭耐说说勿要紧。倪从小到个该搭,生来才要依个大人,依仔哉啘,故末真间架。大人六十多岁年纪哉,倘忙出仔事体下来,像倪上勿上下勿下,算啥等样人嘎?难要想着仔嫁人末,晚哉!"

素兰道:"坎坎瑶官来浪说,出去也说勿定,阿是实概个意思?"琪官道:"俚乃肚皮里还算明白,就不过有点勿着落。看仔末十四岁,一点勿懂轻重,说得说勿得才要说出来。耐想倪故歇阿好说该号闲话?坎坎幸亏是耐,碰着别人说拨大人听仔末,也好哉。"

琪官一面说,一面打了个呵欠。素兰道:"倪再困歇罢。"琪官道:"生天要困哩。"素兰便也往床背后去了一遭,却见一角日光直透进玻璃窗,楼下老婆子正起来开门,打扫院子,约摸七点钟左右,两人赶紧复睡下去。素兰道："晚歇耐起来末喊我一声。"琪官道："晚点末哉，勿要紧个。"这回两人神昏体倦，不觉沉沉同入睡乡。

直至下午一点钟，两人始起。瑶官闻声进见，笑诉道："今朝一桩大笑话，说是花园里逃走两个倌人。几花人来浪反，一径反到我起来，刚刚说明白。"素兰不禁一笑。

琪官吩咐老婆子传话于买办，买一对大蜡烛，领价现交，无须登帐。素兰亦吩咐其大姐道："耐吃过仔饭末，到屋里去一埭，回来再到乔公馆问俚阿有啥闲话。"大姐承命，和老婆子同去。

瑶官急问："阿是倪今朝拜姊妹？"素兰颔首。琪官道："耐闲话当心点个哩！啥个逃走倌人，倘然冠香来里，阿是要多心嘎？就是倪拜姊妹，也勤去搭冠香说。冠香晓得仔，定归要同倪一淘拜，无趣得势。"瑶官唯唯承教，并道："我一径勿说末哉。"素兰："勿曾拜末勤说起，拜过仔就勿要紧。故是倪明明白白正经事体，无拨啥对勿住人个场花。"瑶官又唯唯承教。

说话之间，苏冠香恰好来到，先于楼下向老婆子问话。琪官听得，忙去楼窗口叫"先生"。冠香上来觌见，爱致主人之命，立请素兰午餐。素兰即辞了琪官、瑶官，跟着冠香由梨花院落往拜月房栊。

齐韵叟既见孙素兰，就道："昨日夜头俚哚才勿来浪，我倒勿曾想着；难教冠香来陪陪耐，再一夜天末铁眉来哉。"素兰慌道："倪勤呀，梨花院落蛮蛮适意。今朝夜头说好来浪，原到几首去。"韵叟道："价末让冠香一淘到梨花院落来，讲讲闲话有淘伴，起劲点。"素兰道："倪勤呀，倪同冠香先生一样个嗭。大人当仔倪客人，倪倒勿好意思住来里,要转去哉。"

苏冠香听说,将韵叟袖子一拉,道:"耐勿懂末再要瞎缠,俚哚梨花院落闹热得势,我去做啥嘎?"韵叟笑而置之。

不多时,陶玉甫、李浣芳、朱淑人、周双玉都回说不吃饭了,高亚白、姚文君、尹痴鸳相继并至,大家入席小酌。高亚白、姚文君宿醉醺然,屏酒不饮。尹痴鸳疲乏尤甚,揉揉眼,伸伸腰,连饭吃不下。齐韵叟知道孙素兰好量,令苏冠香举杯相劝。素兰略一沾唇,覆杯告止。

餐毕,大家各散。尹痴鸳归房歇息,高亚白、姚文君随意散步,孙素兰也步出庭前。苏冠香留心探望,见素兰仍望梨花院落一路上去。冠香因笑着,欲和齐韵叟说话,转念一想,又没有甚么话,便缩住口不说了。韵叟觉得,问道:"耐要说啥说末哉。"冠香思将权词推托,适值小青来请冠香,说是姨太太要描花样。冠香眼视韵叟,候其意旨。韵叟方将歇午,即命冠香:"去末哉。"冠香道:"阿要去喊琪官来?"韵叟一想道:"勿喊哉。"冠香叮嘱帘外当值管家小心伺候,自带小青往内院去了。

韵叟睡足一觉,钟上敲四点,不见冠香出来。自思那里去消遣消遣,独自一个信着脚儿踱去,竟不觉踱过花园腰门,这腰门系通连住宅的。大约韵叟本意欲往内院寻冠香,忽又想起马龙池,遂转身往外,到书房里谒见龙池,相对清谈,娓娓不倦。谈至上灯以后,亲陪龙池晚餐,然后作别兴辞,将回内院。刚趸出书房门口,顶头撞着苏冠香匆匆前来,一见韵叟,嚷道:"耐啥一干子跑到该搭来嘎?我末倒来里花园里寻耐,兜仔好几个圈子,赛过捉盲盲。"韵叟慰藉两句,携了冠香的手,缓缓同行。

比及腰门叉路,冠香撺掇韵叟大观楼去。韵叟勉从其请,重复折入花园,经过陶、朱所住湖房,从墙外望望,并未进去。相近九曲平桥,冠香故意回头,倏失惊打怪道:"阿是亮月嘎?"韵叟看时,只见一片灯光从梨花院落楼窗中透出,照着对面粉墙,越显得满院通红。冠香道:"勿晓得俚哚来浪做啥。"韵叟道:"定归是碰和,阿对?"冠香道:"倪去看哩。"韵叟道:"覅去做讨厌人,噪散俚哚场子。"冠香只得跟随韵叟原往大观楼。

第五十二回终。

第五十三回

强扭合连枝姊妹花　乍惊飞比翼雌雄鸟

按：齐韵叟挈苏冠香同至大观楼上，适值高亚白、姚文君都在尹痴鸳房间里，大家厮见。高亚白手中正拿了一本薄薄的草订书籍要看，齐韵叟见其书面签题，知为小赞所做时文试帖，特来请教于尹痴鸳的。韵叟因问痴鸳道："近来阿有进境？"痴鸳道："还算无啥，有点内心。"亚白道："耐拿个《秽史外编》一淘去教会仔俚，勿说有内心，连外心也有哉。"大家笑了。

痴鸳忽向韵叟道："耐昨日劝我个闲话，佩服之至。别人以绮语相戒，才是隔靴搔痒，耐末对症发药，赛过心肝五脏一塌括仔拨耐说仔出来。"韵叟道："我看耐《秽史》倒勿觉着啥绮语，好像一种抑塞磊落之气，充塞于字里行间，所以有此一说。"亚白道："痴鸳文章就来里绮语浪用个苦功，拨俚钻出仔头来。以绮语相戒，此其人可谓不知痴鸳，并不知绮语。"大家又笑了。

这里说笑，那边姚文君也说得眉飞色舞，心花怒开。苏冠香怔怔呆听，仅偶然趁口而已。韵叟听讲的是碰和情事，遂唤文君道："素兰来浪碰和呀，耐高兴末去哩。"文君道："俚哚定归勿是碰和，要碰和，阿有啥勿来喊我个嚘。"韵叟道："耐碰和阿是好手？"文君嘻着嘴笑。冠香接说道："俚打个牌凶煞哚，就是个琪官同俚差勿多，倪总归要输拨俚。"亚白道："说俚凶也勿见得哩。"文君道："倪陆里会凶嗄！凶个人可惜打差仔个牌。"亚白道："前日天个牌，我勿曾打差，摸勿起真生活。"文君炴地起立，嚷道："耐说勿曾打差，拿牌来大家看。"说着，转问痴鸳："耐副牌哩？"痴鸳慌忙拦道："好哉，覅看哉，耐总无拨差末哉。"

文君那里肯依，竟自动手开橱，搜寻牌盒。痴鸳撒个谎道："橱里陆里有牌，拨琪官借得去，一径勿曾还碗。"文君没法，回身屹立当面，还指天划地数说亚白手中若干张牌，所差某张，应打某张，一一数说出来，请大家公断。韵叟、冠香只是笑，痴鸳孼蹙道："面孔阿要点嗄？勿是相打就是相骂。我末该倒运，刚刚住个对过房间，拨俚哚两家头噪煞。"亚白也只是笑。

文君冷冷答道："耐自家阿晓得厌气？说来说去两声闲话，大家才听过歇，再有啥新鲜点说说倪听哩？"几句倒堵住了痴鸳的嘴，没得回言。亚白不禁抚掌大笑。韵叟想些别样闲话搭讪开去，文君亦就放下不提。

消停一会，月出东方，渐渐高至树杪，大家皆有些倦意，韵叟、冠香始起告行。痴鸳送出房门，亚白、文君顺路回房，直送至楼门口而别。韵叟仍携了冠香的手，缓缓踅下大观楼，重过九曲平桥，望那梨花院落中灯光依然大亮，惟逼着外面月色，淡而不红。

冠香复揎掇韵叟道："倪去看看俚哚阿是碰和。"韵叟道："耐啥要紧得来，明朝问素兰好哉。"冠香不好再强，同出花园，归于内院，相与就寝无话。

次日辰刻,韵叟起身,外面传报华老爷来。韵叟径往花园,请华铁眉在拜月房桃相见。韵叟先嘲笑道:"今朝拨我猜着,该应是耐先到。"铁眉似乎不好意思。韵叟顾令管家快请孙素兰先生。须臾,陶玉甫、朱淑人、高亚白、尹痴鸳及李浣芳、周双玉、姚文君、苏冠香、孙素兰四路俱集,华铁眉一概躬身延接。

孙素兰轻轻叫声"华老爷",问:"昨日忙,身里向阿好?"铁眉道:"无啥,还好。昨日舒齐仔,要想到该搭来张张耐,碰着仔耐大姐,难末勿曾来,就交代俚一打香槟酒带转去,阿曾收到?"素兰道:"谢谢耐,一打陆里吃得完,分一半送拨仔人哉。"

尹痴鸳背地指向朱淑人,悄悄笑道:"耐看俚哚两家头,客气得来,好像长远勿看见。"高亚白听见,也悄悄笑道:"自有多花描画勿出一副功架,也勿是个客气。"大家掩口胡卢而笑。

华铁眉、孙素兰相离虽远,知道笑他两个,赶即缄口。齐韵叟惋惜道:"刚刚有点意思,一笑末哂勿响哉。"大家越发笑出声来。华铁眉装做不知,搭讪道:"痴鸳先生,令翠哩?"尹痴鸳带笑答道:"勿曾到。"

一语未终,早见陶云甫挈着覃丽娟、张秀英,朱蔼人挈着林翠芬、林素芬来了。大家迎见,更不寒暄。朱蔼人袖出一封书信,业经拆开,奉与齐韵叟。

韵叟看那封面,系汤啸庵自杭州寄回给蔼人的,信内大略写着,"黎篆鸿既允亲事,特请李鹤汀、于老德为媒,约定二十晚间同乘小火轮船,行一昼夜可以抵沪,一切面议。惟乾宅亦须添请一媒为要"云云。

韵叟阅竟放下,问道:"请个啥人哩?"蔼人道:"就请仔云甫。"韵叟道:"我最喜欢做媒人,耐倒勿请我。"陶云甫道:"耐起先就做过个媒人哉,故歇挨耐勿着。"说得大家皆笑。

独朱淑人一呆,逡巡近案,从侧里偷觑那封信,仅得一言半句,已被其兄蔼人收藏。淑人心中忐忑乱跳,脸上却不露分毫,仍逡巡退归原座,复瞟过眼去偷觑周双玉,似觉不甚理会,才放了些心。

接着管家又报说:"葛二少爷来。"只见葛仲英挈着吴雪香并卫霞仙,相偕并至。齐韵叟诧异道:"阿是耐带仔霞仙一淘来?"葛仲英道:"勿是,就园门口碰着个霞仙。"韵叟自知一时误会,随令管家快请马师爷。尹痴鸳向韵叟道:"耐喜欢做媒人末,俚哚倪子要养快哉,耐为啥勿替俚哚做?"陶云甫抢说道:"俚哚用勿着媒人,自家勿声勿响,就房间里点仔对大蜡烛拜个堂。我倒吃着个喜酒。"大家大笑哄堂。

苏冠香上前拉着齐韵叟问道:"耐阿晓得,昨日夜头素兰先生勿是碰和末,做个啥?"韵叟道:"勿曾问俚。"冠香道:"我倒问过哉,也来浪房间里点仔对大蜡烛拜个堂呀。"

韵叟不胜错愕。孙素兰遂将三人结拜姊妹之事,缕述分明。韵叟道:"拜姊妹倒无啥,为啥单是三个人拜嗄?要拜末一淘拜,我来做个盟主。昨日夜头勿算,今朝先生小姐才到齐仔,一淘再拜个姊妹,阿好?"孙素兰默然,苏冠香咬着指头要笑,其余皆不在意。

韵叟即命小青去喊琪官、瑶官。高亚白向韵叟道:"难末耐个生意到哉,起劲得来,连搭仔做媒人也勥做哉。"韵叟道:"我有仔生意末,耐要做生活哉啘。耐末替我做篇四六序文,就说个拜姊妹话头。序文之后,开列同盟姓名,各人立一段小传,详载年貌籍贯,父母存没,啥人相好末就是啥人做。苏冠香同琪官、瑶官三个人,我做末哉。名之曰'海上群芳谱',公议以为如何?"大家无不遵教。

韵叟当命小赞准备文房四宝听用,亚白便打起腹稿来。恰好外边史天然挈着赵二宝进来,里边马龙池及琪官、瑶官出来,与现在众人大会于拜月房栊。众人争前诉说如何拜姊妹,如何做小传,史天然、马龙池皆道:"故是应得效劳。"

于是大家各取笔砚,一挥而就。不及一点钟工夫,不但小传齐全,连高亚白四六序文亦皆脱稿。齐韵叟托尹痴鸳约略过目,再发交小赞誊真。尹痴鸳向众人道:"倒有点意思!亚白个序文末,生峭古奥,沉博奇丽,勿必说哉。就是小传也可观:琪、瑶、素、翠末是合传体,赵、张两传末参互成文,李浣芳传中以李漱芳作柱,苏冠香传中虽不及诸姊而诸姊自见;其余或纪言,或叙事,或以议论出之,真真五花八门,无美不备。"大家听了欣然,齐韵叟益觉高兴。

其时已交午牌,当值管家调排桌椅。瑶官乘隙暗拉琪官踅出廊下,问道:"大人教倪一淘拜姊妹,阿要拜嘎?"琪官道:"大人说末生来依俚,就一淘拜拜也无啥要紧。"瑶官道:"价末倪三个人拜个倒勿算?"琪官道:"耐末要缠煞哉,啥勿算嘎?倪三个人为仔要好,拜个姊妹,拜仔也不过要好点。故歇大人教倪拜,要好勿要好,倪自家主意,大人勿好管倪个哕。"

瑶官涣然冰释,颔首无言。听得里面坐席,两人原暗地捱身进帘,掩过一边。不想齐韵叟特命琪官、瑶官一同入席,坐列苏冠香肩下。琪官、瑶官当着众人面前,敛手低头,殊形踢蹐。

酒过三巡,食供两套,齐韵叟乃向史天然道:"耐该埭到上海,带仔几花物事来,无拨一点用场,我要耐一样好物事,耐定归勿送拨我。故歇搭耐饯行哉,再客气仔勿着杠哉,耐阿肯送点拨我?"天然大惊,问:"啥物事嗄?"韵叟呵呵笑道:"我要耐肚皮里个物事。耐赵二宝搭倒还有副对子做拨俚,我末连对子才无拨,阿是欺人太甚?"天然恍然悟道:"我为仔四壁琳琅,无从着笔。难年伯要我献丑,也无法子,缓日呈教末哉。"韵叟拱手道谢。

华铁眉因问饯行之说,天然说:"接着个家信,月底要转去一埭。"铁眉道:"倪也要饯行哉哕。"韵叟道:"耐要饯行末,同葛仲英搭仔个姘头,索性订期廿七,就来里该搭,阿是蛮好?"铁眉道:"再早点也无啥。"韵叟道:"早点无拨空,从明朝到廿四,大家才有点事体。廿五末高、尹饯行,廿六末陶、朱饯行,耐同仲英只好廿七个哉。"铁眉就招呼仲英约定,天然亦拱手道谢。

适小赞将誊真的《海上群芳谱》呈上齐韵叟看了。韵叟遂令管家传谕,志正堂中安排香案;又令小赞赍这《群芳谱》四座传观。葛仲英看是一笔《灵飞经》小楷,妍秀可爱,把小赞打量一眼。高亚白讪笑道:"耐勤看轻仔俚,俚个衔头叫'赞礼佳儿','茂才高弟'。"尹痴鸳叉口道:"耐末喜欢拨人骂两声,为啥要带累我?"小赞在傍嗤的失笑,仲英一些不懂。

痴鸳分说道:"俚是赞礼个倪子,人才叫俚小赞。时常做点诗文请教我,亚白就同俚打岔,出个对子教俚对,说是'赞礼佳儿'。俚对勿出,亚白就说:'我替耐对仔罢,"茂才高弟"阿是蛮好个绝对?'"仲英朗念一遍,道:"真个对得好!"

小赞接取《群芳谱》,送往别桌上去。痴鸳悄向仲英耳边说道:"耐看俚年纪末轻,坏得野哚!俚个爷问俚:'高老爷个对子为啥勿对?'俚说:'我对个哉,为仔尹老爷一淘来浪,勿曾说。'问俚:'对个啥?'俚说:'对"尚书清客"。'"仲英大笑道:"为啥勿说'狎客'嚏?索性骂得爽快点哉啘。"亚白、痴鸳共笑一阵。

席间上到后四道菜,管家准备鸡缸杯更换。大家止住,都欲留量,以待晚间畅饮。齐韵叟不复相强,用饭散席。

于是齐韵叟声言,请众姊妹团拜,请诸位老爷监盟。众人一笑遵命,各率相好由拜月房桄来到志正堂。只见堂前一桁湘帘高高吊起,堂中烛焰双辉,香烟直上,地下铺着一片大红毡毯。众人散立两傍,监视行礼。小赞在下唱名,众姊妹按齿排班,雁行站定,一齐朝上拜了四拜,又转身对面拜了四拜。礼毕,各照所定辈行,互相称唤。卫霞仙廿三岁,最长,是为"大阿姐";李浣芳十二岁,最幼,是为"十四妹"。其余不能尽记,但呼某姊某妹,系之以名而已。

齐韵叟欢喜无限,谆嘱众姊妹此后皆当和睦,毋忘今日之盟。众姊妹含笑唯唯,跟随众人,趲下志正堂来。恰有一匹小小枣骝马,带着鞍辔,散放高台下龁草。姚文君自逞其技,竟跑过去亲手带住,耸身骑上,就这箭道中跑个踢子,众人四分五落看他跑。

琪官看罢转身,不见了齐韵叟,四面找寻。见韵叟独自一个大踱西行,琪官暗地拉了瑶官,撇下众人,紧步赶上,跟在后面。

韵叟并未觉着,只顾望拜月房栊一路上踱去。踱至山坡之下,突然刺斜里闪过一个人,蹑手蹑脚钻入竹树丛中。韵叟道是朱淑人捕促织儿,也蹑手蹑脚的赶上,要去吓他作耍。比到跟前,方看清后形,竟是小赞在那里做手势,好似向人央求样子。韵叟止步,扬声咳嗽。小赞吓得面如土色,垂手侍侧,不则一声。韵叟问:"再有个啥人?"小赞呐呐答道:"无拨啥人来里哩。"瑶官在后面,用手指道:"哪,哪!"韵叟不堤防,也吃一吓。琪官急丢个眼色与瑶官,叫他莫说。韵叟却又盘问瑶官:"说啥?"瑶官不得已,仍用手指了一指。韵叟再回头望前面时,果然影影绰绰,一个人已穿花度柳而去。

韵叟喝退了小赞,带着琪官、瑶官拾级登坡。这山坡正当拜月房栊之背,满山上种的桂树,交柯接干,蓊翳葱茏,中间盖着三间小小船屋,颜曰"眠香坞"。韵叟踱进内舱,据坐胡床,盘问瑶官:"看见个啥人?"瑶官不答,眼望琪官。韵叟即转问琪官,琪官道:"倪也勿曾看清爽。"韵叟咳一了声,道:"我问耐末,再有啥勿好说个闲话?"琪官道:"勿是倪花园里个人,等俚歇末哉。"

韵叟略想一想,遂置不究,复笑问道:"我来个辰光,大家来浪看跑马,才勿觉着,耐两家头啥辰光跟得来?"瑶官道:"阿是大人也勿曾觉着,倪是一径跟来浪。"琪官道:"耐末要紧看仔前头哉,陆里晓

第五十三回　强扭合连枝姊妹花　乍惊飞比翼雌雄鸟

得啥后底也来里看耐。"韵叟道："耐后底阿去看看,常恐再有啥人跟来浪。"瑶官道："难是无拨啥人个哉。"琪官道："要末不过冠香。"

　　瑶官见说,真个出门去看。韵叟亦即起立,笑挽琪官的手,道："倪到拜月房杭去。"举步将行,忽闻门外瑶官高声报说："朱五少爷来。"

　　韵叟诧异得紧,抬头望外,果然朱淑人独自一个,翩翩然来。韵叟请其登榻对坐,良久默然。韵叟搭讪问道："听说前日捉着一只'无敌将军',阿有价事?"淑人含糊答应,并未接说下去。

　　又良久,淑人面色微红,转眸偷盼,似有欲言不言光景。韵叟摸不着头脑,顾令琪官喊茶。琪官会意,拉同瑶官退出门外,单剩韵叟、淑人在眠香坞中。

　　第五十三回终。

第五十四回

负心郎模棱联眷属　　失足妇鞭箠整纲常

按：朱淑人见眠香坞内更无别人，方嗫嚅向齐韵叟道："阿哥教我明朝转去，勿晓得阿有啥事体？"韵叟微笑道："耐阿哥替耐定亲呀，耐啥勿曾晓得？"淑人低头蹙额而答道："阿哥末总实概样式。"

韵叟听说，不胜惊讶道："替耐定亲倒勿好？"淑人道："勿是个勿好，故歇无啥要紧啘。阿好搭阿哥说一声，覅去定啥亲？"韵叟察貌揣情，十猜八九，却故意探问道："故末耐啥意思嗄？"连问几声，淑人说不出口。

韵叟乃以正言晓之，道："耐覅去搭阿哥说。照耐年纪是该应定亲个辰光，耐呷无拨爷娘，生来耐阿哥做主。定着仔黎篆鸿个囡件，再要好也无拨。耐故歇勿说阿哥好，倒说道覅去定啥亲，覅说耐阿哥听见仔要动气，耐就自家想，媒人才到齐，求允行盘才端正好，阿好教阿哥再去回报俚？"

淑人一声儿不言语。韵叟道："虽然定亲，大家才要情愿仔末好。耐再有啥勿称心，索性说出来，商量商量倒无啥。我替耐算计，最要紧是定亲，早点定末早点讨，故末连搭仔周双玉一淘可以讨转去，阿是蛮好？"

淑人听到这里，咽下一口唾沫，俄延一会，又嗫嚅道："说起个周双玉,先起头就是阿哥代叫几个局,后来也是阿哥同得去吃仔台酒,双玉就问我阿要讨俚。俚说俚是好人家出身,今年到仔堂子,也不过做仔一节清倌人,先要我说定仔讨俚个末,第二户客人俚勿做哉。我末倒答应仔俚。"韵叟道:"耐要讨周双玉,容易得势,倘然讨俚做正夫人,勿成功个哩。就像陶玉甫,要讨个李漱芳做垫房,到底勿曾讨,勤说是耐哉。"

淑人又低头蹙额了一会,道:"难倒有点间架来浪。双玉个性子强得野哚,到仔该搭来就算计要赎身,一径搭我说,再要讨仔个人末,俚定归要吃生鸦片烟哚。"韵叟不禁呵呵笑道:"耐放心,陆里一个倌人勿是实概说嗄。耐末再要去听俚。"

淑人面上虽惭愧,心里甚干急,没奈何又道:"我起先也勿相信,不过双玉勿比得别人,看俚样式倒勿像是瞎说。倘忙弄出点事体来,终究无啥趣势。"韵叟连连摇手,道:"啥个事体,我包场末哉,耐放心。"

淑人料知话不投机,多言无益。适值茶房管家送进茶来,韵叟擎杯相让,呷了一口,淑人即起兴辞。韵叟一面送,一面嘱道:"我说耐故歇去,就告诉仔双玉,说阿哥要替我定亲。双玉有啥闲话,才推说阿哥好哉。"淑人随口唯唯。

两人踅出眠香坞,琪官、瑶官还在门外等候,一同跟下山坡,方才分路。齐韵叟率琪官、瑶官向西往拜月房栊而去。朱淑人独自一个向东行来,心想:"韵叟乃出名的'风流广大教主',尚不肯成全这美事,如何是好?假使双玉得知,不知要闹到什么田地!"想来想去,毫无主意,一路踅到箭道中,见向时看跑马的都已散去,志正堂上只有两个管家照看香烛。

淑人重复踅回,劈面遇见苏冠香,笑嘻嘻问淑人道:"倪大人到仔陆里去,五少爷阿看见?"淑人回说:"在拜月房栊。"冠香道:"拜月房栊无拨哩。"淑人道:"刚刚去呀。"冠香听了,转身便走。淑人叫住问他:"阿看见双玉?"冠香用手指着,答了一句。

淑人听不清楚,但照其所指之处,且往湖房寻觅。比及踅进院门,闻得一缕鸦片烟香,心知蔼人必在房内吸烟,也不去惊动,径回自己卧房。果然周双玉在内,桌上横七竖八摊着许多磁盆,亲自将莲粉喂促织儿,见了淑人,便欣然相与计议明日如何捎带回家。

淑人只是懒懒的。双玉只道其暂时离别,未免牵怀,倒以情词劝慰。淑人几次要告诉他定亲之事,几次缩住嘴不敢说,又想双玉倘在这里作闹起来,太不雅相,不若等至家中告诉未迟。当下勉强笑语如常。

迨至晚间,张灯开宴,丝竹满堂,齐韵叟兴高采烈,飞觞行令,热闹一番,并取出那《海上群芳谱》,要为众姊妹下一赞语,题于小传之后。诸人齐声说好。朱淑人也胡乱应酬,混过一宿。

次日午后,备齐车轿,除马龙池、高亚白、尹痴鸳及姚文君原住园内,仅留下华铁眉、孙素兰两人,其余史天然、葛仲英、陶云甫、陶玉甫、朱蔼人、朱淑人及赵二宝、吴雪香、罩丽娟、李浣芳、林素芬、周双玉、卫霞仙、张秀英、林翠芬一应辞别言归。

齐韵叟向陶玉甫道:"耐是单为仔李漱芳接煞,要去一埭啘,明朝接过仔就来罢。"玉甫道:"明朝想转去,廿五一准到。"韵叟见说转去,不便强邀,转向朱淑人道:"耐明朝可以就来。"淑人深恐说出定亲之事,含糊应答。

大家出了一笠园,纷纷各散。朱淑人和周双玉坐的马车,一直驶至三马路公阳里口。双玉坚嘱:"耐有空末就来。"

淑人"噢噢"连声,眼看阿珠扶双玉进弄,淑人才回中和里。只见阿哥朱蔼人已先到家中,正在厅上拨派杂务。淑人没事,自去书房里闷坐,寻思这事断断不可告诉双玉,我且瞒下,慢慢商量。

将近申牌时分,外间传报:"汤老爷到哉。"淑人免不得出外厮见。汤啸庵不及叙话,先向蔼人说道:"李实夫同倪一淘来,故歇也来里船浪。"蔼人忙发三副请帖,三乘官轿,往码头迎请于老德、李实夫、李鹤汀登岸。再着人速去西公和里催陶老爷立等就来,不料陶云甫不在覃丽娟家,又不知其去向。

蔼人方在着急,恰好云甫自己投到,见了汤啸庵,说声"久别"。蔼人急问道:"到仔陆里去?请也请勿着耐。"云甫笑道:"我来里东兴里。"蔼人道:"东兴里做啥?"云甫笑而攒眉道:"原是玉甫哉喱。李漱芳刚刚完结末,李浣芳来哉,咉有点间架事体。"

蔼人道:"啥事体嗄?"云甫未言先叹道:"还是李漱芳来浪辰光,说过歇句闲话,说俚死仔末教玉甫讨俚妹子。故歇李秀姐拿个浣芳交代拨玉甫,说等俚大仔点收房。"

蔼人道:"故也蛮好啘。"云甫道:"陆里晓得个玉甫倒勿要俚,说：'我作孽末就作仔一转，难定归勿作孽个哉！倘然浣芳要我带转去，算仔我干因仵，我搭俚拨仔人家嫁出去。'"

蔼人道："故也蛮好啘。"云甫道："陆里晓得个李秀姐定归要拨来玉甫做小老母，俚说漱芳苦恼，到死勿曾嫁玉甫，故歇浣芳赛过做俚个替身。倘然浣芳有福气，养个把倪子，终究是漱芳根脚浪起个头，也好有人想着俚。"

蔼人听罢点头，汤啸庵插口道："大家闲话才勿差，真真是间架事体。"陶云甫道："我倒想着个法子，一点勿要紧。"

一语未了，忽见张寿手擎两张大红名片，飞跑通报。朱蔼人、朱淑人慌即衣冠，同迎出去，乃是于老德、李鹤汀两位，下轿进厅，团团一揖，升炕献茶。朱蔼人问李鹤汀："令叔为啥勿来？"鹤汀道："家叔有点病，此次是到沪就医。感承宠招，心领代谢。"

蔼人转和于老德寒暄两句，然后让至厅侧客座，宽衣升冠，并请出陶云甫、汤啸庵两位会面陪坐。大家讲些闲话，惟朱淑人不则一声。

少顷，于老德先开谈，转述黎篆鸿之意，商议聘娶一切礼节，朱淑人落得抽身回避。张寿有心献勤，捉个空，寻到书房，特向淑人道喜。淑人憎其多事，怒目而视。张寿没兴，讪讪走开。

晚间，张寿来请赴席，淑人只得重至客座，随着蔼人陪宴。其时亲事已经商议停当，席间并未提起。到得席终，于老德、李鹤汀、陶云甫道谢告辞，朱蔼人、朱淑人并送登轿。单剩汤啸庵未去，本系深交，不必款待，淑人遂退归书房，无话。

廿二日,蔼人忙着择日求允。淑人虽甚闲暇,不敢擅离。直至傍晚,有人请蔼人去吃花酒,淑人方溜至公阳里周双玉家一会。

可巧洪善卿在周双珠房里,淑人过去见了,将定亲之事悄悄说与善卿,并嘱不可令双玉得知。善卿早会其意,等淑人去后,便告诉了双珠。双珠又告诉了周兰,吩咐合家人等毋许漏言。

别人自然遵依,只有个周双宝私心快意,时常风里言,风里语,调笑双玉。适为双珠所闻,唤至房里,呵责道:"耐再要去多说多话,前日子银水烟筒阿是忘记脱哉?双玉反起来,耐也无啥好处!"双宝不敢回嘴,默然下楼。

隔了一日,周兰往双宝房间里床背后开只皮箱,检取衣服,丢下一把钥匙不曾收拾,偶见阿珠,令去寻来。阿珠寻得钥匙,翻身要走。双宝一把拉住,低声问道:"耐为啥勿到朱五少爷搭去道喜嗄?"阿珠随口答道:"勿瞎说!"双宝道:"朱五少爷大喜呀,耐啥勿曾晓得?"

阿珠知道双宝嘴快,不欲纠缠,大声道:"快点放咦,我要喊无姆哉!"双宝还不放手,只听得客堂里阿德保叫声"阿珠,有人来里看耐。"阿珠接应,问:"啥人?"趁势撇下双宝,脱身出房,看时,乃旧伙大姐大阿金。阿珠略怔一怔,问:"阿有啥事体?"大阿金道:"无啥,我来张张耐呀。"

阿珠忙跑进去将钥匙交明周兰,复跑出来,携了大阿金的手,趸到弄堂转弯处,对面立在白墙下切切说话。大阿金道:"故歇索性勿对哉!勿说是王老爷,连搭两户老客人也才勿来,生客生来无拨,节浪下脚通共拆着仔四块洋钱。倪末急煞来浪,俚倒坐马车,看戏,蛮开心!"阿珠道:"小柳儿生意蛮好来浪,阿有啥勿开心？我替耐算计,歇仔末好哉碗。"大阿金道:"难要歇哉呀！俚哚来浪租小房子,教我跟得去,一块洋钱一月,我定归勿去。"阿珠道:"我听见洪老爷说起,王老爷屋里无拨个大姐,耐阿要去做做看?"大阿金道:"好个,耐替我去说哩。"阿珠道:"耐要去末,等我晚歇再问仔声洪老爷。明朝无拨空,廿六两点钟,我同耐一淘去末哉。"

大阿金约定别去,阿珠亦自回来。廿五日早晨,接得一笠园局票,阿珠乃跟周双玉去出局。翌日,阿珠到家传说道:"小先生要廿八转来哚。"周兰没甚言语。吃过中饭,略等一会,大阿金就来了,会同阿珠,径往五马路王公馆。

两人刚至门首,只见一个后生慌慌张张冲出门来,低着头一直奔去,分明是王莲生的侄儿,不解何事。两人推开一扇门掩身进内,静悄悄的竟无一人。直到客堂,来安始从后面出来,见了两人即摇摇手,好像不许进去的光景,两人只得立住。阿珠因轻轻问道:"王老爷阿来里?"来安点点头。阿珠道:"阿有啥事体嘎?"

来安趱上两步,正待附耳说出缘由,突然楼上劈劈拍拍一顿响,便大嚷大哭,闹将起来。两人听这嚷哭的是张蕙贞,并不听得王莲生声息。接着大脚小脚一阵乱跑,跑出中间,越发劈劈拍拍响得像撒豆一般,张蕙贞一片声喊"救命"。

阿珠听不过,撺掇来安道:"耐去劝哩。"来安畏缩不敢。猛可里楼板彭的一声震动,震得夹缝中灰尘都飞下些来,知道张蕙贞已跌倒在楼板上。王莲生终没有一些声息,只是劈劈拍拍的闷打,打得张蕙贞在楼板上骨碌碌打滚。阿珠要自己去劝,毕竟有好些不便之处,亦不敢上楼。楼上又无第三个人,竟听凭王莲生打个尽情。打到后来,张蕙贞渐渐力竭声嘶,也不打滚了,也不喊救命了,才听得王莲生长叹一声,住了手,退入里间房里去。

阿珠料想不好惊动,遂轻轻辞别了来安要走。大阿金还呆瞪着两眼发呆,见阿珠要走,方醒过来。两人仍携着手,掩身出门,又听得楼上张蕙贞直着喉咙,干号两声,其声着实惨戚。大阿金不禁吁了口气,问道:"到底勿晓得为啥事体?"阿珠道:"管俚哚啥事体,倪吃碗茶去罢。"

大阿金听说高兴,出弄转弯,迤逦至四马路中华众会,联步登楼,恰遇上市辰光,往来吃茶的人逐队成群,热闹得狠。两人拣张临街桌子坐定,合泡了一碗茶,慢慢吃着讲话。阿珠笑道:"起先倪才说王老爷是个好人,故歇倒也会打仔小老母哉,阿要稀奇!"大阿金道:"王老爷搭倪先生好个辰光,嫁仔末倒好哉。倘然倪先生嫁拨仔王老爷末,王老爷陆里敢打嗄。"阿珠道:"沈小红好做人家人,故末再要好白相点哩。"大阿金太息道:"倪先生末真真叫自家勿好,怪勿得王老爷讨仔张蕙贞。上海挨一挨二个红倌人,故歇弄得实概样式!"阿珠冷笑道:"故歇倒勿曾算别脚哉哩。"

正说时,堂倌过来冲开水,手揣一角小洋钱,指着里面一张桌子道:"茶钱有哉,俚哚会过哉。"两人引领望去,那桌子上列坐四人,大阿金都不认得。阿珠觉有些面熟,似乎在一笠园见过两次,惟内中一年轻的,认得是赵二宝阿哥赵朴斋。因朴斋穿着大袍阔服,气概非凡,阿珠倒不好称呼,但含笑颔首而已。

一会儿,赵朴斋笑吟吟踅过外边桌子旁,阿珠让他坐了,递与一根水烟筒。朴斋打量大阿金一眼,随向阿珠搭讪道:"耐先生来里山家园呀,耐啥转来哉嘎?"阿珠说:"难要去哉。"朴斋转问大阿金:"耐跟个啥人?"大阿金说是沈小红。阿珠接嘴道:"俚故歇来里寻生意,阿有啥人家要大姐?荐荐俚。"朴斋瞿然道:"西公和张秀英说要添个大姐,等俚转来仔,我替耐去问声看。"阿珠道:"蛮好,谢谢耐。"朴斋即问明大阿金名字,约定廿九回音。阿珠向大阿金道:"价末耐就等两日末哉。张秀英哚勿要末,再到王老爷搭去。"大阿金感谢不尽。朴斋吸了几口水烟,仍回里面桌子上去。

须臾,天色将晚,阿珠、大阿金要走,先往里面招呼朴斋,朴斋同那三个朋友也要走,遂一齐踅下华众会茶楼,分路四散。

第五十四回终。

第五十五回

订婚约即席意徬徨　掩私情同房颜忸怩

按：赵朴斋自回鼎丰里家里，见了母亲赵洪氏，转述妹子赵二宝之言，廿八日要给史三公子饯行，另办一桌路菜，皆须精致丰盛。

朴斋说罢出外，自去找寻大姐阿巧，趁二宝不在家，和阿巧打情骂俏，无所不至。阿巧见朴斋近来衣衫整齐，银钱阔绰，俨然大少爷款式，就倾心巴结起来。因此朴斋倒断绝了王阿二这段交情。便是向时一班朋友，朴斋也渐渐不相往来，只和一个小王十分知己，约为兄弟；又辗转结识了华忠、夏余庆，四人时常一处作乐。

这日，八月廿八，赵朴斋知道小王自必随来，预约华忠、夏余庆作陪，专诚请小王叙叙，也算是饯行之意。等到日色沉西，方才听得门外马铃声响，赵洪氏与朴斋慌张出迎。只见史三公子、赵二宝已在客堂里下轿进来。朴斋站立一边。三公子向洪氏微笑一笑，款步登楼。

二宝叫声"无姆"，一把拉了洪氏，径往后面小房间，关上门，悄嘱道："难无姆勤实概哩！耐故歇做仔俚丈母哉呀，俚勿曾来请耐，耐倒先跑得出去，阿要难为情。"洪氏嘻着嘴，把头乱点。二宝临走，又嘱道："我先上去，晚歇俚再要请耐见见末，我教阿虎答应耐，耐看见俚，就叫仔声三老爷好哉，覅说啥闲话，倘忙说差仔拨俚笑话。"洪氏无不遵依。

二宝遂开门出房,到楼梯边,忽见朴斋帮着小王搬取衣包什物。二宝低声喝道:"等俚哚搬末哉,要耐去瞎巴结!"朴斋连忙交与阿虎带上楼去。二宝随同到了楼上房里,脱换衣裳,相伴三公子对坐笑语,没有提起赵洪氏。

一时,对过书房排好筵席,阿虎请去赴宴。二宝要说些亲密话儿,并不请一个陪客。三公子道:"请耐无姆、阿哥一淘来吃哉呀。"二宝道:"俚哚勿局个,我来里陪耐哉碗。"当请三公子南向上坐,手取酒壶,满斟三杯,自斟一小杯,坐于其侧。

三公子三杯饮尽,二宝乃从容说道:"耐明朝要转去哉,我末要问声耐。耐一径说个闲话,阿做得到?倘然耐故歇说得蛮高兴,耐转去仔,屋里倒勿许耐,阿是耐要间架哉嘎。耐索性说明白仔,倒也无啥。"三公子皇然起立,道:"耐阿是勿相信我?"

二宝一手捺坐,笑道:"勿是我勿相信耐,我为仔阿哥勿挣气,无法子做个倌人,自家想,陆里再有啥好结果。耐要讨我做大老母,故是我做梦也想勿到实概个好处。不过耐屋里有仔个大老母,故歇再讨个大老母转去,好像人家勿曾有过歇。勠晚歇忒起劲仔,倒弄得一场空。"三公子安慰道:"耐放心,倘然我自家想讨三房家小,故末常恐做勿到;故歇是我嗣母个主意,再要讨两房,啥人好说声闲话?索性搭耐说仔罢,嗣母早就看中一头亲事来浪,倒是我搭个浆,勿曾去说。难转去末就请媒人去说亲,说定仔,我再到上海接耐转去,一淘拜堂。不过一个月光景,十月里我定归到个哉。耐放心!"

二宝听说,不胜欢喜,叮咛道:"价末耐十月里要来个哩。耐去

第四十九回・明弃暗取攘窃蒙赃

明弃暗取
窃朦胧赃

第五十回・惡打盆無端嘗毒手

第五十一回・眼下钉小蛮争宠眷

第五十二回・小儿女独宿怯空房

第五十三回·强扭合连枝姊妹花

第五十四回・失足婦鞭筆整綱常

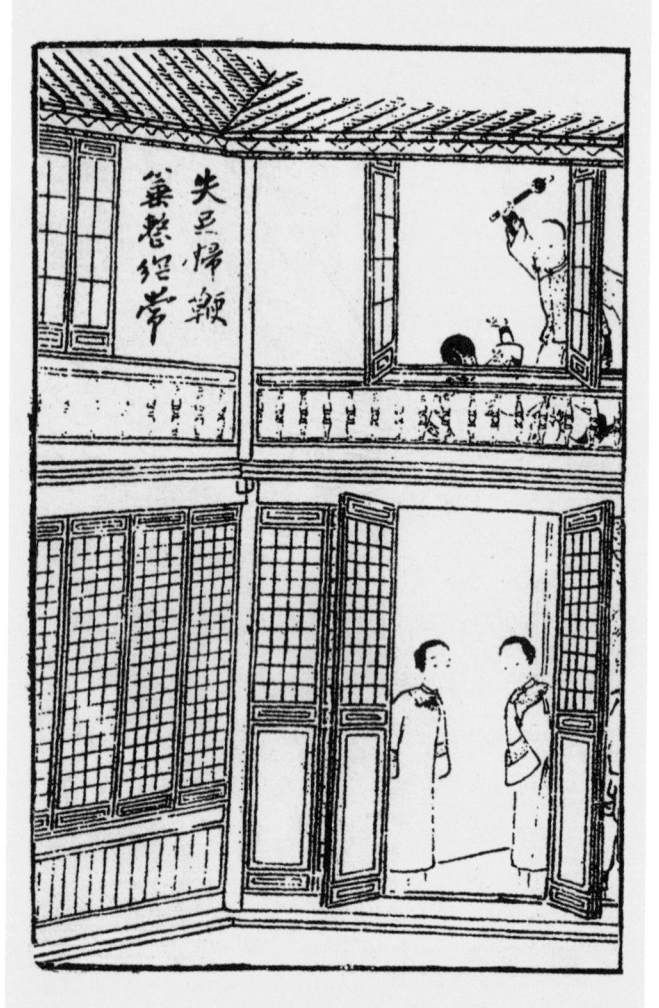

第五十五回・掩私情同房颜忸怩

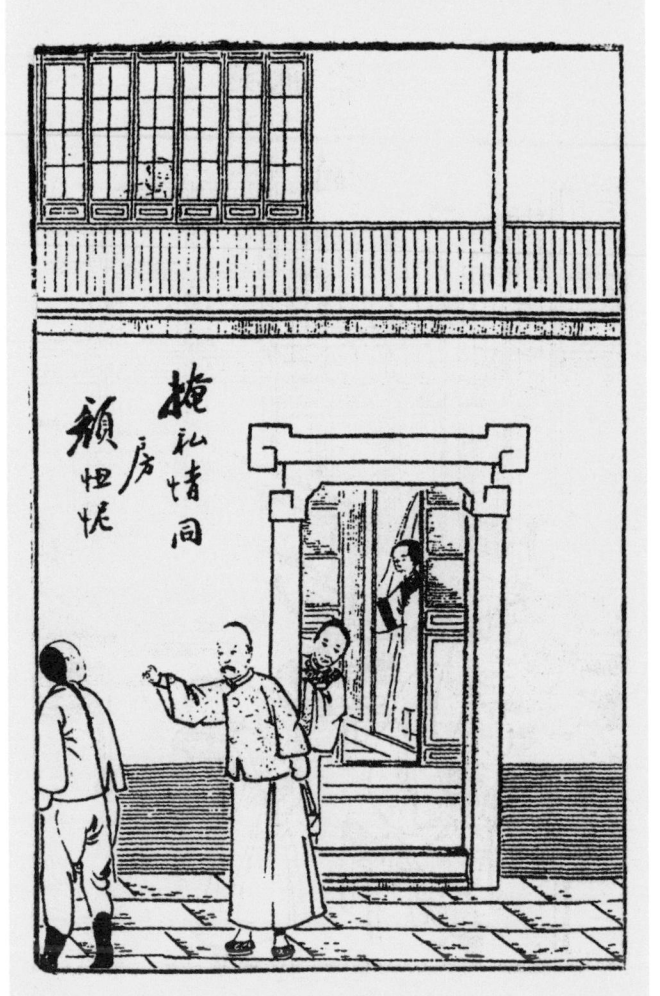

掩私情同房
颜忸怩

第五十六回・破题儿姚二宿勾栏

仔,我一干子来里,勿出门口,勿见客人,等耐来仔末,我好放心。耐勤为啥事体多耽搁仔哩。倘然耐屋里个夫人勿许耐讨,耐就讨我做小老母,我也就哝哝末哉。"

二宝说到这里,忽然涕泪交颐,两手爬着三公子肩膀,脸对脸的道:"我是今生今世定归要跟耐个哉,随便耐讨几个大老母,小老母,耐总勤豁脱我。耐要豁脱仔我是……"一句话说不完,噎在喉咙口,呜呜的竟要哭。慌得三公子两手合抱拢来,搂住二宝,将自己手帕子替他轻轻揩拭,一面劝道:"耐瞎说个啥嗄,耐故歇末该应快快活活,办点零碎物事,舒齐舒齐。耐倒再要哭,真真勿着落!"

二宝趁势滚在三公子怀中,缩住哭声,切切诉道:"耐勿晓得我个苦处,我拨乡下自家场花人说仔几几花花邱话,故歇说是耐要讨我去做大老母,俚哚才勿相信,来浪笑,万一勿成功下来,我个面孔搁到陆里去!"三公子道:"再有啥勿成功;除非我死仔,故末勿成功。"二宝火速抬身,一把握了三公子的嘴,道:"耐阿要无清头,难勿搭耐说哉。"三公子一笑丢开。

二宝斟一杯热酒,亲奉三公子呷干。三公子故意问乡下风景,搭讪开去。二宝早自领会,抛撒愁颜,兴兴头头和三公子玩笑。二宝说道:"倪乡下有只关帝庙,到仔九月里末做戏,看戏个人故末多到个无拨数目哚,连搭墙外头树丫枝浪才是个人。倪就搭张秀英看仔一埭,自家搭好仔看台,爬来哚墙头浪,太阳照下来,热得价要死!大家才说道,好看得来。像故歇大观园,清清爽爽,一干子一间包厢,请倪看,啥人高兴去看嗄。"三公子点点头。

二宝又敬两杯酒,说道:"再有句笑话告诉耐,倪关帝庙间壁有个王瞎子,说是算命准得野哚。前年倪无姆喊俚到屋里算倪几家头,俚算我末,说是一品夫人个命。俚还说可惜推扳仔一点点,勿然要做到皇后哚。倪末道仔俚瞎说,陆里晓得故歇倒拨俚算得蛮准。"三公子笑而点头。

两人细酌深谈,尽兴始散。三公子踅过房间里,向楼窗口喊声"小王"。二宝在后拦道:"我来里呀,再要喊俚哚做啥?"三公子问:"小王阿来里?"二宝道:"小王末,是倪阿哥请俚到酒馆里饯饯行。耐啥事体喊俚?"三公子道:"无啥,教俚转去收捉行李,明朝早点来。"二宝道:"晚歇倪搭俚说末哉。"三公子没甚言语,消停多时,安置不表。

次日,二宝起个绝早,在中间梳洗,不敷脂粉,不戴钗钏,并换一身净素衣裳,等三公子起身,问道:"耐看我阿像个人家人?"三公子道:"倒蛮清爽。"二宝道:"就今朝起,我一径实概样式。"说着,陪三公子吃了点心。

三公子遂令阿虎请了赵洪氏上楼厮见。三公子于靴叶子内取出一张票子交与赵洪氏,道:"我末要转去一埭,再等我一个月,盘里衣裳头面,我到屋里办得来。耐先拿一千洋钱去,搭俚办点零碎物事。嫁妆末等我来仔再办。"

洪氏不敢接受,只把眼睄二宝。二宝劈手抢过票子,转问三公子道:"耐个一千洋钱末算啥?要是开消个局帐,故末倪谢谢耐。耐说就要来讨我个末,再拨倪啥个洋钱嘎?说到仔零碎物事,倪穷末穷,还有两块洋钱来里,也勿耐费心个哉。"

三公子见如此说,俯首沉吟。洪氏接嘴道:"三老爷客气得来,难是一家人哉呀,无啥客气喥。"二宝忙丢个眼色,勿令多言。赵洪氏辞别下楼。

三公子只得收起票子,喊小王打轿。二宝也坐了轿子去送三公子。先到了公馆里,发下行李,用过中饭,却有一起一起送行的络绎不绝。三公子匆匆会客,没些空闲。直至四点多钟,三公子才收拾下船。二宝送至船上,只见阿哥赵朴斋正在舱中替小王照看行李。二宝悄问:"路菜阿曾挑来?"朴斋回说:"来哉。"

二宝寻思没事,将欲言归,紧紧握着三公子的手,嘱道:"耐到仔屋里,写封信拨我。我身体末原来里上海,我肚皮里个心也跟仔耐一淘转去个哉。耐勿到别场花再去耽搁哩。"三公子唯唯答应。二宝又道:"耐十月里啥辰光来?有仔日脚末再写封信拨我。能够早点最好。耐早一日到,倪一家门几花人早一日放心。"三公子又唯唯答应。

二宝再要说时,被船家催促开船,没奈何撒手登岸。史天然立在船头,赵二宝坐在轿里,大家含泪相视,无限深情。直到望不见船上桅影,赵朴斋始令轿班抬轿回家。

原来赵二宝是个心高气硬的人,自从史天然有三房家小之说,二宝就一心一意嫁与天然。又恐天然看不起,极力要装些体面出来,凡天然所有局帐,二宝不许开消,以为你既视我为妻,我亦不当自视为妓,一过中秋便揭去名条,闭门谢客,单做史天然一人。天然去时约定十月间亲来迎接,二宝核算家中尚存英洋四百余元,尽够浇裹,坦然无忧。

这日送行回来,赵朴斋自去张秀英家,荐个大姐大阿金生意。赵二宝却和母亲赵洪氏商议道:"俚说嫁妆等俚来再办,我想嫁妆该应倪坤宅办得去末对哦。俚办来浪,常恐俚哚底下人多说多话,坍俚个台。"洪氏道:"耐要办嫁妆末,推扳点哉哩。故歇就剩仔四百块洋钱哕。"

二宝咳了一声,道:"无姆末总实概个,四百块洋钱陆里好办嫁妆嗄!我想末,先去借得来办舒齐仔,等俚拿仔盘里个银两来末,再去还。"洪氏道:"故也无啥。"

二宝转和阿虎商议道:"耐阿有啥场花借点洋钱?"阿虎道:"倪就好借末也有限得势,倒勿如做个帐。绸缎店,洋货店,家生店,才有熟人来浪,到年底付清好哉。"二宝大喜,于是每日令阿虎向各店家赊取嫁妆应用物件。二宝忙碌碌自己挑拣评论,只要上等时兴市货。

赵朴斋在家没事,同阿巧绞得像饴糖一般,缠绵恩爱,分拆不开。阿巧知道朴斋是史三公子的嫡亲阿舅,更加巴结万分。朴斋私与阿巧誓为夫妇,将来随嫁过门便是一位舅太太了。二宝没工夫理会他们,别人自然不管这些事。

一日,忽见齐府一个管家交到一封书信,是史三公子寄来的,朴斋阅过,细细演讲一遍。前面说是一路平安到家,已央人去说那头亲事,刻尚未有回音;末后又说目今九秋风物,最易撩人,闷来时可往一笠园消遣消遣。二宝既得此信,赶紧办齐嫁妆,等待三公子一到,成就这美满姻缘。

朴斋因连日不见夏总管,问那管家,说是现在华众会吃茶。朴斋立刻去寻,果见夏余庆同华忠两人,泡茶在华众会楼上。

华忠一见朴斋,问道:"耐为啥一径勿出来?"夏余庆抢说道:"俚末屋里向有仔点花样来浪哉,阿晓得?"华忠愕然道:"啥花样嗄?"夏余庆道:"我也勿清爽,要去问小王哚。"

朴斋讪笑入座。堂倌添上一只茶钟,问:"阿要泡一碗?"朴斋摇摇手。华忠道:"价末倪去罢。"夏余庆道:"好个,倪走白相去。"

当下三人同出华众会茶楼,从四马路兜转宝善街,看了一会倌人马车,踅进德兴居小酒馆内,烫了三壶京庄,点了三个小碗,吃过夜饭。余庆请去吸烟,引至居安里潘三家门首,举手敲门。门内娘姨接应,却许久不开。夏余庆再敲一下。娘姨连说:"来哉,来哉!"方慢腾腾出来开了。

三人进了门,只听得房间里地板上历历碌碌一阵脚声,好像两人扭结拖拽的样子。夏余庆知道有客,在房门口立住脚。娘姨关上大门,说道:"房里去哩。"

夏余庆遂揭起帘子,让两人进房,听得那客人开出后房门,登登登脚声踅上楼梯去了。房间里暗昏昏地,只点着大床前梳妆台上一盏油灯。潘三将后房门掩上,含笑前迎,叫声"夏大爷"。娘姨乱着点起洋灯、烟灯,再去加茶碗。

夏余庆悄问那上楼的客人是何人。潘三道:"勿是倪客人,是客人哚个朋友呀。"夏余庆道:"客人哚个朋友末,啥勿是客人嗄?"随手指着华忠、赵朴斋道:"价末俚哚才勿是客人哉唲?"潘三道:"耐末再要瞎缠,吃烟罢。"

夏余庆向榻床睡下,刚烧好一口烟,忽听得敲门声响。娘姨在客堂中高声问:"啥人嗄?"那人回说:"是我。"娘姨便去开了进来,那人并不到房间里,一直径往楼上。知道与楼上客人是一帮,皆不理会。

夏余庆烟瘾本自有限,吸过两口,就让赵朴斋吸,自取一支水烟筒坐在下手吸水烟。华忠和潘三并坐靠窗高椅上讲些闲话。

忽又听得有人敲门。夏余庆叫声"阿唷",道:"生意倒闹猛哚唲!"说着,放下水烟筒,立起身来望玻璃窗张觑。潘三上前拦道:"看啥嗄?搭我坐来浪!"

夏余庆听得娘姨开出门去,和敲门的唧唧说话,那敲门的声音似乎厮熟。夏余庆一手推开潘三,赶出房门看是何人,那敲门的见了慌的走避。夏余庆赶出弄堂,趁着门首挂的玻璃油灯望去,认明那敲门的是徐茂荣,指名叫唤。

徐茂荣只得转身,故意喊问:"阿是余庆哥嗄?"余庆应了。茂荣方才满面堆笑,连连打恭,道:"我再勿靠帐余庆哥来里。"一面说,一面跟着夏余庆踅进房间,招呼华忠、赵朴斋两人。

朴斋认得这徐茂荣,曾经被他毒手殴伤头面,不期而遇,着实惊皇。茂荣心里觉着,外面只做不认得。

大家各通姓名,坐定。夏余庆问徐茂荣道:"耐为啥看见仔我跑得去?"茂荣没口子分说道:"勿晓得是耐呀。我就问仔声虹口杨个阿来里,勿来里末,我生来去哉唲。陆里晓得耐倒来里?"余庆鼻子里哼了一声。

徐茂荣笑嘻嘻望着潘三道:"三小姐长远勿见,好壮仔点哉。阿是倪余庆哥拨耐吃仔好物事?"潘三眼梢一瞟,答道:"耐末为仔长远勿见,再要教倪骂两声,阿对?"

徐茂荣拍掌道:"划一!蛮准!"接着别转脸去,又向华忠、赵朴斋指手划脚的,且笑且诉道:"前埭倪余庆哥来里上海末,就做个三小姐,倪一淘人才到该搭来寻俚,一日天跑几埭,赛过是华众会,拨三小姐末骂得来要死。故歇余庆哥勿来仔,倪一淘人也才勿来哉。"

华忠、赵朴斋不置一词。徐茂荣却问潘三道:"为啥倪余庆哥勿来?阿是耐得罪仔俚?"潘三未及答话。夏余庆喝住道:"勠瞎说哉,倪有公事来里!"

第五十五回终。

第五十六回

私窝子潘三谋胠箧　破题儿姚二宿勾栏

按：潘三因夏余庆说有公事，逡巡出房，且去应酬楼上客人。徐茂荣正容请问"是何公事"。夏余庆道："耐一班人管个啥公事，倪山家园一堆阿曾去查查嗄？"茂荣大骇道："山家园阿有啥事体？"余庆冷笑道："我也勿清爽！今朝倪大人吩咐下来，说山家园个赌场闹猛得势，成日成夜赌得去，摇一场摊有三四万输赢哚，索性勿像仔样子哉！问耐阿晓得？"

茂荣呵呵笑道："山家园个赌场末，陆里一日无拨嗄，我道仔山家园出仔个强盗，倒一吓。难明朝我去说一声，教俚哚麬赌仔末哉。"余庆道："耐麬来浪搭个浆，晚歇弄出点事体来，大家无趣相！"

茂荣移坐相近，道："余庆哥，山家园个赌场，倪倒才勿曾用过一块洋钱哩。开赌个人，耐也明白来浪。几花赌客才是老爷们，倪衙门里也才来浪赌嘅，倪跑进去，阿敢说啥闲话？故歇齐大人要办，容易得势，我就立刻喊齐仔人一塌括仔去捉得来，阿好？"余庆沉吟道："俚哚勿赌仔，倪大人也勿是定归要办俚哚。耐先去拨仔个信，再要赌末，生来去捉。"

茂荣拍着腿膀道："原说呀，有几个赌客就是大人个朋友。倪勿比仔新衙门里巡捕，有多花为难个场花哚呀。"余庆怫然作色道："大人个朋友,就是李大少爷末赌过歇,勿关倪事。倪门口里啥人来浪赌?耐说说看。"茂荣连忙剖辨道:"我勿曾说是门口里哚。倘然耐门口里有人去仔,我阿有啥勿告诉耐个嘎?"夏余庆方罢了。

徐茂荣笑着,更向华忠、赵朴斋说道:"倪个余庆哥,故末真真大本事!齐府浪通共一百多人哚,就是余庆哥一干子管来浪,一径勿曾有歇一点点差事体。"华忠顺口唯唯,赵朴斋从榻床起身,让徐茂荣吸烟,徐茂荣转让华忠。

正在推挽之际,欤地后房门呀的声响,蹑进一个人,踮手踮脚,直至榻床前。大家看时,乃是张寿,皆怪问道:"耐啥辰光来个嘎?"张寿不发一言,只是曲背弯腰,眯眯的笑。华忠就让张寿躺下吸烟。

夏余庆低声问张寿道:"楼浪是啥人?"张寿低声说是"匡二"。余庆道:"价末一淘下头来坐歇哉哝。"张寿急摇手道:"俚赛过私窝子,勿去喊俚。"余庆鼻子里又哼了一声,道:"为啥故歇几个人才有点阴阳怪气!"随手指着徐茂荣道:"坎坎俚一干子跑得来,同娘姨说闲话,我去喊俚,俚倒想逃走哉,阿要稀奇。"

徐茂荣噘着嘴,笑向张寿道:"余庆哥一径来里埋冤我,好像我看勿起俚,耐说阿有价事?"张寿笑而无语。

夏余庆道:"堂子里总归是白相场花,大家走走,无啥要紧。匡二哥道仔我要吃醋,俚也转差仔念头哉。"张寿道:"俚倒勿是为耐,常恐东家晓得仔说俚。"余庆道:"再有句闲话,耐去搭俚说,教俚劝劝东家,山家园个赌场里勿去赌。"即将适间云云缕述一遍。

张寿应诺,吸了一口烟,辞谢四人,仍上楼去。只见匡二、潘三做一堆儿滚在榻床上。见了张寿,潘三才缓缓坐起,向匡二道:"我下头去。耐勿许去个哩,我有闲话搭耐说。"又嘱张寿:"坐歇,勒去。"潘三遂复下楼。

楼上张寿轻轻地和匡二说了些话。约半点钟光景,听得楼下四人纷然作别声,潘三款留声,娘姨送出关门声。随后潘三喊道:"下来罢。"

匡二遂请张寿同到楼下房间。张寿有事要去,匡二要一淘走,潘三那里肯放,请张寿:"再吸筒烟哩。"一手拉着匡二拉至床前藤椅上,叠股而坐,密密长谈。张寿只得稍待,见那潘三谈了半日,不知谈的甚么事,匡二连连点头,总不答话。及潘三谈毕走散,匡二还呆着脸踌躇出神。张寿呼问:"阿去嗄?"匡二始醒过来。临出门,潘三复附耳立谈两句,匡二复点点头,始跟张寿踅出居安里。

张寿在路,问:"潘三说啥?"匡二道:"俚瞎说呀,还仔债末要嫁人哉。"张寿道:"价末耐去讨仔俚哉啘。"匡二道:"我陆里有几花洋钱。"

当下分路,匡二往尚仁里杨媛媛家。张寿自往兆富里黄翠凤家,遥望黄翠凤家门首七八乘出局轿子,排列两旁,料知台面未散。进得门来,遇见来安,张寿问:"局阿曾齐?"来安道:"要散哉。"张寿道:"王老爷叫个啥人?"来安道:"叫两个哚:沈小红、周双玉。"张寿道:"洪老爷阿来里?"来安道:"来里。"

张寿听说,心想周双珠出局,必然阿金跟的,乘间溜上楼梯,从帘子缝里张觑。其时台面上拳声响亮,酒气蒸腾。罗子富与姚季莼两人合摆个庄,不限杯数,自称为"无底洞",大家都不服。王莲生、洪善卿、朱蔼人、葛仲英、汤啸庵、陈小云联为六国,约纵连横,车轮鏖战,皆不许相好、娘姨、大姐代酒,其势汹汹,各不相下,为此比往常分外热闹。

张寿见周双珠跟的阿金空闲傍立,因向身边取出一枚叫子,望内"许"的一吹。席间并未觉着,阿金听得,溜出帘外,悄地约下张寿隔日相会。张寿大喜,仍下楼去伺候,阿金复掩身进帘。席间那有工夫理会他们,只顾豁拳吃酒。

这一席,直闹到十二点钟,合席有些酩酊,方才罢休。许多出局皆要巴结,竟没有一个先走的。

席散将行,姚季莼拱手向王莲生及在席众人道:"明朝奉屈一叙,并请诸位光陪。"回头指着叫的出局道:"就来里俚搭庆云里。"众人应诺,问道:"贵相好阿是叫马桂生?倪才勿曾看见过。"姚季莼道:"我也新做起。本底子朋友来浪叫,故歇朋友荐拨我,我就叫叫末哉。"众人皆道:"蛮好。"

说毕,客人、倌人一齐告辞,接踵下楼。娘姨、大姐前遮后拥,还不至于醉倒。罗子富送客回房,黄翠凤窥其面色,也不甚醉,相陪坐下。

翠凤问道:"王老爷为仔啥事体,才要请俚吃酒?"子富道:"俚要江西做官去,倪老朋友生来搭俚饯饯行。"翠凤失声叹道:"难末沈小红要苦煞哉!王老爷来里末,巴结点再做做,倒也无啥;难去仔,好哉唲！"

子富道："故歇个王老爷，勿晓得为啥，好像同沈小红好仔点哉。"翠凤道："故歇就好煞也无行用唲。起先沈小红转差仔个念头，起先要嫁拨仔王老爷，故歇就勿要紧哉，跟得去也好，再出来也好。"子富道："沈小红自家要寻开心，姘个戏子，陆里肯嫁嗄。"翠凤又叹道："倌人姘戏子个多煞，就是俚末吃仔亏。"两人评论一回，收拾不表。

次日是礼拜日，午后，罗子富拟作明园之游，命高升喊两把马车。适值黄二姐走来白相，到房间里叫声"罗老爷"及"大先生"。黄翠凤仍叫"无姆"，请其坐下。寒暄两句，翠凤问及生意。

黄二姐蹙颏摇头道："勒说起！耐来浪个辰光，一径蛮闹猛，故歇勿对哉，连搭仔金凤个局也少仔点。心想买个讨人，常恐勿好末，像诸金花样式。就实概哎下去总勿齐头，我来搭耐商量，阿有啥法子？"翠凤道："故末无姆自家主意，我勿好说。买个讨人也难煞，就算人好末，生意陆里说得定？我故歇也无拨啥生意。"黄二姐寻思不语，翠凤置之不睬。

须臾，高升回报："马车来哉。"黄二姐只得告辞，踯躅而去。于是罗子富带着高升，黄翠凤带着赵家姆，各乘一把马车，驶往明园，就正厅上泡茶坐下。

子富说起黄二姐，道："耐无姆是无用人，倒原要耐去管管俚末好。"翠凤道："我去管俚做啥！我原教俚买个讨人，俚舍勿得洋钱，勿听我闲话，故歇无拨仔生意，倒问我阿有啥法子。再拨点洋钱俚哉喤。"

子富笑了。翠凤又说起沈小红，道："沈小红故末是无用人，王老爷做仔张蕙贞末，最好哉啘；耐麭去说穿俚，暗底下拿个王老爷挤，故末凶哉。"

说犹未了，不想沈小红独自一个款步而来。翠凤便不再说。子富望去，见沈小红满面烟色，消瘦许多，较席间看的清楚。小红亦自望见，装做没有理会，从刺斜里踅上洋楼。随后大观园武小生小柳儿来了，穿着单罗夹纱崭新衣服，越显出吉灵即溜的身儿；脚下厚底京鞋，其声橐橐；脑后拖一根油晃晃朴辫，一直踅进正厅，故意兜个圈子，捱过罗子富桌子旁边，细细打量黄翠凤。原来翠凤浑身缟素，清爽异常，插戴首饰，也甚寥寥；但手腕上一副乌金钏臂从东洋赛珍会上购来，价值千金。小柳儿早有所闻，特地要广广见识。

黄翠凤误会其意，投袂而起，向罗子富道："俚去罢。"子富自然依从，同往园中各处随喜一遭，至园门首坐上马车，径驶回兆富里口停下。踅进家门，只见厢房内文君玉独坐窗前，低头伏桌，在那里孜孜的看。

罗子富近窗掂脚一望，桌上摊着一本《千家诗》。文君玉两只眼睛离书不过二寸许，竟不觉得窗外有人看他。黄翠凤在后，暗地将子富衣襟一拉，不许停留。子富始忍住笑，上楼归房，悄悄问翠凤道："文君玉好像有点名气个啘，啥实概样式嗄？"

翠凤不答，只把嘴一披。赵家姆在傍悄悄笑道："罗老爷，阿是好白相煞个？俚有辰光碰着仔，同俚讲讲闲话，故末笑得来。俚说故歇上海赛过拗空,夷场浪倌人一个也无拨,幸亏俚到仔上海,难末要撑点场面拨俚哚看!"说着又笑,子富也笑个不了。

赵家姆道:"倪问俚:'价末耐个场面阿曾撑嘎?'俚说:'难是撑哉呀。可惜上海无拨客人,有仔客人总归做俚一干子。'"子富一听,呵呵大笑起来。翠凤忙努嘴示意。赵家姆方罢。

比及天晚,高升送上一张请客票头,子富看是姚季莼的,立刻下楼就去。经过文君玉房门首,尚听得有些吟哦之声。子富心想上海竟有这种倌人,不知再有何等客人要去做他。高升伏侍上轿,径抬往庆云里马桂生家。姚季莼会着,等齐诸位,相让入席。

姚季莼既做主人,那里肯放松些,个个都要尽量尽兴。王莲生吃得胸中作恶,伏倒在台面上。沈小红问他:"做啥?"莲生但摇手,忽然啯的一响,呕出一大堆,淋漓满地。朱蔼人自觉吃得太多,抽身出席,躺于榻床,林素芬替他装烟,吸不到两口,已酩腾睡去。葛仲英起初推托不肯多吃,后来醉了,反抢着要吃酒。吴雪香略劝一句,仲英便不依,几乎相骂。罗子富见仲英高兴,连喊:"有趣,有趣!倪来豁拳。"即与仲英对豁了十大觥。仲英输得三拳,勉强吃了下去。子富自恃酒量,先时吃的不少,此刻加上这七觥酒,也就东倒西歪,支持不住。惟洪善卿、汤啸庵、陈小云三人格外留心,酒到面前,一味搪塞,所以神志湛然,毫无酒意。因见四人如此大醉,央告主人姚季莼屏酒撤席,复护送四人登轿而散。

季莼酒量也好,在席不觉怎样,欲去送客,立起身来,登时头眩眼花,不由自主,幸而马桂生在后挡住,不致倾跌。桂生等客散尽,遂与娘姨扶掖季莼,向大床上睡下,并为解钮宽衣,盖上薄被。季莼一些也不知道,竟是昏昏沉沉一场美睡。天明醒来,睁眼一看,不是自家床帐,身边又有人相陪,凝神细想,方知为马桂生家。

这姚季莼为家中二奶奶管束严紧,每夜十点钟归家,稍有稽迟,立加谴责。若是官场公务丛脞,连夜不能脱身,必然差人禀明二奶奶。二奶奶暗中打听,真实不虚,始得相安无事。在昔做卫霞仙时,也算得是两情浃洽,但从未尝整夜欢娱。自从当场出丑之后,二奶奶几次噪闹,定不许再做卫霞仙,季莼无可如何,忍心断绝。

但季莼要巴结生意,免不得与几个体面的往来把势场中,二奶奶却也深知其故。可巧家中用的一个马姓娘姨,与马桂生同族,常在二奶奶面前说这桂生许多好处。因此二奶奶倒怂恿季莼做了桂生,便是每夜归家时刻,也略为宽假些,迟到十二点钟还不妨事。

不料季莼醉后失检,公然在马桂生家住了一宿,斯固有生以来破题儿第一夜之幸事。只想着家中二奶奶这番噪闹,定然加倍利害,若以谎词支吾过去,又恐轿班戳破机关,反为不美,再四思维,不得主意。

桂生辛苦困倦,睡思方浓。季莼如何睡得着,却舍不得起来。眼睁睁的直到午牌时分,忽听得客堂中外场高叫:"桂生小姐出局。"娘姨隔壁答应,问:"啥人叫个?"外场回说:"姓姚。"

季莼听得一个"姚"字,心头小鹿儿便突突地乱跳,抬身起坐,侧耳而听。娘姨复道:"倪个客人就是二少爷末姓姚,除仔二少爷无拨哉㖸。"外场复格声一笑,接着嘁啾嘈杂,声音低了下去,听不清楚说些甚的。

季莼推醒桂生,急急着衣下床,喊娘姨进房盘问。娘姨手持局票,呈上季莼,嘻嘻笑道:"说是二奶奶来里壶中天,叫倪小姐个局。就是二少爷个轿班送得来票头。"

季莼好似半天里起个霹雳,吓得目瞪口呆,手足无措。还是桂生确有定见,微微展笑,说声"来个",打发轿班先去。桂生就催娘姨舀水,赶紧洗脸梳头。

季莼略定定心,与桂生计议道:"我说耐覅去哉,我去罢。我横竖勿要紧,随便俚啥法子来末哉,阿好拿我杀脱仔头?"桂生面色一呆,问道:"俚叫个我㖸,为啥我勿好去?"季莼攒眉道:"耐去末倘忙晚歇大菜馆里噪反仔,像啥样式嘎?"桂生失笑道:"耐搭我坐来浪罢。要噪末陆里勿好噪,为啥要大菜馆里去?阿是耐二奶奶发痴哉。"

季莼不敢再说,眼看桂生打扮停当,脱换衣裳,竟自出门上轿。季莼叮嘱娘姨,如有意外之事,可令轿班飞速报信。娘姨唯唯,迈步跟去。

第五十六回终。

第五十七回

甜蜜蜜骗过醋瓶头　狠巴巴问到沙锅底

按：马桂生轿子径往四马路壶中天大菜馆门首停下，桂生扶着娘姨进门登楼，堂倌引至第一号房中。只见姚二奶奶满面堆笑，起身相迎。桂生紧步上前，叫声"二奶奶"，再与马娘姨厮见。姚奶奶携了桂生的手，向一张外国式皮褥半榻并肩坐下。姚奶奶开言道："我请耐吃大菜，下头帐房里缠差仔，写仔个局票。耐喜欢吃啥物事？点喤。"桂生推说道："倪饭吃过哉呀。二奶奶耐自家请。"姚奶奶执定不依，代点几色，说与堂倌，开单发下。

姚奶奶让了一巡茶，讲了些闲话，并不提起姚季莼。桂生肚里想定话头，先自诉说昨夜二少爷如何摆酒请客，如何摆庄豁拳，如何吃得个个大醉；二少爷如何瞌睡不能动身，我与娘姨两个如何扛抬上床；二少爷今日清醒如何自惊自怪，不复省记向时情事：细细的说与姚奶奶听，绝无一字含糊掩饰。

姚奶奶闻得桂生为人诚实，与别个迥然不同，今听其所言，果然不错，心中已自欢喜。适值堂倌搬上两客汤饼，姚奶奶坚请桂生入座，桂生再三不肯。姚奶奶急了，顾令马娘姨转劝，桂生没法，遵命吃过汤饼，换上一道板鱼。

姚奶奶吃着，问道："价末故歇二少爷阿曾起来嘎？"桂生道："倪来末刚刚起来,说仔二奶奶来里喊我,二少爷极得来,常恐二奶奶要说俚。我倒就说:'勿要紧个。二奶奶是有规矩人,常恐耐来里外头豁脱仔洋钱,再要伤身体。耐自家蘉去无淘成,二奶奶总也勿来说耐哉喔。'"

姚奶奶叹口气道:"说到仔俚末真真要气煞人!俚勿怪自家无淘成,倒好像我多说多话。一到仔外头,也勿管是啥场花,碰着个啥人,俚就说我多花勿好,说我末凶,要管俚,说我勿许俚出来。俚也叫仔耐好几个局哉,阿曾搭耐说过歇?"

桂生道:"故是二少爷倒也勿个,二少爷个人说末说无淘成,俚肚皮里也明白来浪。二奶奶说说俚总是为好,倪有辰光也劝声把二少爷,倪说:'二奶奶勿比仔倪堂子里。耐到倪堂子里来,是客人呀。客人有淘成无淘成,勿关倪事,生来勿来说耐。二奶奶搭耐一家人,耐好末二奶奶也好,二奶奶勿是要管耐,也勿是勿许耐出来,总不过要耐好。倪倘然嫁仔人,家主公外头去无淘成,倪也一样要说个喔。'"

姚奶奶道:"难我勿去说俚哉,等俚歇末哉。我说末定归勿听,帮煞个堂子里,拨个卫霞仙杀坏当面骂我一顿,还有俚铲头东西再要搭杀坏去点仔副香烛,说我得罪仔俚哉!我阿有面孔去说俚?"

姚奶奶说到这里,渐渐气急脸涨,连一条条青筋都爆起来,桂生不敢再说。当下五道大菜陆续吃毕,桂生每道略尝一脔,转让与马娘姨吃了。揩把手巾,出席散坐。

桂生复慢慢说道:"倪勿然也勿好说,二少爷个人倒划一无淘成得野哚,原要耐二奶奶管管俚末好哩。依仔二少爷,上海夷场浪倌人,巴勿得才去做做。二奶奶管来浪,终究好仔点。二奶奶阿对?"

姚奶奶虽不曾接嘴,却微露笑容。消停半刻,姚奶奶复携了桂生的手,趑出回廊,同倚栏杆,因问桂生几岁,有无父母,曾否攀亲。桂生回说十九岁,父母亡故之后,遗下债务无可抵挡,走了这条道路;那得个有心人提出火坑,三生感德。姚奶奶为之浩叹。

桂生因问姚奶奶:"阿要听曲子?我唱两只拨二奶奶听。"姚奶奶阻止道:"覅唱哉,倪要去哉。"遂与桂生回身归座,令马娘姨去会帐。

姚奶奶复叹道:"我为仔卫霞仙个杀坯末,搭俚噪仔好几转,出仔几花坏名气,啥人晓得我冤枉。像故歇二少爷做仔耐,我就蛮放心。——要是吃醋末,为啥勿噪哉嘎?"

桂生微笑道:"卫霞仙是书寓呀,俚哚会骗。像倪是老老实实,也无拨几户客人。做着仔二少爷,心里单望个二少爷生意末好,身体末强,故末一径好做下去。"

姚奶奶道:"我再有句闲话要搭耐说,既然二少爷来里耐搭,我就拿个二少爷交代拨耐。二少爷到仔夷场浪,覅放俚再去叫个倌人。倘然俚定归要叫,耐教娘姨拨个信我。"

桂生连声应诺。姚奶奶仍携着手款步下楼,同出大菜馆门首。桂生等候马娘姨跟着姚奶奶轿子先行,方自坐轿归至庆云里家中。只见姚季莼正躺在榻床上吸鸦片烟。桂生做势道:"耐倒舒齐哚啘,二奶奶要打耐哉!当心点,阿晓得?"

季莼早有探子报信,毫不介意,只嘻着嘴笑。桂生脱下出局衣裳,遂将姚奶奶言语情形详细叙述一遍。喜得季莼抓耳爬腮,没个摆布。桂生却教导季莼道:"耐晚歇去吃仔酒末,早点转去。二奶奶问起仔我,耐总说是无啥好,陆里好比卫霞仙。"

　　季莼不等说完,嚷道:"再要说个卫霞仙,故末真真拨俚打哉哩!"桂生道:"价末耐就说是么二堂子无啥趣势。二奶奶再问耐阿要做下去,耐说故歇无拨对意个倌人,做做罢哉。照实概两声闲话,二奶奶定归喜欢耐。"

　　季莼唯唯不迭。又计议一会,季莼始离了马桂生家,乘轿赴局办些公事,天晚事竣,径去赴宴。

　　这晚是葛仲英在东合兴里吴雪香家为王莲生饯行,依旧那七位陪客。姚季莼本拟早回,不及终席而去。其余诸位只为连宵大醉,鼓不起酒兴,略坐坐也散了。

　　王莲生因散的甚早,便和洪善卿步行往公阳里周双玉家打个茶会,一同坐在双玉房间。周双珠过来厮见,就道:"今朝倒还好;像昨日夜头吃酒,怕煞个。"阿珠方给莲生烧鸦片烟,接嘴道:"王老爷,难酒少吃点,多吃仔酒,再吃个鸦片烟,身体勿受用,阿对?"

　　莲生笑而颔之。阿珠装好一口烟,莲生吸到嘴里,吸着枪中烟油,慌的爬起,吐在榻前痰盂内。阿珠忙将烟枪去打通条,双玉远远地坐着,望巧囡丢个眼色。巧囡即向梳妆台抽屉里面取出一只玻璃缸,内盛半缸山查脯,请王老爷、洪老爷用点。莲生忽然感触太息。

阿珠通好烟枪,替莲生把火,一面问道:"难小红先生搭就是个娘来里跟局?"莲生点点头。阿珠道:"价末大阿金出来仔,大姐也勿用?"莲生又点点头。阿珠道:"说要搬到小房子里去哉呀,阿有价事?"莲生说:"勿晓得。"

阿珠只装得两口烟,莲生便不吸了,忽然盘膝坐起,意思要吸水烟。巧囡送上水烟筒,莲生接在手中,自吸一口,无端吊下两点眼泪。阿珠不好根问。双珠、双玉面面相觑,也自默然。房内静悄悄地,但闻四壁厢促织儿唧唧之声,聒耳得紧。

善卿揣知莲生心事,无可排遣,只得与双珠搭讪些闲话。适见房门口帘子一扬,探进一个头来望望,似乎是小孩子。双珠喝问:"啥人?"外面不见答应。双珠复喝道:"跑得来!"方才遮遮掩掩,踅至双珠面前。果系阿金的儿子阿大,咭呱咕噜告诉双珠,不知说的甚么。双珠鼻子里哼了一声,阿大逡巡退出,随后楼下蹋蹋蹋一路脚声,直跑到楼上房间里。双珠见是阿金,生气不理。阿金满面羞惭,溜出中间与阿大切切商量。善卿不觉失笑。

莲生再躺下去吸两口鸦片烟,遂令阿珠喊来安打轿。善卿及双珠、双玉都送至楼门口而别。

王莲生去后,善卿径往双珠房间。阿珠收拾既毕,特地过来问善卿道:"王老爷为啥气得来?"善卿叹道:"也怪勿得王老爷。"阿珠道:"王老爷做仔官末,该应快活点,再有啥气嗄?"善卿道:"起先王老爷阿是一径喜欢个沈小红,为仔沈小红勿好末,去讨仔个张蕙贞。陆里晓得张蕙贞也勿好,难末为仔张蕙贞勿好,再去做个沈小红。做末来浪做,心里末来浪气。"阿珠道:"张蕙贞啥个勿好?"善卿道:"也不过勿好末哉,说俚做啥。"阿珠乃说出前日往王莲生公馆听张蕙贞被打一节,善卿亦说道:"险个!王老爷打仔一泡,勿要哉。张蕙贞末吃个生鸦片烟,原是倪几个朋友去劝好仔,拿个阿侄末赶出,算完结该桩事体。"阿珠亦叹道:"张蕙贞也忒啥个勿挣气,拨沈小红晓得仔,故末快活得来,要笑煞哚。"

刚刚讲得热闹,外场喊报:"小先生出局。"阿珠回对过房间跟周双玉出局去了。善卿转向双珠道:"可惜王老爷要去哉;勿然让俚做双玉,倒蛮好。"双珠道:"说起仔双玉,想着哉。倪无姆要商量句闲话,我倒忘记脱仔勿曾说。"善卿急问:"啥闲话?"双珠道:"倪双玉山家园转来,一径勿肯留客人。我同无姆说仔好几转,俚说五少爷定归要讨俚,说好个哉,倪勿好说穿俚。请耐去问五少爷,该应那价样式。要讨末讨得去,勿讨末教五少爷自家搭双玉说仔声末,让俚做生意,阿对?"善卿道:"双玉倒勿靠帐俚,花头大得野哚。"双珠道:"俚哚两家头才是拗空,覅说五少爷定仔亲,就勿定末,阿能够讨双玉去做大老母!"

善卿未及接言,不想周双宝因多时不见善卿,乘间而来,可巧一脚跨进房门,就搭讪道:"陆里来个大老母嗄?拨倪看看哩。"双珠憎其嘴快,瞠目相视。双宝忙缩住口,退坐一傍。阿金随到房里向双宝附耳说话,双宝也附耳回答。阿金轻轻地骂了一句,转身坐下,取出那副牙牌随意摆弄。善卿问问双宝近日情形。

须臾,双玉出局回家,双宝听见,回避下楼。双玉过来闲话一会,敲过十二点钟,巧囡搬上稀饭,阿金丢下牙牌,伏侍善卿、双珠、双玉三人吃毕。巧囡收起碗筷,阿金依然摆弄牙牌。善卿见阿大躲在房门口黑暗里,呼问:"做啥?"阿大即蹑足潜逃,转瞬间仍在房门口踯躅不去。双珠看不入眼,索性不去说他。

既而闻得相帮卸下门灯,掩上大门,双玉告睡归房。巧囡复舀上面水,阿金始将牙牌装入匣内,伏侍双珠捕面卸妆。吹灭保险灯,点着梳妆台长颈灯台,揭去大床五色绣被,单留一条最薄的,展开铺好。巧囡既去,阿金还向原处低头兀坐。阿大捱到房里,偎傍阿金身边。善卿肚里寻思,看他怎的。

俄延之间,阿德保手提水铫子来冲了茶,回头看定阿金,冷冷的问道:"阿转去嘎?"阿金哆嘴不答,挈带阿大拔步先行,阿德保紧紧相从。一至楼梯之下,登时沸反盈天,阿德保的骂声打声,阿金的哭声喊声,阿大的号叫跳掷声,又间着阿珠、巧囡劝解声,相帮拉扯声,周兰呵责声,杂沓并作。

善卿要看热闹,从楼门口望下窥探,一些也看不见。只听得阿德保一头打,一头骂,一头问道:"大马路啥场花去?我问耐大马路啥场花去?说嗄!"问来问去要问这一句话。阿金既不供招,亦不求饶,惟狠命的哭着喊着。阿珠、巧囡、相帮乱烘烘七手八脚的拉扯劝解,那里分得开,挡得住。还是周兰发狠,极声喝道:"要打杀哉呀!"就这一喝里,阿德保手势一松,才拖出阿金来。阿珠、巧囡忙把阿金推进周兰房间里去。

阿德保气不过,顺手抓得阿大,问他:"耐同仔娘大马路去做啥?

耐个好倪子,耐只猪猡!"骂一声打一下,打得阿大越发号叫跳掷,竟活像杀猪猡一般。相帮要去抢夺,却被阿德保揪牢阿大小辫子,抵死不放。

双珠听到这里,着实忍耐不得,蓬着头,赶出楼门口,叫声"阿德保",道:"耐倒打得起劲煞来里阿是,俚乃小干忤末懂啥嗄?"相帮因双珠说,一齐上前用力扳开阿德保的手,抱了阿大,也送至周兰房间。阿德保没奈何,一撒手,径出大门大踏步去了。

善卿、双珠待欲归寝,遇见双玉也蓬着头,站立自己房门首打听阿金阿曾打坏。善卿笑道:"坍坍俚台呀,打坏仔末阿好做生意。"当下大家安置。阿金、阿大就于周兰处暂宿一宵。

次日,善卿起得早些。阿金恰在房间里弯腰扫地,兀自泪眼凝波,愁眉锁翠。善卿拟安慰两句,却不好开谈。吃过点心,善卿将行,不复惊动双珠,仅嘱阿金道:"我到中和里去,等三先生起来搭俚说一声。"阿金应承。

善卿离了周双珠家,转两个弯,早到朱公馆门首。张寿一见,只道有啥事故,猛吃大惊,慌问:"洪老爷做啥?"善卿倒怔了一怔,答道:"我张张五少爷,无啥碗。"

张寿始放下心,忙引善卿直进里面书房,会见朱淑人,让坐攀谈。慢慢谈及周双玉其志可嘉,至今不肯留客,何不讨娶回家,倒是一段风流佳话;否则周兰为生意起见,意欲屈驾当面说明,令双玉不必痴痴坐待,误其终身。淑人仅唯唯而已,善卿坚请下一断语,淑人只说缓日定议报命。善卿只得辞别,自去回报周兰。

淑人送出洪善卿,归至书房,自思欲娶周双玉,还当与齐韵叟商量,韵叟曾经说过容易得势。但在双玉意中,犹以正室自居,降作偏房,恐非所愿。不若索性一直瞒过,捱到过门之后,穿破出来,谅双玉亦无可如何的了。

到了午后,探听乃兄朱蔼人已经出门,淑人便自坐轿径往一笠园来。园门口的管家皆已稔熟,引领轿子抬进园中,绕至大观楼前下轿,禀说大人歇午未醒,请在两位师爷房里坐歇。

淑人点点头。当值管家导上楼梯,先听得中间内一阵历历落落的牙牌声音。淑人知是碰和,踌躇止步。管家已打起帘子,请淑人进去。

第五十七回终。

第五十八回

李少爷全倾积世资　诸三姐善撒瞒天谎

按:朱淑人踅进大观楼中间,见碰和的一桌四人,乃是李鹤汀和高亚白,尹痴鸳及苏冠香,皆出位厮见。苏冠香就道:"我替大人输脱仔多花哉,五少爷来碰歇罢。"朱淑人推说"勿会"。高亚白道:"勿会碰也勿要紧,有冠香来里。"尹痴鸳道:"覅听俚瞎说,前回凰仪水阁同周双玉一淘碰个啥人嗄?"朱淑人不好意思,入座下场。

刚碰得一圈庄,齐韵叟歇过午觉,缓缓而来。朱淑人见了,起身让位。齐韵叟道:"耐碰下去哉啘。"朱淑人执意不肯。韵叟亦不强致,仍命苏冠香代碰,自与淑人闲话。淑人当着众人绝不提起商量的事。

挨延多时,齐韵叟方要下场亲手去碰,却嘱朱淑人道:"耐住来里,晚歇叫周双玉来,一淘白相两日,等赏过仔菊花转去。"淑人呐呐承命。待至天色将晚,碰和散场,大家踅下大观楼,迤逦南行,抄入横波槛。齐韵叟用手隔水指道:"菊花山倒先搭好,就不过搭个凉棚哉。"

李鹤汀、朱淑人翘首凝望,只见西南角远远地楼房顶上,三四个匠作蹲着做工,并不见有菊花山;左张右觑,但于蒙茸竹树中露出一角朱红栏杆。高亚白道:"该搭来里菊花山背后,生来看勿见。"尹痴鸳道："啥要紧看，再歇一日天末才舒齐。"

说话时，大家出了横波槛，穿过凰仪水阁，暨至渔矶。上面三间厦屋，当头横额写着"延爽轩"三个草字，笔势像凌风欲飞一般。

其时落日将沉，云蒸霞蔚，照得窗棂几案，上下通明。大家徘徊欣赏，同进轩中。管家早经安排一席筵宴。等得四个出局杨媛媛、周双玉、姚文君、张秀英陆续齐集，齐韵叟乃相邀入席。

杨媛媛袖出一张请帖，暗暗递与李鹤汀。鹤汀阅竟，塞在搭连袋内，便有些坐不定，只想要走，那里还吃得下酒。朱淑人心中有事，亦自懒懒的，不甚高兴。因此席间就寂寞了许多。

点心之后，肴馔全登。李鹤汀托故兴辞。齐韵叟冷笑道："耐再要骗我，我晓得耐有要紧事体。故歇正好哩。"鹤汀面有愧色，不敢再言。

少时，终席散坐，李鹤汀方与杨媛媛道谢告别，即于延爽轩前上轿而去。抬出一笠园门口，两肩轿子背道分驰，杨媛媛自归尚仁里。李鹤汀却转弯向北，不多几步停在一家大门楼下。匡二先去推开一扇旁门，里面有人提灯出迎，叫声"李大少爷，今朝晚仔点哉唲"。

鹤汀见是徐茂荣，点点头，跟着进门。及仪门首，即有马口铁玻璃壁灯嵌在墙间，徐茂荣就止步，让鹤汀主仆自行。自此以内，一路曲曲折折的弄堂，皆有壁灯照着接引，弄堂尽处，乃是正厅。正厅上约有六七十人攒聚中央，挤得紧紧的，夹着些点心水果小买卖，四下里串来串去，却静悄悄鸦雀无声，但闻开配者喊报"青龙""白虎"而已。这里叫做"现圆台"。

鹤汀踮起脚,望了望,认得那做上风的是混江龙。鹤汀不去理会,从人缝中绕出正厅后面。管门的望见,赶紧开门,放进鹤汀主仆。这门内直通客堂,伺候客堂的人忙跑出来,一个邀着匡二另去款待,一个请鹤汀先到客堂。上面设立通长高柜台,周少和在内坐着管帐。这是兑换筹码处所。

鹤汀取出一张二千庄票交付少和。少和照数发给筹码,连说"发财,发财!"鹤汀笑而颔之。然后请鹤汀到了厢房,拾级登楼。楼上通连三间,宽厂高爽,满堂灯火,光明如昼。中央一张董桌,罩着本色竹布台套,四面围坐不过十余人,越发静悄悄地。

这会儿是殳三做的上风,赢了一大堆筹码,李鹤汀不胜艳羡。殳三下来,乔老四接着上场摇庄。鹤汀四顾,问:"赖头鼋为啥勿来?"殳三道:"转去哉呀。刚刚来里说,赖头鼋去仔末,少仔个人摇庄哉。"鹤汀也说:"无趣!"

乔老四亮过三宝,鹤汀取铅笔、外国纸画成摊谱,照谱用心细细的押,并未押着宝心。鹤汀遂不押了,径往靠壁烟榻吸两口鸦片烟。乔老四摇到后来,被杨柳堂、吕杰臣两人接连打着四平头复宝,只得撮起骰子。

李鹤汀心想,除了赖公子更无大注的押客,欻地从烟榻起身,坦然放胆,高坐龙头,身边请出"将军",摇起庄来。起初吃的多,配的少,约摸赢二千光景。忽然开出一宝重门,尽数配发兀自不够。

鹤汀心中懊恼,想就此停歇,却没甚输赢;不料风色一变,花骨无灵,又是两宝进宝,外面押家没一个不着的,竟输至五六千。

鹤汀急于翻本,不曾照顾前后,这一宝摇出去便大坏了。第一个乔老四先出手,押了一千孤注。殳三跟上去也是一千,另押五百穿钱。随后三四百,七八百,孤注穿钱,参差不等。总押在进宝一门。

鹤汀犹自暗笑,那里见得定是进宝。揭起摊钟,众目注视,端端正正摆着"幺""二""四""六"四只骰子。鹤汀气得白瞪着两只眼,连话都说不出。旁人替他核算,共须一万六千余元。鹤汀所带庄票连十几只金锞止合一万多些,十分焦急,没法摆布。乔老四笑道:"故末啥要紧嗄,故歇借得来配出去,明朝还拨俚好哉。"

一句提醒了鹤汀,就央杨柳堂、吕杰臣两人担保,向殳三借洋五千,当场写张约据,三日为期,方把一应孤注穿钱分别配发清楚。

李鹤汀仍去烟榻躺下,越想越气,未及天明,喊楼下匡二点灯,还由原路踅出旁门,坐上轿子,回到石路长安客栈,敲开栈门,进房安睡,也不问起乃叔李实夫。次日饭后,始问匡二:"四老爷来哚陆里?"匡二笑道:"就不过大兴里哉唲。"

鹤汀自己筹度,日前同实夫合买一千篓牛庄油,其栈单系实夫收存,今且取来抵用,以济急需。爰命匡二看守,独自步行往四马路大兴里诸十全家,只见门首停着一乘空的轿子,三个轿班站在天井里。鹤汀有些惶惑,诸三姐认得鹤汀,从客堂里望见,慌的迎出叫道:"大少爷来哩,四老爷来里呀。"

鹤汀进去,问道:"阿是四老爷个轿子?"诸三姐道:"勿是,四老爷请得来个先生,就叫是窦小山,来里楼浪。大少爷楼浪去请坐。"

鹤汀踅上楼梯,李实夫正歪在烟榻上,撑起身来厮见。诸十全还腼腼腆腆的叫声"大少爷",惟窦小山先生只顾低头据案开方子,不相招呼。

鹤汀随意坐下,见实夫腮边额角尚有好几个疮疤,烟盘里预备下一叠竹纸,不住的揩拭脓水。倒是诸十全依然脸晕绯红,眼圈乌黑,绝无半点瘢痕。

一会儿,窦小山开毕方子,告辞去了。鹤汀始问实夫要张栈单。实夫怪问道:"耐要得去做啥?"鹤汀谎答道:"昨日老翟说起,今年新花有点意思,我想去买点来浪。"

实夫听说,冷笑一笑,正欲盘驳,忽听得诸三姐脚声,一步一步蹭到楼上。见他两手掇着个大托盘,盘内堆得满满的,喊诸十全接来放下。诸三姐先从盘内捧出一盖碗茶送与鹤汀,随后搬过一盆甜馒头,一盆咸馒头,一盆蛋糕,一盆空着,抓了一把西瓜子装好,凑成四色点心,排匀在桌子中间,又分开两双牙筷,对面摆列。

实夫就道:"耐啥一声勿响去买得来哉嘎。"诸三姐笑嘻嘻不答,只把个诸十全望前用力推搡。诸十全只得踅近两步,说道:"大少爷请用点心。"说的声音轻些,鹤汀不曾理会。诸三姐忍不住,自己上来,一面说:"大少爷用点哩。"一面取双牙筷,每样夹一件送在鹤汀面前。鹤汀连声阻止,早夹的件件俱全,还撮上些西瓜子。

实夫笑劝鹤汀:"随意吃点。"鹤汀鉴其殷勤,拆一角蛋糕来吃,并呷口茶过口。诸三姐在旁蓦然想起,连忙向抽屉寻出半匣纸烟,拣取一卷,点根纸吹,送上鹤汀,说:"大少爷请用烟。"鹤汀手中有茶碗,口中有蛋糕,接不及,吃不及,不觉好笑起来。诸十全不好意思,把诸三姐衣襟悄地一拉,诸三姐才逡巡退下。

实夫乃将药方交与诸三姐,诸三姐因问:"先生阿曾说啥?"实夫道:"先生也不过说难好点哉,小心点。"诸三姐念声"阿弥陀佛",道:"难好仔罢,耐生来浪,倪心里一径急煞!"

诸三姐说着,转向鹤汀,叫声"大少爷",慢慢说道:"四老爷末吃仔个两筒烟,来里乡下勿比仔上海,随便陆里小烟间才是龌龌龊龊个场花,想来四老爷去吃烟末,倒勿知勿觉困下去,就过仔个毒气。四老爷坎到辰光,怕得来,面孔浪才是个哉!倪说:'四老爷陆里去过得来个嘎?'故末四老爷忒啥个写意哉,连搭仔自家才勿曾晓得是啥场花。我同十全两家头成日成夜伏侍四老爷无拨困。幸亏个先生吃仔几帖药,好仔点;勿然,四老爷再要生下去,我同十全一径来里伏侍,倘忙两家头才过仔,一淘生起来,难末真真要死哉!大少爷阿对?"

鹤汀暗忖这段言词,亏他说得出口,眼看着诸十全打量一番。诸三姐复道:"大少爷阿晓得?外头人再有点勿明勿白冤枉倪个闲话,听着仔气煞人哚!说四老爷该个疮,就是倪搭过拨俚毒气。倪搭末不过十全搭仔我,清清爽爽两家头,啥人生个疮嘎?要说十全生来浪,四老爷两只眼睛阿是瞎哉嘎?"说到这里,一手把诸十全拖到鹤汀面前,指着脸上道:"大少爷看喧。四老爷面孔浪,倪十全阿有点相像?"又捋出诸十全两只臂膊,翻来覆去给鹤汀看了,道:"一点点影踪才无拨啘。"诸十全羞得挣脱身子,避开一边。

鹤汀总不则声,但暗忖这诸三姐竟是个老狐狸,若实夫为其所愚,恐将来受害不浅。

当下实夫嗔着诸三姐道:"外头人闲话听俚做啥,我总勿曾说耐末,才是哉喕。"诸三姐笑道:"四老爷生来勿曾说啥,四老爷再要说倪,故末倪要……"诸三姐说得半句即缩住嘴,笑而下楼。

实夫方向鹤汀笑道:"耐末也覅起啥个花头哉,耐自家洋钱自家去输,勿关我事。故歇我手里拿得去栈单,倘忙输脱仔下来,教我转去阿好交代?"鹤汀默然不悦。实夫道:"栈单来里小皮箱里,要末耐自家去拿,我勿好拨耐。"

鹤汀略一沉吟,起身就走。实夫问:"阿要钥匙?"鹤汀赌气不要了。楼下诸三姐挽留道:"大少爷再坐歇哩。"鹤汀也不睬,一直出了大兴里,仍回长安客栈,心想实夫既然怕不好交代,又教我自家去拿,难道说我偷的不成?似这等鄙琐悭吝,怪不得诸三姐撮弄他,摆布他。我如今也不去管他,但是殳三一款,如何设法?想来想去,只好寻出两套房契,坐轿往中和里朱公馆谒见汤啸庵,托他抵借一万洋钱。汤啸庵应承,约定晚间杨媛媛家回话。李鹤汀先去坐等。

汤啸庵送客之后,寻思朱蔼人处所存有限,须和罗子富商量,即时便去兆富里黄翠凤家相访。罗子富正在楼上房里,请进觌见。适值黄二姐在座,也叫声"汤老爷"。汤啸庵点点头,道:"长远勿见哉,生意阿好?"黄二姐道:"生意勿局,比仔先起头悬迸哚。"黄翠凤冷笑叉口道:"耐是有生意勿做喕,啥勿局嘎!"

汤啸庵不解所谓,丢开不提,袖出房契给罗子富看,说明李鹤汀抵借一节。子富知其信实,一口允诺,当与啸庵同诣钱庄划付汇票。

黄二姐见罗子富、汤啸庵既去,房里没人,遂告诉黄翠凤道:"前日天看仔个人家人,倒无啥,我想就买仔俚罢,不过新出来,勿会做生意。就年底一节末,要短三四百洋钱哚,真真急煞来里。"

翠凤低着头不言语。黄二姐道:"耐阿好替我想想法子,阿是进个把伙计?阿是拿楼浪房间租拨人家?"翠凤仍低着头,好似转念头样子。黄二姐揣度神情,涎脸央及道:"谢谢耐,耐说来浪闲话,我总归才依耐。倘忙生意好仔点,我也勿忘记耐个呀。谢谢耐,替我想想法子。"

翠凤开言道:"耐个人忒啥个心勿足,故歇勒说无法子,倘然有法子教拨耐,赚着仔三四百洋钱,耐倒再要嫌道少哉啘!"黄二姐没口子分辨道:"故是无价事个,有得赚末再好无拨个哉,再要嫌道少,阿有该号人嗄!"

翠凤又低着头,足足有炊许时不言语。黄二姐亦自乖觉,静静的在旁伺候。翠凤忽睁开眼,把黄二姐相了一相,即招手令其近前,附耳说话。黄二姐弯腰偻背,仔细听着。又足足有炊许时,翠凤说话才完。黄二姐亦自领悟。

计议已定,恰好罗子富回来,手中拿的一包抵借契据,令翠凤将去收藏。黄二姐跟至床背后,帮翠凤撑起皮箱盖,怪问道:"罗老爷个拜匣有两只来里哉?"翠凤道:"一只是我个呀,赎身文书末就放来哚拜匣里。"

子富听其重重关锁停当,黄二姐就辞别去了。翠凤鼻子里哼的一声,向子富道:"阿是拨我猜着,俚要向我借洋钱哉呀。"子富诧异道:"黄二姐再要借洋钱?"翠凤道:"俚个人末阿有啥淘成,两个月勿曾到,一千洋钱完结哉啘。"子富随风过耳,亦不在意。

　　隔得一日,黄二姐复来,再三再四求告翠凤。翠凤咬定牙关,一毛不拔。黄二姐一连五日纠缠不清,翠凤索性不睬,黄二姐渐渐噪闹起来。

　　子富看不过意,欲调和其间,不想黄二姐一口要借五百。子富劝其减些,黄二姐便唠唠叨叨,缕述从前待翠凤许多好处,道:"故歇会做仔生意,俚倒忘记脱哉!我末定归勿成功,赎身勿赎身,总是我个因仔,阿怕俚逃走到外国去!"

　　子富接不下嘴,因将其言诉与翠凤。翠凤笑道:"有仔赎身文书末怕俚啥嗄,随便啥法子来末哉。"

　　第五十八回终。

第五十九回

攫文书借用连环计　挣名气央题和韵诗

按:一日午后,黄二姐到了黄翠凤家,将欲噪闹。黄翠凤令外场喊两把皮篷车,竟和罗子富作明园之游,丢下黄二姐坐在房间里,任其所为。及至明园泡下茶,翠凤还是冷笑道:"赎身文书来浪我手里,看俚再有啥法子!"子富道:"耐该应教个大姐陪陪俚。"翠凤头颈一扭道:"等俚歇末哉,啥人去陪俚嘎。"子富道:"勿局个哩。"翠凤道:"啥勿局,阿怕俚偷仔倪个家生?"子富道:"俚家生末勿要,赎身文书晓得来哚皮箱里,俚阿要偷嘎。"

一句提醒了翠凤,登时白瞪瞪两只眼,失声道:"阿哟,勿好哉!"赵家姆在傍也是一怔,道:"划一勿好哩,倪快点转去罢。"

子富欲令翠凤先行,翠凤道:"耐末生来一淘转去,倘忙拨俚偷仔去末,也好替我商量商量。"当下三人各坐原车赶回家中,一进家门,翠凤先问:"无姆阿来里楼浪?"外场回说:"刚刚转去,勿多一歇。"翠凤三脚两步奔到楼上房间里,看看陈设器皿,并未缺少一件,再往床背后打一看时,这一惊非同小可。翠凤跺脚嚷道:"难末勿好哉呀!"

子富随后奔到,只见皮箱铰链丢落地上。揭开盖来,箱内清清爽爽只有一只拜盒。翠凤急的只是跺脚,又哭又骂,欲向黄二姐拚命。

子富与赵家姆且劝翠凤坐下,慢慢商量。翠凤道:"商量啥嗄,俚是要我个命呀!我就死仔,难末俚有仔好处哉!"子富道:"耐末先拿我个拜匣放好仔再说。"

翠凤复从皮箱中取那只拜匣,别处收藏,忽然失惊打怪的喊道:"咿,倪只拜匣来里晼!"既而恍然大悟道:"噢,俚拿差哉,拿仔罗老爷个拜匣去哉。"说着,呵呵大笑。

子富听说,慌问:"我只拜匣阿来里嗄?"翠凤捧出那只拜匣给子富看,嘻嘻笑道:"俚拿差哉,拿仔耐个拜匣,倪拜匣末倒来里。"子富面色如土,拍腿说道:"难末真真勿好哉!"翠凤道:"耐只拜匣勿要紧个,俚拿得去也无啥用场。阿敢去变洋钱,俚也无拨场花好变晼。"

子富呆想不语。翠凤乃叫赵家姆吩咐道:"耐去搭无姆说,该只是罗老爷个拜匣,问俚拿得去做啥。故歇罗老爷等来浪要哉,原教俚拿得来。"赵家姆答应而去。子富终有些忐忑惶惑。翠凤却决定黄二姐断无扣留不放之理。

一会儿,赵家姆回来,见了子富,先拍着掌笑一阵,然后复道:"故末笑话,俚哚还勿曾觉着拿差个呀,倒快活煞;我说是罗老爷个拜盒,难末刚刚晓得仔,呆脱哉,一声闲话响勿出。我末笑得来,俚哚教我带转去,我说勿管就走。"子富跌足道:"嗳,耐为啥勿带仔来嗄?"赵家姆道:"俚哚拿得去个末,让俚哚自家拿得来。"翠凤接口道:"勿要紧个,晚歇定归来。"

子富像热锅上蚂蚁一般,坐不定,立不定,着急得紧。翠凤见子富着急,欲令赵家姆去催。子富止住,把高升唤至当面,令向黄二姐索取拜盒,并道:"耐闲话夠去多说,就说我有事体,要用着个拜盒,快点拿得来带转去。"

高升领命,径往尚仁里黄二姐家。黄二姐见是高升,满面堆笑,请去后面小房间。高升口致主人之言,立等要那拜盒。黄二姐道:"拜盒来里呀,我要搭罗老爷说句闲话。耐夠要紧,请坐哩。"

高升不得已坐下。黄二姐喊人泡茶,从容说道:"耐来得正好。我有多花闲话来里,拜托耐去说拨罗老爷听。先起头翠凤来里做讨人,生意闹猛得野哚;为仔倪搭开消大,一径无拨多洋钱。翠凤赎仔个身末,勿好哉,生意一点也无拨,开消倒省勿来,一千洋钱个身价,勿知勿觉才用完,难末无法子哉啘。原去搭个翠凤商量,借几百洋钱用用,陆里晓得个翠凤定归勿借,跑仔好几埭,俚倒定归回报我无拨。我想耐翠凤小个辰光,梳头缠脚才是我,出理耐到故歇,总当耐是亲生囡仵,耐倒实概无良心! 我第一转开口,耐就一点情面才无拨,故末气得来要死。今朝我也勿说哉,有心要拿俚个赎身文书难难俚,拿着仔俚赎身文书末,喊俚转来,原搭我做生意。俚倘然再要赎身末,定归要一万洋钱哚。再勿靠账拿差仔,勿是个赎身文书,倒拿仔罗老爷个拜匣。罗老爷是再要好也无拨,生意浪末照应仔倪几几花花,就是小个场花也幸亏罗老爷十块廿块借拨我用。我勿像是翠凤个无良心,时常来里牵记个罗老爷。坎坎晓得是罗老爷个拜匣,我就忙煞个要送得来。不过我再来里想,翠凤搭仔罗老爷赛过是一个人,罗老爷个拜匣赛过是翠凤个拜匣。我末气勿过个翠凤,要借罗老爷个拜匣押来里,教翠凤拿一万洋钱来赎得去。等翠凤一万洋钱拿仔来,我就拿拜匣送还拨罗老爷。耐转去搭罗老爷说,教罗老爷放心末哉。"

高升听这一席话,吐吐舌头,不敢擅下一语,回至兆富里,一五一十细细说了。翠凤听至一半,直跳起来,嚷道:"啥个闲话嗄,放屁也勿实概放个呓!"子富也气得手足发抖,瘫在榻床,说不出半句话。

翠凤呆了一呆,欻地站起身来,说声"我去",就要下楼。子富一把拉住,问:"耐去做啥?"翠凤道:"我要去问声俚阿是要我个命!"子富连忙横身拦劝道:"耐慢点哩。耐去无啥好闲话,我去罢,看俚阿好意思说啥。就依俚末,也不过借几百洋钱末哉。"翠凤咬牙切齿恨道:"耐要气杀我哉,再要拨洋钱俚!"

子富即喊高升,打轿前去。小阿宝迎着,请至楼上先时翠凤住的房间。黄金凤、黄珠凤同声叫"姐夫",并说:"姐夫长远勿来哉。"子富问:"耐无姆嗯?"小阿宝说:"来浪来哉。"

道声未了,黄二姐已笑吟吟掀帘进房,趸到子富面前,即扑翻身磕了个头,口中说道:"罗老爷觑动气,我搭罗老爷磕个头,种种对勿住罗老爷。罗老爷个拜匣末,就该搭放两日,同放来哚翠凤搭一样个呀。罗老爷一径搭倪要好煞,倪阿敢糟塌仔拜匣里个要紧物事,难为罗老爷。耐罗老爷索性觑管,勿怕翠凤勿赎得去。等翠凤发极仔,自家奔得来寻我,难末好说闲话哉。翠凤个人勿到发极辰光,陆里肯爽爽气气拿一万洋钱来拨我。"

子富听其一派胡言,着实生气,且忍耐问道:"耐瞎说末觑说,终究要借俚几花,说拨我听听看。"黄二姐笑道:"罗老爷,我勿是瞎说呀。起初不过借几百洋钱,故歇倒勿是几百洋钱个闲话哉。翠凤无良心,难下去再要无拨仔洋钱,翠凤生来勿借拨我,我也无啥面孔再去搭翠凤借。难得故歇有罗老爷个拜匣来里末,定归要敲俚一敲哉!一万倒勿曾多哩,前日天汤老爷拿得来房契阿是也有一万㗓?"子富道:"价末耐来浪敲我哉,勿是为翠凤!"黄二姐忙道:"罗老爷勿是呀,翠凤陆里有一万洋钱?生来搭罗老爷借。罗老爷一节个局帐有一千多㗓,勿消三年,就局帐浪扣清仔好哉。罗老爷阿对?"

子富无可回答,冷笑两声,迈步便走。黄二姐一路送出来,又说道:"难末种种对勿住罗老爷,总归是无拨生意个勿好,用完仔洋钱无法子。横竖要饿杀末,阿怕啥难为情嗄?倘然翠凤再要搭我两个强,索性一把火烧光仔歇作,看俚阿对得住罗老爷!"

子富装做不听见,坐轿而回。翠凤迎问如何。子富唉声叹气,只是摇头。问的急了,子富才略述大概。翠凤暴跳如雷,抢得一把剪刀在手,一定要死在黄二姐面前。子富没得主意,听其自去。

翠凤跑至楼下,偏生撞见赵家姆,夺下剪刀,且劝且拦,仍把翠凤抱上了楼。翠凤犹自挣扎道:"我总归要死个哉呀,为啥一班人才要帮俚㗓,勿许我去嗄?"赵家姆按定在高椅上,婉言道:"大先生,耐死也无行用哦。耐末就算死哉,俚㗓也拚仔死末,真真拿只拜匣一把火烧光仔,难罗老爷吃个亏常恐要几万㗓哩。"子富听说,只得也去阻止翠凤。翠凤连晚饭也不吃,气的睡了。

子富气了一夜,睁睁的睡不着。清早起来,即往中和里朱公馆寻着汤啸庵,商议这事如何办法。啸庵道:"翠凤赎身不过一千洋钱,故歇倒要借一万,故是明明白白拆耐个梢。若使经官动府,倒也不妥。一则自家先有狎妓差处。二则抄不出赃证，何以坐实其罪？三则防其烧毁灭迹，一味混赖。一拜匣个公私文书，再要补完全，不特费用浩繁，且恐纠缠棘手。"子富寻思没法，因托汤啸庵居间打话，啸庵应诺。

子富遂赴局理事，直至傍晚公毕，方到了兆富里黄翠凤家。下轿进门，只见文君玉正在客堂里闲坐，特地叫声"罗老爷"。子富停步，含笑点头。君玉道："罗老爷阿看见新闻纸？"

子富大惊失色，急问："新闻纸浪说啥嘎？"君玉道："说是客人个朋友，名字叫个啥？……噜苏得野哚！"说着又想。子富道："名字麭想哉，客人朋友末啥个事体？"君玉道："无啥事体，做仔两首诗送拨我，说是上来哚新闻纸浪。"子富嗑的笑道："倪勿懂个。"更不回头，直上楼去。

文君玉不好意思，别转脸来向个相帮说道："我刚刚搭耐说上海个俗人，就像仔罗老爷末也有点俗气。拗空算客人，连搭仔做诗才勿懂，也好哉！"相帮道："难末拌明白哉，耐说上海客人才是熟人，我倒一吓。耐生意海外得来，故是成日成夜，出来进去，忙煞哉咹，大门槛阿要踏坏嘎。陆里晓得陌生人耐也说是熟人。"君玉道："耐末瞎缠哉哩。我说个俗人勿是呀，要会做仔诗末就勿俗哉。"相帮道："先生耐麭说，上海丝茶是大生意。过仔垃圾桥，几花湖丝栈，才是做丝生意个好客人，耐熟仔末晓得哉。"

君玉又笑又叹，再要说话，只听相帮道："难末真个熟人来哉。"

君玉抬头一看,原来是方蓬壶,即诉说道:"俚哚喊耐俗人,阿要讨气。"蓬壶踅进右首书房,说道:"讨气倒勿要紧,耐搭俚哚说说闲话,勿拨俚哚俗气熏坏仔耐。"君玉抵掌懊悔道:"故倒划一,幸亏耐提醒仔我。"

蓬壶坐下,袖中取出一张新闻纸,道:"红豆词人送拨耐个诗,阿曾赏鉴过歇?"君玉道:"勿曾呀,让我看哩。"蓬壶揭开新闻纸,指与君玉看了。君玉道:"俚来浪说啥?讲拨我听哩。"蓬壶带上眼镜,将那诗朗念一遍,再演解一遍。君玉大喜。

蓬壶道:"耐该应和俚两首送拨俚,我替耐改。题目末就叫'答红豆词人即用原韵'九个字,阿是蛮好?"君玉道:"七律当中四句,我做勿来,耐替我代做仔罢。"蓬壶道:"故末生活哉!明朝倪海上吟坛正日,陆里有工夫。"君玉道:"谢谢耐,随便啥做点末哉。"蓬壶正色道:"耐啥个闲话嗄!做诗是正经大事体,阿好随便啥做点。"君玉连忙谢过。蓬壶又道:"不过我替耐做倒要写意点,忒啥个惨淡经营,就勿像耐做个诗,俚哚也勿相信哉。"君玉亦以为然。于是蓬壶独自一个闭目摇头,口中不住的呜呜作声;忽然举起一只指头向大理石桌子上戳了几戳,划了几划,攒眉道:"俚用个韵倒勿容易押,一歇倒做勿出,等我带转去做两句出色个拨耐。"君玉道:"该搭用夜饭哉呀。"蓬壶道:"勿战。"君玉复嘱其须当秘密而别。

蓬壶踱出兆富里,一路上还自言自语的构思琢句,突然刺斜里冲出一个娘姨,一把抓住蓬壶臂膊,问:"方老爷陆里去?"

蓬壶骇愕失措,挤眼注视,依稀认得是赵桂林的娘姨,桂林叫做

"外婆"的。蓬壶便也胡乱叫声"外婆"。外婆道:"方老爷为啥倪搭勿来?去哩。"蓬壶道:"故歇无拨空,明朝来。"外婆道:"啥个明朝嗄!倪小姐牵记煞耐,请仔耐几埭哉,耐勿去!"不由分说,把蓬壶拉进同庆里,抄到尚仁里赵桂林家。

赵桂林迎进房间,叫声"方老爷",道:"阿是倪怠慢仔耐,耐一埭也勿来?"蓬壶微笑坐下。外婆搭讪道:"方老爷就前节壶中天叫仔局下来末,勿曾来歇。两个多月哉,阿好意思。"桂林接嘴道:"拨个文君玉迷昏哉呀,陆里想得着该搭来。"蓬壶慌的喝住,道:"耐夠瞎说!文君玉是我女弟子,客客气气,耐去糟塌俚,岂有此理!"

桂林哼了一声无语。外婆一面装水烟,一面悄悄说道:"倪小姐生意,瞒勿过耐方老爷。前节方老爷来里照应,倒哝仔过去,故歇耐也勿来哉,连浪几日天,出局才无拨。下头杨媛媛末碰和吃酒,闹猛得来;倪楼浪冰清水冷,阿要坍台。"

蓬壶不等说完,就叉口道:"单是个碰和吃酒,俗气得势。我前回替桂林上仔新闻纸,天下十八省个人,陆里一个勿看见?才晓得上海有个赵桂林末,实概样式比仔碰和吃酒难说哚。"

外婆顺他口气,复接说道:"难方老爷原像前回照应点俚罢。耐一样去做个文君玉,就倪搭走走,啥勿好?吃两台酒,碰两场和,故是倪要巴结煞哉。"蓬壶道:"碰和吃酒末,啥稀奇嗄?等我过仔明朝,再去搭俚做两首诗末哉。"外婆道:"方老爷,耐末无啥稀奇,倪倒是碰和吃酒个好。耐辛辛苦苦做仔啥物事送拨俚,俚用勿着畹;就勿是碰和吃酒末,有场花应酬,叫叫局,故也无啥。"蓬壶呵呵冷笑,连说:

"俗气得势!"

  外婆见蓬壶呆头呆脑,说不入港,望着赵桂林打了一句市俗泛语。桂林但点点头,蓬壶那里懂得。外婆水烟装毕,桂林即请蓬壶点菜,欲留便饭。蓬壶力辞不获,遂说不必叫菜,仅命买些熏腊之品。外婆传命外场买来,和自备饭菜一并搬上。

  第五十九回终。

第六十回

老夫得妻烟霞有癖　监守自盗云水无踪

按：方蓬壶和赵桂林两个并用晚饭之后，外婆收拾下楼。稍停片刻，蓬壶即拟兴辞。桂林苦留不住，送出楼门口，高声喊"外婆"，说："方老爷去哉。"

外婆听得，赶上叫道："方老爷慢点哩，我搭耐说句闲话。"蓬壶停步问："说啥？"外婆附耳道："我说耐方老爷末，文君玉搭勷去哉，倪搭一样个呀。我搭耐做个媒人，阿好？"

蓬壶骤闻斯言，且惊且喜，心中突突乱跳；连半个身子都麻木了，动弹不得。外婆只道蓬壶踌躇不决，又附耳道："方老爷，耐是老客人，勿要紧个。就不过一个局，搭仔下脚，无拨几花开消，放心末哉。"

蓬壶只嘻着嘴笑，无话可说。外婆揣知其意，重复拉回楼上房间里。桂林故意问道："为啥耐忙煞个要去，阿是想着仔文君玉？"外婆抢着说道："啥勿是嗄，难末勿许去个哉！"桂林道："文君玉来浪喊哉哩，耐当心点！明朝去末，端正拨生活耐吃。"蓬壶连说："岂有此理，岂有此理！"外婆没事自去。

桂林装好一口鸦片烟，请蓬壶吸，蓬壶摇头说："勿会。"桂林就自己吸了。蓬壶因问："有几花瘾？"桂林道："吃白相，一筒两筒，陆里有瘾嘎。"蓬壶道："吃烟人才是吃白相吃上个瘾,终究勿去吃俚好。"桂林道："倪要吃上仔个瘾,阿好做生意。"

蓬壶遂问问桂林情形,桂林也问问蓬壶事业。可巧一个父母姊妹俱没,一个妻妾子女均无,一对儿老夫老妻,大家有些同病相怜之意。

桂林道："倪爷也开个堂子,我做清倌人辰光,衣裳、头面、家生倒勿少,才是倪娘个物事。上仔客人个当,一千多局帐漂下来,难末堂子也歇哉,爷娘也死哉,我末出来包房间,倒空仔三百洋钱债。"蓬壶道："上海浮头浮脑空心大爷多得势,做生意划一难煞。倒是倪一班人,几十年老上海,叫叫局,打打茶会,生意末勿大,倒勿曾坍歇台。堂子里才说倪是规矩人,蛮要好。"

桂林道："故歇我也勿想哉,把势饭勿容易吃,陆里有好生意做得着。随便啥客人,替我还清仔债末就跟仔俚去。"蓬壶道："跟人生来最好,不过耐当心点,再要上仔个当,一生一世吃苦哚啘。"

桂林道："难是勿个哉。起先年纪轻,勿曾懂事体,单喜欢标致面孔个小伙子,听仔俚哚海外闲话上个当;故歇要拣个老老实实个客人,阿有啥差嘎?"蓬壶道："差是勿差,陆里有老老实实个客人去跟俚?"

说话之间,蓬壶连打两次呵欠。桂林知其睡的极早,敲过十点钟,喊外婆搬稀饭来吃,收拾安睡。不料这一夜天,蓬壶就着了些寒,觉得头眩眼花,鼻塞声重,委实不能支持。桂林劝他不用起身,就此静养几天,岂不便易。蓬壶讨副笔砚,在枕头边写张字条送上吟坛主人，告个病假，便有几个同社朋友来相问候。见桂林小心伏侍，亲热异常，诧为奇遇。

桂林请了时医窦小山诊治，开了帖发散方子。桂林亲手量水煎药，给蓬壶服下。一连三日，桂林顷刻不离，日间无心茶饭，夜间和衣卧于外床，蓬壶如何不感激。第四日热退身凉，外婆乘间撺掇蓬壶讨娶桂林。

蓬壶自思旅馆鳏居，本非长策，今桂林既不弃贫嫌老，何可失此好姻缘，心中早有七八分允意。及至调理全愈，蓬壶辞谢出门，径往抛球场宏寿书坊告诉老包，老包力赞其成。蓬壶大喜，浼老包为媒，同至尚仁里赵桂林家当面议事。

老包跨进门口，两厢房倌人、娘姨、大姐齐声说："咿，老包来哉！"李鹤汀正在杨媛媛房间里，听了，也向玻璃窗张觑，见是老包，便欲招呼；又见后面是个方蓬壶，因缩住嘴，却令赵家姆楼上去说："请包老爷说句闲话。"

约有两三顿饭时，老包才下楼来，李鹤汀迎见让坐。老包问："有何见教？"鹤汀道："我请仅三吃酒，俚谢谢勿来。耐来得正好。"老包大声道："耐当我啥人嘎？请我吃镶边酒，要我垫仅三个空！我覅吃。"

鹤汀忙陪笑坚留，老包偏做势要走。杨媛媛拉住老包，低声问道："赵桂林阿是要嫁哉？"老包点头道："我做个大媒人，三百债，二百开消。"鹤汀道："赵桂林再有客人来讨得去？"杨媛媛道："耐覅看轻仔俚,起先也是红倌人。"

说时,只见请客的回报道:"再有两位请勿着,卫霞仙哚说:'姚二少爷长远勿来哉。'周双珠哚说:'王老爷江西去仔,洪老爷勿大来。'"李鹤汀乃道:"难老包再要走末,我要勿快活哉。"杨媛媛道:"老包说白相呀,陆里走嘎。"俄而请着的四位——朱蔼人、陶云甫、汤啸庵、陈小云——陆续咸集。李鹤汀即命摆台面,起手巾。大家入席,且饮且谈。

朱蔼人道:"令叔阿是转去哉? 倪竟一面勿曾见过。"鹤汀道:"勿曾转去,就不过了老德一干子末转去哉。"陶云甫道:"今朝人少,为啥勿请令叔来叙叙?"鹤汀道:"家叔陆里肯吃花酒! 前回是拨个黎篆鸿拉牢仔,叫仔几个局。"老包道:"耐令叔划一有点本事哚! 上海也算是老白相,倒勿曾用过几花洋钱,单有赚点来拿转去。"鹤汀道:"我说要白相,还是豁脱点洋钱无啥要紧,像倪家叔故歇阿受用嘎?"陈小云道:"耐该埭来阿曾发财?"鹤汀道:"该埭比仔前埭再要多输点。又三搭空仔五千,前日天刚刚付清。罗子富搭一万哚,等卖脱仔油再还。"汤啸庵道:"耐一包房契阿晓得险个哩?"遂将黄二姐如何攘窃,如何勒掯,缕述一遍,并说末后从中关说,原是罗子富拿出五千洋钱赎回拜匣,始获平安。席间摇头吐舌,皆说:"黄二姐倒是个大拆梢!"杨媛媛嗤的笑道:"夷场浪老鸨末才是个拆梢哕。"

老包闻言,欻地出位,要和杨媛媛不依。杨媛媛怕他恶噪,跑出客堂,老包赶至帘下。恰值出局接踵而来,不堤防陆秀宝掀起帘子,跨进房间,和老包头碰头猛的一撞,引得房内房外大笑哄堂。

老包摸摸额角,且自归座。李鹤汀笑而讲和,招呼杨媛媛进房,罚酒一杯。杨媛媛不服,经大家公断,令陆秀宝也罚一杯过去。于是老包首倡摆庄,大家轮流豁拳,欢呼畅饮。一直饮至十一点钟,方才散席。

李鹤汀送客之后,想起取件东西,喊匡二吩咐说话。娘姨盛姐回道:"匡二爷勿来里,坐席辰光来仔一埭,去哉。"鹤汀道:"等俚来末,说我有事体。"盛姐应诺。鹤汀又打发轿班道:"碰着匡二末喊俚来。"轿班也应诺自去。一宿表过。

次日,鹤汀一起身就问:"匡二哩?"盛姐道:"轿班末来里哉,匡二爷勿曾来哦。"鹤汀怪诧得紧,喝令轿班:"去客栈里喊来!"轿班去过,复命道:"栈里茶房说,昨日一夜天匡二爷勿曾转去。"

鹤汀只道匡二在野鸡窝里迷恋忘归,一时寻不着。等不得,只得亲自坐轿回到石路长安客栈,开了房间进去,再去开箱子取东西。不想这箱子内本来装得满满的,如今精空干净,那里有甚么东西。

鹤汀着了急,口呆目瞪,不知所为;更将别只箱子开来看时,也是如此,一物不存。鹤汀急得只喊"茶房"。茶房也慌了,请帐房先生上来。那先生一看,蹙颏道:"倪栈里清清爽爽,陆里来个贼嘎!"鹤汀心知必是匡二,跺足懊恨。那先生安慰两句,且去报知巡捕房。鹤汀却令轿班速往大兴里诸十全家,迎接李实夫回栈。

实夫闻信赶到,检点自己物件,竟然丝毫不动,单是鹤汀名下八只皮箱,两只考篮,一只枕箱,所有物件只拣贵重的都偷了去。又于桌子抽屉中寻出一叠当票,知是匡二留与主人赎还原物的意思。鹤汀心中也略宽了些。

正自忙乱不了,只见一个外国巡捕带着两个包打听前来踏勘,查明屋面门窗一概完好,并无一些来踪去迹,此乃监守自盗无疑。鹤汀说出匡二一夜不归,包打听细细的问了匡二年岁、面貌、口音而去。

茶房复告诉:"前一礼拜,倪几转看匡二爷背仔一大包物事出去,倪勿好去问俚。陆里晓得俚偷偷去当嘎。"李实夫笑道:"俚倒有点意思!耐是个大爷,豁脱点勿要紧,才偷仔耐个物事,勿然末,我物事为啥勿要嘎?"

鹤汀生气不睬,自思人地生疏,不宜造次,默默盘算,惟有齐韵叟可与商量,当下又亲自坐轿望着一笠园而来。园门口管家俱系熟识,疾趋上前搀扶轿杠,抬进大门,止于第二层园门之外。

鹤汀见那门上兽环衔着一把大铁锁,仅留旁边一扇腰门出入,正不解是何缘故。管家等鹤汀下了轿,打千禀道:"倪大人接着电报,转去哉,就不过高老爷来里。请李大少爷大观楼宽坐。"鹤汀想道:"齐韵叟虽已归家,且与高亚白商量亦未为不可。"遂跟管家款步进园,一直到了大观楼上,谒见高亚白。

鹤汀道:"耐一干子阿寂寞嘎?"亚白道:"我寂寞点勿要紧,倒可惜个菊花山,龙池先生一番心思哚,故歇一径闲煞来浪。"鹤汀道:"价末耐也该应请请倪哉哩。"亚白道:"好个,就明朝请耐。"鹤汀道:"明朝无拨空,停两日再说。"亚白问:"有何贵干?"

鹤汀乃略述匡二卷逃一节,亚白不胜骇愕。鹤汀因问:"阿要报官?"亚白道:"报官是报报罢哉。真真要捉牢仔贼,追俚个赃,难哉哩。"鹤汀就问:"勿报官阿好?"亚白道:"勿报官也勿局,倘忙外头再有点穷祸,问耐东家要个人,倒多仔句闲话。"鹤汀连说:"是极。"即起兴辞。亚白道:"故也何必如此急急。"鹤汀道:"故歇无趣得势,让我早点去完结仔,难末移樽就教如何?"亚白笑说:"恭候。"一路送出二层园门,鹤汀拱手登轿而别。

亚白才待转身,旁边忽有一个后生叫声"高老爷",抢上打千。亚白不识,问其姓名,却是赵二宝的阿哥赵朴斋,打听史三公子有无书信。亚白回说:"无拨。"朴斋不好多问,退下侍立。

亚白便进园回来,趸过横波槛,顺便转步西行。原来这菊花山扎在鹦鹉楼台之前,那鹦鹉楼台系八字式的五幢厅楼,前面地方极为阔大。因此菊花山也做成八字式的,回环合抱,其上高与檐齐,其下四通八达,游客盘桓其间,好像走入"八阵图"一般,往往欲吟"迷路出花难"之句。

亚白是惯了的,从南首抄近路,穿石径,渡竹桥,已在菊花山背后。进去看时,先有一人小帽青衫,背立花下,徬徨踟躇,侧着头,咬着指,似乎出神光景。亚白打量后形,必是小赞,也不去惊他,但看他做甚么。那小赞俄延许久,欻地奔进鹦鹉楼台,亚白即悄悄跟去。只见小赞爬着桌子,磨墨舐笔,在那里草草写了几行。亚白含笑上前,照准小赞肩头轻轻的拍了一下。小赞吃惊,张皇返顾,见了亚白,慌忙垂手站过一边。亚白笑问:"阿是做菊花诗?"小赞道:"勿是,尹老爷出个窗课诗题。"

亚白索其底稿,小赞只得惭颜呈阅。上面写着:"赋得眼花落井水底眠,得眠字,五言八韵。"及观其诗,却为涂抹点窜,辨认不清,只有中间四五六韵明白,写道:

醉乡春荡荡,灵窟夜绵绵。

插脚虚无地,埋头小有天。

痴龙偎冷月,瞎马啸荒烟。

亚白阅过,连声赞好。小赞陪笑道:"故是幸亏尹老爷,稍微有仔点一知半解。高老爷看下来,倘然还可以进境点个末,阿好借'有教无类'之说,就正一二?"亚白沉吟道:"我说耐原等尹老爷来请教俚,俚改笔比我好。要末我有空闲辰光同耐谈谈,倒也未始无益。"小赞诺诺答了,逡巡退出。

亚白说了这句话,并不在意,独自赏回菊花,归房无话。那小赞却甚欣然,连夜把本年窗课试帖,拣得意的誊真二十首,一早送上大观楼。

亚白鉴其殷殷向学之意,披览一遍,从容说道:"耐个诗再好也勿有,我倒觉着耐忒啥个要好哉。大约耐肚皮里先有仔'语不惊人死不休'一个成见,所以与温柔敦厚之旨离开得远仔点。做诗第一要相题行事,像昨日'眼花落井'题目,恰好配耐个手笔。若一概如此做法,也勿大相宜。"说着,指出"春草碧色"诗中第六韵,念道:

"化馀萇叔血,斗到谢公须。

"做是做得蛮好,又瑰奇,又新颖,十二分气力也可谓用尽个哉。其实就不过做仔'碧草'两个字,无啥大意思。"又指出"春日载阳"诗中

第六韵,念道:

"秦无头可压,宋有脚能行。

"该两句再有啥说嘎,念下来好像石破天惊,云垂海立,横极,险极,幻极;细按题目四个字,扣得也紧极。但是以理而论,毕竟于题何涉。要晓得两个题目只消淡淡着笔,点缀些田家之乐,羁客之思,就是合作,勿必去刻意求工,倒豁脱仔正意。所谓相题行事者,即此是也。"

小赞听罢默然,颇不满意。亚白复沉吟笑道:"阿是耐勿相信我闲话? 我有个诗题来里,耐去做做看。做得合式仔末,就晓得其中甘苦哉。"小赞请示何题,亚白说是"还来就菊花"。

小赞心想,此种题目有何难处,就要做一百首,立刻可以成就,微笑一笑,抽身告退,径归班房做起诗来。一时清思妙绪,络绎奔赴,一首那里说得尽,接连做了五首,另纸誊真。自己看看嫌其肤廓浮泛,不像题目神理,重复用心删节修削,炼成一首,以为尽善尽美,毫发无憾的了。遂欣欣然趱往大观楼请教高亚白。

第六十回终。

第六十一回

舒筋骨穿杨聊试技　困聪明对菊苦吟诗

按:小赞既至大观楼,呈上一首"还来就菊花"试帖诗。高亚白阅过一遍,不说好歹,却反笑问小赞道:"耐自家说,该首诗做得如何?"小赞攒眉道:"照仔个题目末,空空洞洞,不过实概做法;为啥做下来总是笼统闲话,就换仔个题目,好像也可以用得着。"

亚白呵呵笑了,即向书架上抽出一本袖珍书籍,翻检一条给小赞自去研究。小赞看那书,是《随园诗话》。其略云:

瑶华主人檀樽世子"赋得寒梅著花未"诗后自跋云:"此那东甫课士题也,友人卢药林请赋之。因见诸生赋此题者,不过一首梅花诗而已,如《随园诗话》中所谓相题行事者竟无一人,因书此以质之仓山居士。"

小赞看毕,寻思无语。亚白道:"'还来就菊花'末搭仔'寒梅著花未'差仿勿多,耐末就做仔一首菊花诗,所以才是笼统闲话。耐看俚'寒梅著花未'一首诗,阿是做得蛮切帖?耐就照俚个样式再去做,总要从'还来就'三个虚字着想,四面烘托渲染,摹取其中神理,'菊花'两个字,稍微带着点好哉。"

小赞连连点头,心领神会,退出外间。亚白窥他在外间痴痴的站了一会,踱了一会,才去。

亚白无所事事,检点书架上人家送来求书求画的斗方,扇面,堂幅,单条,随意挥洒了好些。天色已晚,那小赞竟不复来,想必畏难而退的了。

次日,亚白仍以书画为消遣。午餐以后,微倦上来,欲于园内散散心,混过睡性,遂搁下笔,款步下楼。但见纤云四卷,天高日晶,真令人心目豁朗。趔出大观楼前廊,正有个打杂的拿着五尺高竹丝笤帚,要扫那院子里落叶。

亚白方依稀记得昨夜五更天,睡梦中听见一阵狂风急雨,那些落叶自然是风雨打下来的,因而想着鹦鹉楼台的菊花山如何禁得起如此蹂躏,若使摧败离披,不堪再赏,辜负了李鹤汀一番兴致,奈何奈何。一面想,一面却向东北行来,先去看看一带芙蓉塘如何,便知端的。趔至九曲平桥,沿溪望去,只见梨花院落两扇黑漆墙门早已锁上,门前芙蓉花映着雪白粉墙,倒还开得鲜艳。

亚白放下些心,再去拜月房栊看看桂花,却已落下了许多,满地上铺得均匀无隙,一路践踏,软绵绵的,连鞋帮上粘连着尽是花蕊。亚白进院看时,上面窗寮格扇一概关闭,廊下软帘高高吊起,好似久无人迹光景,不知当值管家何处去了。亚白手遮亮光,面帖玻璃,望内张觑,一些陈设也没有,台桌椅杌颠倒打叠起来。

亚白才待回身,忽然飞起七八只乌鸦,在头顶上打盘儿,来往回翔,哑哑乱叫。亚白知道有人来,转过拜月房栊,寻到靠东山坡,见有几个打杂的和当值管家簇拥在一棵大槐树下,布着一张梯子,要拆毁树上鸦窠。无如梯短窠高,攀跻不及,众人七张八嘴议论,竟没法儿。

亚白仰视那窠儿,只有西瓜般大小,从三丫叉生根架起,尚未完成。当命管家往志正堂取到一副弓箭,亚白打量一回,退下两步,屹然立定,弯开弓,搭上箭,照准那窠儿翻身舒臂只一箭。众人但听得呼的作响,并不见箭的影儿,望那窠儿已自伶伶仃仃挂在三丫叉之间,不住的摇晃。方欲喝采,又听得呼的一箭,那窠儿便滴溜溜滚落到地。喜得众人喝采不迭,管家早奔上去拾起那窠儿,带着两枝箭,献到亚白面前。

亚白颔首微笑,信步走开,由东南湖堤兜转去,经过凰仪水阁,适为阁中当值管家所见,慌的赶出,请亚白随喜。亚白摇摇手,径往鹦鹉楼台踅去。刚穿入菊花山,即闻茶房内嘈嘈笑语之声,大约是管家碰和作乐。亚白不去惊动,看那菊花山,幸亏为凉棚遮护,安然无恙,然其精神光彩似乎减了几分,再过些时恐亦不免山颓花萎,不若趁早发帖请客,也算替菊花张罗些场面。

亚白想到这里,忙着回来。将及横波槛,顶头遇见小赞,手中仍拿着一首"还来就菊花"试帖诗,正要请教亚白。亚白停步,接诗在手,阅过一遍,又笑问小赞道:"耐自家说,该首诗做得如何?"小赞又攒眉道:"该首诗搭个题目末好像对景个哉,不过说来说去就是'还来就菊花'一句闲话,勿但犯仔叠床架屋个毛病,也做勿出好诗哉啘。"亚白呵呵笑道:"故末倒是我教耐看仔《随园诗话》个勿好,拨俚'寒梅着花未'一首诗束缚住哉,耐勤去泥煞个哩。难索性要豁开仔俚个诗,再去做,耐末摆好仔'还来就菊花'个题目,勤钻到题目里向去做,倒要跳出题目外头来,自家去做自家个诗,同题目对勿对也勤去管俚,让题目凑到我诗浪来,故末好哉。"小赞又连连点头,心领神会。

亚白撇下小赞,回到大观楼上,连写七副请帖,写着"翌午饯菊候叙",交付管家,将去赍送。俄闻楼下呖呖然燕剪莺簧一片说笑,分明是姚文君声音。亚白只道管家以讹传讹叫来的局,等姚文君上楼,急问:"耐来做啥?"文君道:"癞头鼋咿到仔上海哉呀。"亚白始知其为癞头鼋而来,因笑道:"我刚刚明朝要请客,耐倒来哉。"两人说着,携手进房。

文君生性喜动,赶紧脱下外罩衣服,自去园中各处游玩多时,回来向亚白道:"齐大人去仔就推扳得野唻!连搭菊花山也低倒仔个头,好像有点勿起劲。"亚白拍手叫妙,且道:"耐要做仔首'还来就菊花'个诗末,出色哉!"文君究问云何,亚白乱以他语。当晚两人只在房间任意消遣,过了一宵。

这日,十月既望,葛仲英、吴雪香到的最早,坐在高亚白房里,等姚文君梳洗完毕,相与同往鹦鹉楼台。葛仲英传言陶、朱两家弟兄有事谢谢勿来。高亚白问何事,仲英道:"倒也勿曾清爽。"

接着华铁眉挈了孙素兰相继并至,厮见坐定。高亚白道:"素兰先生住两日哉哕,听说癞头鼋来里。"葛仲英道:"癞头鼋勿长远转去,为啥咿来嗄?"华铁眉道:"乔老四搭我说,癞头鼋该埭来要办几个赌棍。为仔前回癞头鼋同李鹤汀、乔老四三家头去赌,拨个大流氓合仔一淘赌棍倒脱靴,三家头输脱仔十几万哚。幸亏有两个小流氓分勿着洋钱,难末闹穿仔下来。癞头鼋定归要办。"

高亚白、葛仲英皆道:"故歇上海个赌也忒啥个勿像样,该应要办办哉。"华铁眉道:"倒勿容易办哩。我看个访浪,头脑末二品顶戴,海外得来!手下底一百多人,连搭衙门里差役,堂子里倌人,才是俚帮手。"

孙素兰、吴雪香、姚文君皆道:"倌人是啥人嗄?"华铁眉道:"我就记得一个杨媛媛。"众人一听,相视错愕,都要请问其故。

适值管家通报客至,正是李鹤汀和杨媛媛两人。众人迎着,截口不谈。高亚白问李鹤汀:"耐失窃阿曾报官?"鹤汀说:"报哉。"杨媛媛白瞪着眼,问:"阿是耐去报个官?"鹤汀笑说:"勿关耐事。"杨媛媛道:"生来勿关倪事,耐去报末哉啘。"鹤汀道:"耐末瞎缠,倪说个匡二呀。"杨媛媛方默然。

将及午牌时分,高亚白命管家摆席。因为客少,用两张方桌合拼双台,四客四局,三面围坐,空出底下坐位,恰好对花饮酒。

一时,又谈起癞头鼋之事。杨媛媛冷笑两声,接嘴说道:"昨日癞头鼋到倪搭来,说要办周少和。周少和是夷场浪出名个大流氓,堂子里陆里一家勿认得俚!前回大少爷同俚一淘碰和,倪也晓得俚生来总有点花样。不过倪吃仔把势饭,要做生意个啘,阿敢去得罪个大流氓?就看俚哚做花样末,倪也只好勿响。故歇癞头鼋倒说倪搭周少和通同作弊,阿有该号事体!"说罢,满面怒容,水汪汪含着两眶眼泪。李鹤汀又笑又叹,华铁眉、葛仲英劝道:"癞头鼋个闲话,再有啥人相信俚,等俚去说末哉。"

高亚白要搭讪开去,顾见小赞一傍侍立,就问其菊花诗阿曾做。小赞道:"做末咿做仔一首,勿晓得阿对。"亚白道:"耐去拿得来看。"小赞应两声"是",立着不动,亚白甚是怪诧。小赞禀道:"鼎丰里赵二宝搭差个人来,要见高老爷。"

说声未绝,只见小赞身后转出一个后生,打个千,叫声"高老爷"。亚白认得是前日园门遇见的赵朴斋,问其来意,原为打听史三公子有无书信。亚白道:"该搭一径无拨信,要末别场花去问声看。"

赵朴斋不好多问,跟小赞退出廊下。小赞自去班房取了另做的诗稿来,呈上高亚白。亚白展开看时,上面写道:

赋得还来就菊花得来字五言八韵

只有离离菊,新诗索几回。

不须扶杖待,还为看花来。

水水山山度,风风雨雨催。

重阳嘉节到,三径主人开。

请践东篱约,叨从北海陪。

客愁相慰藉,秋影共徘徊。

令我神俱往,劳君手自栽。

桑麻翻旧话,记取瓦缸醅。

高亚白看毕,只是呵呵的笑,不发一言,却将诗稿授与李鹤汀、葛仲英、华铁眉。传观殆遍,高亚白乃笑问道:"请教该首诗做得如何?"大家见问,面面厮觑。李鹤汀先道:"我看无啥好。"葛仲英点头道:"好末无啥好,也无啥勿好。"华铁眉道:"我想仔半日,要做一联好诗，竟想勿出如何做法，可知该首诗自有好处。"

高亚白仍笑着，顾命小赞取副笔砚，请三位各出己意，下一批语。李鹤汀接过来就写道："轻圆流利，如转丸珠；押韵尤极稳惬。"搁下笔复说道："再要说俚好处，也无拨哉哦。"葛仲英略一寻思，写道："一气呵成，面面俱到，百炼钢化为绕指柔矣。"华铁眉笑道："我要拿看文章法子批俚该首诗。"提笔写道："题中不遗漏一义，题外不拦入一意，传神正在阿堵中。"李鹤汀道："拨耐两家头一批，倒真个好仔点哉。"葛仲英道："通首就是'秋影'一句做个题面，其余才好。"华铁眉道："好在运实于虚，看去如不经意；其实八十字坚如长城，虽欲易一字而不可得。"李鹤汀道："让亚白自家去批，看俚批个啥。"

高亚白呆脸一想，道："倒也无可批哉哩。"葛仲英道："亚白必然另有见解。"华铁眉道："大约亚白个见解末就是无可批。"高亚白呵呵大笑，一挥而就。大家看后面写着十五字，道："是眼中泪，是心头血，成如容易却艰辛。"大家笑道："此所谓无可批之批也！"高亚白笑向小赞道："倒难为耐。"

小赞心中着实得意，接取诗稿笔砚，抽身出外，孜孜的看那四行批语。不意赵朴斋还在廊下，一把拉住小赞，央告道："谢谢耐！再替我问声看，昨日听说三公子到仔上海个哉，阿有价事？"

小赞只得替他传禀请示。高亚白道："俚听差哉，到个是赖公子，勿是史公子。"赵朴斋隔窗听得，方悟果然听差，候小赞出来，告辞回去。小赞顺路送出园门而别。

赵朴斋一路懊闷,归至鼎丰里家中,复命于母亲赵洪氏,说三公子并无书信,并述误听之由。适妹子赵二宝在傍侍坐,气的白瞪着眼,半晌说不出话。

洪氏长叹道:"常恐三公子勿来个哉哩,难末真真罢哉!"朴斋道:"故是勿见得,三公子勿像是该号人。"洪氏又叹道:"也难说哩,先起头索性跟仔俚去,倒也无啥。故歇上勿落勿落,难末啥完结哩!"

二宝秋气,头颈一摔,大声喝道:"无姆再要瞎说!"只一句,喝得洪氏哑嘴哑舌,垂头无语。朴斋张皇失措,溜出房去。

娘姨阿虎在外都已听在耳里,忍不住进房说道:"二小姐,耐是年纪轻,勿曾晓得把势里生意划一难做,客人哚个闲话阿好听俚嘎!先起头三公子搭耐说个啥,耐也勿曾搭倪商量,倪一点勿晓得,故歇一个多月无拨信,有点勿像哉哩。倘忙三公子勿来,耐自家去算,银楼,绸缎店,洋货店,三四千洋钱哚,耐拿啥物事去还嘎?勿是我多说多话,耐早点要打桩好仔末好,夠到个辰光坍台。"

二宝面涨通红,不敢回答。忽闻楼上中间裁衣张司务声唤,要买各色衣线,立刻需用。阿虎竟置不管,扬长出房。洪氏遂叫大姐阿巧去买。阿巧不知是何颜色,和张司务纠缠不清。朴斋忙说:"我去买末哉。"二宝看了这样,鳖着一肚皮闷气,懒懒的上楼归房,倒在床上,思前想后,没得主意。

比及天晚,张司务送进一套新做衣服,系银鼠的天青缎帔、大红绉裙,请二宝亲自检视。请了三遍,二宝也不抬身,只说声"放来浪"。

张司务诺诺放下,复问:"再有一套狐皮个,阿要做起来?"二宝道:"生来做起来,为啥勿做嘎?"张司务道:"价末松江边镶滚缎子搭仔帖边,明朝一淘买好来浪。"二宝微微应一声"噢"。张司务去后,楼上静悄悄地。

直至九点多钟,阿巧、阿虎搬上晚饭,请二宝吃。二宝回说:"**勥吃!**"阿巧不解事,还尽着拉扯,要挼二宝起来,二宝发嗔喝开。阿巧只得自与阿虎对坐,吃毕,撤去家伙。阿虎自己揩把手巾,并不问二宝阿要捕面,还是阿巧给二宝冲了壶茶。

阿虎开了皮箱,收藏那一套新做衣服。阿巧手持烛台,啧啧欣羡道:"该个银鼠好得来,阿要几花洋钱?"阿虎鼻子里哼的冷笑道:"着到仔该号衣裳,倒要点福气个哩!有仔洋钱,无拨福气,阿好去着俚嘎。"

床上二宝装做不听见,只在暗地里生气,阿巧、阿虎也不去瞅睬。将近夜分,各自睡去。二宝却一夜不曾合眼。

第六十一回终。

第六十二回

偷大姐床头惊好梦　做老婆壁后泄私谈

按:赵二宝转了一夜的念头,等到天亮,就蓬着头蹑足下楼,跫往母亲赵洪氏房间。推进门去,洪氏睡在大床上,鼾声正高,旁边一只小床系阿哥赵朴斋睡的,竟是空着。二宝唤起洪氏,问:"阿哥唲?"洪氏说:"勿晓得。"

二宝十猜八九,翻身上楼,跫进亭子间,径去大姐阿巧睡的床上,揭起帐子看时,果然朴斋、阿巧两人并头酣睡。二宝触起一腔火性,狠狠的推搡揪打,把两人一齐惊醒。朴斋抢着一条单裤穿上,光身下床,夺路奔逃。阿巧羞得钻进被窝,再不出头露面。

二宝连说带骂,数落一顿,仍往楼下洪氏房间。洪氏已披衣坐起,二宝努目哆嘴,签坐床沿。洪氏问道:"楼浪啥人来浪噪?"二宝不答,却思这事不便张扬,不如将计就计,遂和洪氏商量,欲令朴斋赶往南京,寻到史三公子家中问个确信。洪氏亦以为然。二宝便高声喊:"阿哥。"朴斋不敢不至,惴惴然侍立一旁。

二宝推洪氏先说。洪氏约略说了,并命即日起行,朴斋不敢不从。二宝复叮咛道:"耐到仔南京末,定归要碰着仔史三公子,当面问俚为啥无拨信,难末啥辰光到上海。勤忘记!"

朴斋唯唯遵命,二宝才去梳头。跫到楼上自己房间,只见阿巧正在弯腰扫地,鼻涕眼泪挥洒不止,二宝索性不理。

恰好这日长江轮船半夜开行,朴斋吃过晚饭,打起铺盖,向洪氏讨些盘缠。洪氏嘱其早去早归,娘姨阿虎闯口道:"倪看下来有数目个哉,南京去做啥嗄?就去末也定归见勿着史三公子个面晼。史三公子抵桩勿来,就见仔面也无行用。"

洪氏道:"俚勿相信个呀,定归要南京去一埭,问仔个信,故末相信哉。"阿虎道:"二小姐勿相信末,耐是俚亲生娘,要提亮俚个呀。二小姐肚皮里道仔史三公子还要来个哉。定归要问个信。耐想去问啥人嗄?就碰着仔史三公子,问俚,俚人末勿来,嘴里阿肯说勿来,原不过回报耐一句难要来哉。二小姐再要上仔俚个当,一径等来浪,等到年底下,真真坍仔台歇作!"

洪氏道:"闲话是勿差,难等南京转来仔再说。"阿虎道:"勿然也勿关倪事,倪就为仔三四千店帐来里发极。倘然推扳点小姐,倪倒勿去搭俚拿仔几几花花哉。倪看见二小姐五月里一个月,碰和吃酒,闹猛得势,故歇趁早豁开仔史三公子,巴结点做生意,故末年底下还点借点,三四千也勿要紧。再要唻下去,来勿及哉喤!"

洪氏默然,朴斋道:"让我去问仔个信看,倘然史三公子勿来,生来做生意。"阿虎冷笑走开。朴斋藏好盘缠,背上铺盖,辞别出门。

过了一宿,二宝便令阿虎去东合兴里吴雪香家喊小妹姐来。阿虎知道事发,答应而去。二宝想好几句闲话,教给洪氏照样向说,不必多言。

一会儿,阿虎同着小妹姐引见洪氏,二宝含笑让坐。洪氏说道:

"倪月底一家门才要到南京去寻个史三公子,让阿巧去寻生意罢。一块洋钱一月,倪拨到俚年底末哉。"

小妹姐听了,略怔一怔道:"价末到个辰光让俚出来,也正好哓。"二宝接嘴道:"生勿做仔生意,生活一点无拨,阿巧来里也无啥做,早点出去末也好早点寻生意,阿对?"小妹姐没的说,就命阿巧去收拾。二宝教洪氏拿出三块洋钱交与小妹姐,又令相帮担囊相送。小妹姐乃领阿巧道谢辞行。

随后裁衣张司务要支工帐,二宝亦教洪氏付与十块洋钱。阿虎背着二宝悄对洪氏道:"耐末样式样依仔个二小姐,二小姐有点勿着落个哩。故歇一塌括仔还有几块啥洋钱,再要做衣裳!该号衣裳,等俚嫁仔人做末哉哇,啥个要紧嗄?"洪氏道:"我也搭俚说过歇个哉,俚说做完仔狐皮个停工。"阿虎太息而罢。

不想次日一早,小妹姐复领阿巧回来,送至洪氏房中。小妹姐指着阿巧向洪氏道:"俚乃是我外甥囡,俚唻爷娘托拨我,教我荐荐俚生意。俚乃自家勿争气,做仔勿面孔个事体,连搭我也无面孔,对勿住俚唻爷娘。我末寄仔封信下去,喊俚唻爷娘上来,耐拿俚个人交代俚唻娘爷好哉,我勿管帐。"洪氏茫然,问道:"耐说个啥闲话,我勿懂哓。"小妹姐且走且说道:"耐勿懂末,问阿巧,等俚自家说。"

楼上二宝刚刚起身,闻声赶下。小妹姐已自去了,只有阿巧在房匿面向壁呜咽饮泣。二宝气忿忿的瞪视多时,没法处置。洪氏还紧着要问阿巧。二宝道:"问俚啥嗄!"遂将前日之事径直说出。洪氏方着了急,只骂朴斋不知好歹,无端闯祸。

第五十七回・狠巴巴问到沙锅底

第五十八回・诸三姐善撒瞒天谎

第五十九回・攫文书借用连环计

攫文书
借用
连环计

第六十回・監守自盜云水無踪

第六十一回・舒筋骨穿杨聊试技

第六十二回・偷大姐床头惊好梦

偷大姐床头惊好梦

第六十三回・移花接木妙計安排

第六十四回·中暗伤猛踢窝心脚

第六十二回　偷大姐床头惊好梦　做老婆壁后泄私谈　553

二宝欲令阿虎和小妹姐打话,给些遮羞洋钱,着其领回。阿虎道:"小妹姐倒勿要紧,我先问声俚自家看。"遂将阿巧拉过一边,咇唧咇唧问了好一会。阿虎笑而覆道:"拨我猜着,俚哚两家头说好来浪,要做夫妻个哉,洋钱末倒也勿要,等俚爷娘来求亲好哉。"洪氏大喜道:"价末耐就替我做仔个媒人罢。"二宝跳起来喝道:"勿局个!勬面孔个小娘件,我去认俚阿嫂。"洪氏呆脸相视,不好作主。阿虎道:"倪说末,开堂子个老班讨个大姐做家主婆,也无啥勿局。"二宝大声道:"我勿要哩!"

洪氏不得已,一口许出五十块洋钱,仍令阿虎去和小妹姐打话。二宝咬牙恨道:"阿哥个人末生就是流氓坯!三公子要拿总管个囝件拨来阿哥,阿要体面,啥个等勿得,搭个臭大姐做夫妻。"

洪氏听说,虽也喜欢,但恐小妹姐不肯干休;等得阿虎回家,急问如何。阿虎摇头道:"勿成功!小妹姐说:'耐个囝件末面孔生得标致点,做个小姐;俚也一样是人家囝件呀,就不过面孔勿标致,做仔大姐。做小姐个末开宝要几花,落镶要几花,俚大姐也一样个哓。拨耐倪子困仔几个月,故歇说五十块洋钱,阿是来里拗空?'"洪氏着实惶惧,眼望二宝候其主意。二宝道:"等俚爷娘来,看光景。"洪氏胆小,忐忑不宁。

转瞬之间,等了三日,倒是朴斋从南京遄回家来。洪氏一见,极口埋冤。二宝跺脚道:"无姆,让俚说仔了哩!"

朴斋放下铺盖,说道:"史三公子勿来个哉。我末进个聚宝门,寻到史三公子府浪,门口七八个管家才勿认得。起先我说寻小王,俚哚理也勿理。我就说是齐大人差得来,要见三公子,难末请我到门房里,告诉我,三公子上海回来就定仔个亲事,故歇三公子到仔扬州哉,小王末也跟仔去。十一月二十就来里扬州成亲,要等满仔月转来哚。阿是勿来个哉。"

二宝不听则已,听了这话,眼前一阵漆黑,囟门里汪的一声,不由自主,望后一仰,身子便倒栽下去。众人仓皇上前搀扶叫唤,二宝已满嘴白沫,不省人事。适值小妹姐引了阿巧爷娘进门,见此情形,不便开口,小妹姐就帮着施救。洪氏泪流满面,直声长号。朴斋、阿虎一左一右,掐人中,灌姜汤,乱做一堆。

须臾,二宝吐出一口痰涎,转过气儿。众人七张八嘴,正拟扛抬,阿虎捋起袖子,只一抱,拦腰抱起,挨步上楼。众人簇拥至房间里,眠倒床上,展被盖好。众人陆续散去,惟洪氏兀坐相伴。

二宝渐渐神气复原,睁眼看看,问:"无姆来里做啥?"洪氏见其清醒,略放些心,叫声"二宝",道:"耐要吓煞人个哩,啥实概样式嘎?"

二宝才记起适间朴斋之言,历历存想,不遗一字,心中悲苦万分,生怕母亲发极,极力忍耐。洪氏问:"心里阿难过?"二宝道:"我故歇好哉呀,无姆下头去哩。"洪氏道:"我勿去。阿巧个爷娘来里下头。"

二宝蹙额沉吟,叹口气道:"难阿哥生来就讨仔阿巧末哉。俚爷娘故歇来里末,无姆教阿虎去说亲哉喔。"洪氏唯唯,即时唤上阿虎,令向阿巧爷娘说亲。阿虎道:"说末就说说罢哉,勿晓得俚哚阿肯。"二宝道:"拜托耐说说看。"

阿虎慢腾腾地姑妄去说。谁知阿巧爷娘本系乡间良懦人家，并无讹诈之意，一闻阿虎说亲，慨然允定，绝不作难。小妹姐也不好从中挠阻。洪氏、朴斋自然是喜欢的，只有二宝一个更觉伤心。

当下阿虎来叫洪氏道："俚哚难是亲家哉，耐也去陪陪哩。"洪氏道："有女婿陪来浪，我勿去。"二宝劝道："无姆耐该应去应酬歇个呀，我蛮好来里。"

洪氏犹自踌躇。二宝道："无姆勿去末我去。"说着，勉强支撑坐起，挽挽头发，就要跨下床来。洪氏连忙按住，道："我去末哉，原搭我困好仔。"二宝笑而倒下。洪氏切嘱阿虎在房照料，始往楼下应酬阿巧爷娘。

二宝手招阿虎近前，靠床挨坐，相与计议所取店帐作何了理。阿虎因二宝意转心回，为之细细筹画，可退者退，不可退者或卖或当，算来倒还不甚吃亏。独至衣裳一项，吃亏甚大，最为难处。二宝意欲留下衣裳，其余悉遵阿虎折变抵偿，如此合算起来，尚空一千余圆之谱。阿虎道："像五月里个生意，空一千也勿要紧，做到仔年底下末就可以还清爽哉。"二宝道："一件狐皮披风，说是今朝做好；耐去搭张司务说，回报俚明朝勿做哉。"阿虎道："耐随便啥个才忒要紧，就像做衣裳，勿该应做个披风，做仔狐皮哩末，阿是蛮好？"二宝焦躁道："勠去说起哉呀！"

阿虎讪讪踅出中间传语张司务，张司务应诺而已，别个裁缝故意嘲笑为乐。二宝在内岂有不听见之理，却那里有工夫理论这些。

迨至晚间，吃过夜饭，洪氏终不放心，亲自看望二宝，并诉说阿巧爷娘已由原船归乡,仍留阿巧服役,约定开春成亲。二宝但说声好。洪氏复问长问短,委曲排解一番,然后归寝。二宝打发阿虎也去睡了,房门虚掩,不留一人。

二宝独自睡在床上,这才从头想起史三公子相见之初,如何目挑心许;定情之顷,如何契合情投;以后历历相待情形,如何性儿浃洽,意儿温存;即其平居举止行为,又如何温厚和平,高华矜贵,大凡上海把势场中一切轻浮浪荡的习气一扫而空。万不料其背盟弃信,负义辜恩,更甚于冶游子弟。想到此际,悲悲戚戚,惨惨凄凄,一股怨气冲上喉咙,再也捺不下,掩不住。那一种呜咽之声,不比寻常啼泣,忽上忽下,忽断忽续,实难以言语形容。

二宝整整哭了一夜,大家都没有听见。阿虎推门进房,见二宝坐于床中,眼泡高高肿起,好似两个胡桃。阿虎搭讪问道:"阿曾困着歇嘎?"二宝不答,只令阿虎舀盆脸水。二宝起身捕面,阿巧揩抹了桌椅,阿虎移过梳具,就给二宝梳头。

二宝叫阿巧把朴斋唤至当面,命即日写起书寓条子来帖,朴斋承命无言。二宝复命阿虎即日去请各户客人,阿虎亦承命无言。

二宝施朱傅粉,打扮一新,下楼去见母亲洪氏。洪氏睡醒未起,面向里床,似乎有些呻吟声息。二宝轻轻叫声"姆妈"。洪氏翻身见了,说道:"耐啥要紧起来嘎?勿适意末,困来浪末哉。"二宝推说:"无啥勿适意。"趁势告诉要做生意。洪氏道:"故末再停两日也正好唲。耐身向里刚刚好仔点,推扳勿起。倘忙夜头出局去,再着仔冷,勿局个哩。"二宝道:"无姆,耐也顾勿得我个哉。故歇店帐欠仔三四千,勿做生意末,陆里有洋钱去还拨人家?我个人赛过押来里上海哉呀!"这句话尚未说完,一阵哽噎,接下去。

洪氏又苦又急,颤声问道:"就说是做生意末,三四千洋钱陆里一日还清爽嗄?"二宝吁了口气,将阿虎折变抵偿之议也告诉了,且道:"无姆索性覅管,有我来里,总归勿要紧。耐快活末我心里也舒齐点,覅为仔我勿快活。"

洪氏只有答应。二宝始问:"无姆为啥勿起来?"洪氏说是"头痛"。二宝伸手向被窝里摸到洪氏身上,些微觉得发烧。二宝道:"无姆常恐寒热嗄。"洪氏道:"我也觉着有点热。"二宝道:"阿要请个先生吃两帖药?"洪氏道:"请啥先生嗄!耐替我多盖点,出仔点汗末好哉。"

二宝乃翻出一床绵被,兜头盖好,四角按严,让洪氏安心睡觉。二宝自回楼上房间,复与阿虎计议。议至午后,阿虎出去了理店帐,顺路请客。

这个信传扬开去,各处皆知。不出三日,吹入陈小云耳中,甚是骇异,以为史三公子待他不薄,娶作夫人自是极好的事,如何甘心堕落,再恋风尘。正欲探询其中缘故,可巧行过三马路,遇着洪善卿。小云拟往茶楼一谈,善卿道:"就双珠搭去坐歇末哉。"

于是两人踅进公阳里南口,到了周双珠家。适值楼上房间均有打茶会客人,阿德保请进楼下周双宝房间,双宝迎见让坐。小云把赵二宝再做生意之信说与善卿,善卿鼓掌大笑道:"耐蛮聪明个人,上俚哚个当!我先起头就勿相信,史三公子陆里无讨处,讨个倌人做大老母。"双宝在傍也鼓掌大笑,道:"为啥几花先生小姐才要做大老母! 起先有个李漱芳,要做大老母做到仔死;故歇一个赵二宝,也做勿成功;做到倪搭个大老母,挨着第三个哉。"

小云不解,问第三个是谁。双宝努嘴道:"倪搭双玉,倒勿是朱五少爷个大老母。"小云道:"朱五少爷定仔亲哉晼。"

双宝故意只顾笑,不接嘴,善卿忙摇手示意。不想一抬头,周双玉已在眼前,双宝吓得敛笑而退。善卿知道不妙,一时想不出搭讪的话头。小云察言观色,越发茫然。大家呆瞪瞪的,你看着我,我看着你。

第六十二回终。

第六十三回

集腋成裘良缘凑合　　移花接木妙计安排

按：周双珠、周双玉房间内打茶会客人，乃是赖公子、华铁眉、乔老四、乔老七四位。乔老四本做周双珠，遂为小兄弟乔老七叫了周双玉几个局，故此四人虽是一起，却分据两间房间。及洪善卿同陈小云来时，赖公子正和周双珠闲话，双珠因善卿系熟客，不必急急下去应酬，只管指东划西，随口胡说。周双玉要央善卿寄信于朱淑人，先自下楼，从周双宝后房门抄近进去，刚刚听得陈小云、周双宝云云，并窥见洪善卿摇手之状。双玉猛吃一惊，急欲根究细底，转念一想，大约朱五少爷定亲之事秘密不宣，不可造次。当下迈步搴帷，见了陈小云、洪善卿，侧坐相陪，不露圭角。

随后双珠进房，双玉趁势仍归楼上。一直等到晚间客散关门，周双玉独自一个往见周兰，叫声"无姆"，周兰和颜悦色命其坐下。双玉宛转说道："我做仔无姆个讨人，单替无姆做生意。除仔无姆也无拨第二个亲人，除仔做生意也无拨第二样念头。故歇朱五少爷定仔亲，故末就是无姆个生意到哉。无姆该应去请仔朱五少爷来，等我当面问俚，阿怕俚勿拿出洋钱拨来无姆，无姆为啥要瞒我喧？阿是常恐朱五少爷多拨仔耐洋钱，耐客气勿要嗄？"周兰道："勿是瞒耐呀。为仔朱五少爷说，常恐耐晓得俚定仔亲，勿快活，教倪覅说起。"双玉道："故末无姆笑话哉！做我个客人多煞来里，就比仔朱五少爷再要好点也勿稀奇。阿怕我无拨人讨得去，啥个勿快活？"

周兰听说亦自失笑，方才将八月底朱淑人聘定黎篆鸿之女，尽情告诉了双玉。双玉方才想起两月以来，时常听得双宝嘴里大老母长，大老母短，原来是调侃我的，心下重重恼怒，忍不住淌眼抹泪，渐放悲声。

周兰始悔自己失言，只见双玉又道："我搭阿姐两家头，做个生意来孝敬耐无姆，无姆也勿曾说过倪一句邱话。我就气勿过双宝，双宝生意末一点无拨，拿倪两家头孝敬无姆个洋钱，买仔饭拨俚吃，买仔衣裳拨俚着，俚坐来浪无啥做，再要想出几花闲话说倪，笑倪，骂倪！"说着，呜呜的掩面而泣。周兰道："双宝陆里敢骂耐。"

双玉便缕述双宝的风里言风里语，再添上两句重话装点逼真。气得周兰一叠声喊"双宝"，双宝战惕趋至。周兰不及审察，绰起烟枪兜头就打。却被双玉一手托住，劝道："无姆勩哩，耐故歇打仔双宝，晚歇拨双宝加二骂两声，无姆陆里晓得！倘然无姆喜欢双宝，也容易得势，让双宝原到楼浪去；我末说拨幺二堂子里做伙计。无拨个人说我，骂我，我心里清爽点，也好巴结点做生意，孝敬耐无姆。"

周兰越发生气，丢下烟枪，问道："我为啥喜欢双宝嘎？耐阿姐来浪说，倘忙有辰光生意忙勿过，教双宝代代局也无啥；勿然末，双宝早就出去哉啘。我为啥喜欢双宝嘎？"双玉冷笑道："无姆，耐嘴里末说让双宝出去末哉，一径说到仔故歇，双宝原勿曾出去，倒勿是喜欢双宝？"

周兰怒道:"故也勿要紧,明朝让双宝去,省得耐多说多话!"双玉道:"无姆夠动气,我搭双宝才是无姆个讨人,无啥喜欢勿喜欢,就要出去末,等商量好仔再去,啥要紧嘎?"

周兰沉吟半晌,怒气稍平,喝退双宝,悄问双玉如何商量。双玉道:"无姆耐自家去算,双宝进来个身价就算耐才豁脱仔,也不过三百洋钱。故歇双宝来里,生意末无拨,房间里用场倒同倪一样哚喓,几年算下来,阿是豁脱仔勿少哉?我替无姆算计,勿如让双宝出去个好。"

周兰点点头。双玉又道:"阿姐个生意好,要双宝代局。我生意不过实概样式,双宝出去仔,倘然阿姐忙勿过,我去代局末哉。"周兰又点点头。于是周兰竟与双玉定议,拟将双宝转卖于黄二姐家,楼上双珠绝不与闻。比及明日,周兰欲令阿珠去黄二姐家打话,双珠怪问何事,始悉其由。

双珠阻止道:"无姆,耐也做点好事末哉!黄二姐个人勿比仔耐,双宝去做俚讨人,苦煞个哩!我说无姆耐定归勿要双宝末,也该应商量商量。南货店里姓倪个客人,搭双宝蛮要好,倪去请俚来,问声俚,要讨末教俚讨仔去。双宝有仔好场花,倪身价也勿吃亏。无姆想阿对?"

周兰领悟,叫回阿珠,转令阿德保以双宝名片去南市请广亨南货店小开倪客人。双玉心想如此办法,倒作成了双宝的好姻缘,未免有些忿忿;但因双珠出的主意,不敢再言。

不多时,那倪客人随着阿德保接踵并至,坐在双宝房间里。周兰出见,当面说亲。倪客人满心欣慰,满口应诺;既而一想,三百身价之外尚须二百婚费,一时如何措办,倒又踌躇起来。双宝恐事不济,着急异常,背地去求双珠设法。双珠格外矜全,特地请了洪善卿、乔老四等几户熟客,告知此事,拟合一会帮贴双宝。众人好善乐施,无不愿意。洪善卿复去告知朱淑人,也与一角,却不令双玉得知。

倏届迎娶之期,倪客人倒也用了军健乐人、提灯花轿,簇拥前来,娶了过去,也一样的拜堂,告祖,合卺,坐床,待以正室之礼。三朝归宁,倪客人也来了,请出周兰,双双拜见,口称"岳母",磕下头去。周兰不好意思,赶紧买了一副靴帽相送,盛筵款待,至晚而回。

自双宝出嫁以后,双玉没了对头,自然安静无事。周兰欲劝双玉接客,尚未明言。双玉已揣测知之,心中定下一个计较,先去灶间煤炉旁边,将剜空生梨内所养的促织儿尽数释放,再令阿德保去买一壶烧酒,说要擦洗衣裳烟渍,然后令阿珠去请朱五少爷。

朱淑人闻得定亲之事早经泄漏,这场噪闹势所必然,然又无可躲避,只得皇皇然来,见了双玉,抱惭负疚,无地自容。双玉却依然笑脸相迎,携手纳坐,颜色扬扬如平时。淑人猜不出其是何意见,嘿嘿相对,不则一声。将近上灯时分,淑人告辞言归。双玉牵衣拉过一边,昵昵软语,欲留一宿。淑人不忍故违其意,颔首从命。

须臾,叫局的络绎上市,双玉遂更衣出门,留下巧囡在房伏侍淑人便饭。等得双玉回家,更有打茶会的,一起一起应接不暇。一直敲过十二点钟,渐渐的车稀火烬,帘卷烟消。阿珠收拾停当,声请淑人安置而去。

双玉亲自关了前后房门,并加上闩,转身踅来,见淑人褪履上床。双玉笑道:"慢点困哩,我有事体来里。"淑人怪问云何,双玉近前与淑人并坐床沿。双玉略略欠身,两手都搭着淑人左右肩膀,教淑人把右手勾着双玉脖项,把左手按着双玉心窝,脸对脸问道:"倪七月里来里一笠园,也像故歇实概样式,一淘坐来浪说个闲话,耐阿记得?"

淑人心知说的系愿为夫妇生死相同之誓,目瞪口呆,对答不出。双玉定要问个明白。淑人没法,胡乱说声"记得"。双玉笑道:"我说耐也勿该应忘记。我有一样好物事,请耐吃仔罢。"说罢,抽身向衣橱抽屉内取出两只茶杯,杯内满满盛着两杯乌黑的汁浆。

淑人惊问:"啥物事?"双玉笑道:"一杯末耐吃,我也陪耐一杯。"淑人低头一嗅,嗅着一股烧酒辣气,慌问:"酒里放个啥物事嗄?"双玉手举一杯凑到淑人嘴边,陪笑劝道:"耐吃哩。"

淑人舌尖舐着一点,其苦非凡,料道是鸦片烟了,连忙用手推开。双玉觉得淑人未必肯吃,趁势捏鼻一灌,竟灌了大半杯。淑人望后一仰,倒在床上,满嘴里又苦又辣,拚命的朝上喷出,好像一阵红雨,湿漉漉的洒遍衾裯。淑人支撑起身,再要吐时,只见双玉举起那一杯,张开一张小嘴,咽嘟咽嘟尽力下咽。淑人不及叫喊,奋身直上,夺下杯子,掼于地下,豁琅一声,砸得粉碎。双玉再要抢那淑人吃剩的一杯,也被淑人掳落跌破。淑人这才大声叫喊起来。

楼下周兰先前听得碗响,尚不介意,迨至淑人叫喊,有些疑惑,手持烟灯,上楼打探。淑人赶去拔下门闩,迎进周兰。周兰见淑人两手一嘴及领衣袍袖之上,皆为鸦片烟沾濡涂抹,已是骇然;又见双玉喘吁吁挺在皮椅上,满脸都是鸦片烟,慌问:"啥事体嗄?"淑人偏又呐呐然说不清楚,只是跺脚干急。

幸而那时双珠、巧囡、阿珠都不曾睡,陆续进房,见此情形,十稔八九。双珠先问:"阿曾吃嘎?"淑人只把手紧指着双玉。双珠会意,唤个相帮速往仁济医馆讨取药水。

巧囡舀上热水,给淑人、双玉洗脸漱口。淑人抹净手面,吐尽嘴里余烟。双玉大怒,欻地起立,柳眉倒竖,星眼圆睁,咬牙切齿骂道:"耐个无良心杀千刀个强盗坯! 耐说一淘死,故歇耐倒勿肯死哉! 我到仔阎罗王殿浪末,定归要捉耐个杀坯! 看耐逃走到陆里去!"

周兰还是发怔。双珠叫声"双玉",从中排解道:"五少爷是勿好,勿该应定个亲;不过耐也年纪轻,勿懂事,客人个闲话才是瞎说。就算故歇五少爷勿曾定亲,阿要讨耐去做大老母?"

双玉不待说完,嚷道:"啥个大老母小老母! 耐去问俚,啥人说个一淘死?"淑人拍腿哭道:"勿是我呀! 阿哥替我定个亲,一句闲话无拨我说哦!"

双玉欻地扑到淑人面前,又狠狠的戟指骂道:"耐只死猪猡! 晓得是耐阿哥替耐定个亲,我问耐为啥勿死?"吓得淑人倒退不迭。

正忙乱间,相帮取到一瓶药水,阿珠急取两只玻璃杯,平分倒出。淑人心疑尚恐不曾吐尽,先去呷了一口。双玉怒极,一手抢那杯子照准淑人脸上甩来,泼了淑人一头药水。幸亏淑人头颈一侧,那玻璃杯从耳朵边撺了过去,没有甩着。淑人远远央告道:"耐也吃点嘎。耐吃仔个药水，随便耐要啥，我总归依耐，阿好？"双玉大声道："我要啥嗄？我末要耐死哉唓！"周兰、双珠同词劝道："死勿死末再说，耐吃仔了唓。"

阿珠、巧囡也帮着千方百计劝双玉吃药水。双玉不禁哼的笑道："劝啥嗄？放来浪等我自家吃末哉喔！俚勿死，我倒犯勿着死拨俚看，定归要俚死仔末我再死！"说着，举起玻璃杯，一口一口慢慢的呷。巧囡绞上手巾，揞了一把。不多时，一阵翻腹搅肚，喉间汩汩作响，便呕出一汪清水。周兰、双珠一左一右，搀着臂膊，叫双玉只顾吐。双玉一面吐，一面还喃喃不绝的骂。直至天色黎明，稍稍吐定，大家一块石头落地，不好再去睡觉，令灶下开了煤炉，燉口稀饭，略点一点。

淑人知道双玉兀自不肯干休，背地求计于双珠。双珠攒眉道："双玉个脾气，五少爷也明白个哉，俚陆里肯听人个闲话。倪是一家人，也勿好搭俚说，就说末也无行用。耐倒是请个朋友来劝劝俚，俚倒听句把。"

一句提醒了淑人，当即写张字条速令相帮去南市咸瓜街请永昌参店洪老爷。大家把双玉扶上大床，各自散去。淑人眼睁睁地独自看守，守到日之方中，洪善卿惠然肯来。淑人赶出迎见，请进双珠房间，细述昨宵之事，欲恳善卿去劝双玉。

善卿应承，踅过双玉房间，见双玉歪在大床上，垂头打盹，调息养神。善卿近前轻轻叫声"双玉"。双玉睁眼见了，起身让坐。善卿随口问道："身向里阿好？"双玉冷笑两声，答道："洪老爷，耐末勤假痴假呆哉！五少爷请耐来劝劝我，我无拨第二句闲话，我故歇末定归要跟牢仔俚一淘死！俚到陆里我跟到俚陆里，定归一淘死仔末完结。无拨第二句闲话！"善卿婉婉说道："双玉勩啘，五少爷一径蛮要好，定亲个事体也是俚阿哥做个主，倒勩去怪俚。我说一样个人，无啥大小。我做个大媒人，原嫁仔五少爷，耐说阿好？"双玉下死劲啐道："呸！我去嫁俚无良心个杀坯！"只说了这一句话，仍自倒下，合目装睡。

善卿无路可入，姑转述于淑人。淑人更加一急，唉声叹气，没个摆布。善卿探问双珠，毕竟双玉是何主见，不想双珠亦自不知。善卿道："阿是有啥人教俚个嘎？"双珠道："双玉末陆里要人教！倘然是倪教个末，单有教俚做生意，无拨教俚噪个啘。"

善卿再四寻思，终不可解。双珠道："我想双玉个意思，一半末为仔五少爷，一半还是为双宝。"善卿呵呵鼓掌道："一点也勿差，难末有点道理哉。"淑人拱立候教。善卿复寻思多时，呵呵鼓掌道："有来里哉，有来里哉！"淑人请问其说。善卿道："耐勩管。耐说双玉随便要啥，耐总依俚，阿有该句闲话？"淑人说："有个。"善卿道："我替耐解个冤结，多则一万，少则七八千，耐阿情愿？"淑人说："愿个。"善卿道："价末才是哉。"

淑人请问终究如何办法。善卿道："故歇勿搭耐说，等事体舒齐仔，耐也明白哉。"淑人抱着个闷壶卢无从打破，且令阿珠传命叫菜，与善卿两人便饭。

善卿手招双珠，并坐一边高椅上，搭肩附耳，密密长谈。双珠从头至尾,无不领悟。少顷谈毕,双珠辗转一想,却又迟回道:"说末说说罢哉,勿见得成功哩。"善卿道:"定归成功,俚哚勿在乎此。"

双珠乃踅过双玉房间,为说客捉刀。适值阿珠搬上饭菜,善卿叫住,就摆在双珠房间里,善卿、淑人衔杯对酌。

既而双珠回房复命,道:"稍微有点意思;就不过常恐勿成功,再要拨人家笑话。"善卿道:"耐去说,倘然真真勿成功,我原拿五少爷交代拨俚。"

双珠重复过去说了,回复道:"才是哉,俚说故歇五少爷就交代拨耐。"善卿呵呵鼓掌而罢。

第六十三回终。

第六十四回

吃闷气怒挤缠臂金　中暗伤猛踢窝心脚

按:朱淑人、洪善卿在周双珠房间里用过午餐,善卿遂携淑人并往对过周双玉房间,与双玉当面说定。善卿自愿担保,带领淑人出门。双玉满面怒色,白瞪着眼瞅定淑人,良久良久,说道:"一万洋钱买耐一条性命,便宜耐!"淑人掩在善卿肘后,不敢作声,善卿搭讪说笑,一同出门。

淑人在路,问起一万洋钱作何开消。善卿道:"五千末拨俚赎身;再有五千,搭俚办副嫁妆,让俚嫁仔人末好哉。"淑人问:"嫁个啥人?"善卿道:"就是嫁人个难。耐勿管,耐去舒齐仔洋钱,我替耐办。"

淑人欲挽善卿到家与乃兄朱蔼人商量。善卿不得已,随至中和里朱公馆见蔼人于外书房,淑人自己躲去。

善卿从容说出双玉寻死之由,淑人买休之议,或可或否,请为一决。蔼人始而惊,继而悔,终则懊丧欲绝。事已至此,无可如何,慨然叹道:"豁脱仔洋钱,以后无拨瓜葛,故也无啥。不过一万末,好像忒大仔点。"善卿但唯唯而已。蔼人复道:"难是生来一概拜托老兄,其中倘有可以减省之处,悉凭老兄大才斟酌末哉。"善卿恧颜受命而行。蔼人送至门首,拱手分别。

善卿独自踅出中和里口,意思要坐东洋车,左顾右盼,一时竟无空车往来,却有一个后生摇摇摆摆自北而南。

善卿初不在意,及至相近看时,不是别人,即系嫡亲外甥赵朴斋,身上倒穿着半新不旧的羔皮宁绸袍褂,较诸往昔体面许多。

朴斋止步叫声"娘舅",善卿点一点头。朴斋因而禀道:"无姆病仔好几日,昨日加重仔点,时常牵记娘舅。娘舅阿好去一埭,同无姆说说闲话?"善卿着实踌躇了半日,长叹一声,竟去不顾。

朴斋以目相送,只索罢休,自归鼎丰里家中,复命于妹子赵二宝,说:"先生晚歇就来。"并述善卿道途相遇情状。二宝冷笑道:"俚末看勿起倪,倪倒也看勿起俚!俚个生意,比仔倪开堂子做倌人也差仿勿多。"

说话之间,窦小山先生到了,诊过赵洪氏脉息,说道:"老年人体气大亏,须用二钱吉林参。"开方自去。二宝因要兑换人参,亲向洪氏床头摸出一只小小头面箱开视,不意箱内仅存两块洋钱,慌问朴斋,说是"早晨付仔房钱哉,陆里再有嗄!"

二宝生恐洪氏知道着急,索性收起头面箱,回到楼上房中和阿虎计议,拟将珠皮、银鼠、灰鼠、紫毛、狐嵌五套袄裙典质应急。阿虎道:"耐自家物事拿去当也无啥,故歇绸缎店个帐一点也勿曾还,倒先拿衣裳去当光仔,勿是我说句邱话,好像勿对。"二宝道:"通共就剩仔一千多店帐,阿怕我无拨!"阿虎道:"二小姐,耐故歇末好像勿要紧,倘忙无拨仔,甏说是一千多,要一块洋钱才难哩!"

二宝不伏气,臂上脱下一只金钏臂,令朴斋速去典质。朴斋道:

"吉林参末,就娘舅店里去拆仔点哉啘。"被二宝劈面喷了一脸唾沫,道:"耐个人也好哉,再要说娘舅!"朴斋掩面急走。

二宝随往楼下看望洪氏,见其神志昏沉,似睡非睡。二宝叫声"无姆",洪氏微微接应。问:"阿要吃口茶?"伺候多时,竟不搭嘴。二宝十分烦躁。

忽听得阿虎且笑且唤道:"咦,少大人来哉!少大人几时到个嗄?楼浪去哩。"接着靴声橐橐,一齐上楼。

二宝连忙退出,望见外面客堂里缨帽箭衣,成群围立,认定是史三公子,飞步赶上楼去,顶头遇着阿虎,撞个满怀。二宝即问:"房里啥人?"阿虎道:"是赖三公子,勿是史三。"

二宝登时心灰足软,倚柱喘息。阿虎低声道:"赖三公子有名个癞头鼋,倒真真是好客人,勿比仔史三末就不过空场面。耐故歇一个多月无拨几花生意,难要巴结点。做着仔癞头鼋,故末年底下也好开消。"

道犹未了,房间里一片声嚷道:"快点喊大老母来哩!让我看,阿像是个大老母!"阿虎赶紧撺掇二宝进房。二宝见上面坐着两位,认得一位是华铁眉,那一位大约是赖三公子了。

原来赖公子因前番串赌吃亏,所以此次到沪,那些流氓一概拒绝,单与几个正经朋友乘兴清游。闻得周双玉第三个大老母之说,特地挽了华铁眉引导,要见识这赵二宝是何等人物。

二宝暨到跟前,赖公子顺势拉了过去,打量一番,呵呵笑道:"倻就是史三个大老母?好,好,好!"二宝虽不解所谓,也知道是奚落他,不去瞅睬,只问华铁眉道:"史公子阿有信?"铁眉回说:"无拨。"

二宝约略诉说当初史公子白头之约,目下得新忘故,另娶扬州。铁眉道:"价末俚局帐阿曾开消?"二宝道:"俚去个辰光拨倪一千洋钱,倒是倪搭俚说:'耐就要来末,一淘开消也正好。'陆里晓得去仔人也勿来,信也无拨。"

赖公子一听,直跳起来嚷道:"史三漂局钱,笑话哉啘!"铁眉微笑道:"想来其中必有缘故,一面之词如何可信。"二宝遂绝口不谈。

阿虎存心巴结,帮着二宝殷勤款洽,二宝依然落落大方。偏偏赖公子属意二宝,不转睛的只顾看,看得二宝不耐烦,低着头,弄手帕子。赖公子暗地伸手揣住手帕子一角,猛力抢去,只听哗喇一响,把二宝左手养的两只二寸多长的指甲,齐根进断。二宝又惊又痛,又怒又惜;本待发作两句,却为生意起见,没奈何忍住了。赖公子抢得手帕子,兀自得意。阿虎取把剪刀授给二宝,剪下指甲,藏于身边。

二宝正要抽身回避,恰好朴斋在帘子外探头探脑,二宝便蹩出中间。朴斋交明兑的参,当的洋钱,二宝就命朴斋下去煎参,自己点过洋钱,收放房中衣橱内。赖公子故意诧道:"陆里来个小伙子,标致得来!"二宝说:"是阿哥。"赖公子道:"我倒道是耐家主公。"阿虎道:"勷瞎说。"回头指着阿巧道:"哪,是俚个家主公呀。"阿巧方给华铁眉装水烟,羞的别转脸去。

二宝憎嫌已甚,竟丢下客人,避入楼下洪氏房间。华铁眉乖觉,起身振衣,作欲行之状。无如赖公子恋恋不舍,当经阿虎怂恿,径喊相帮摆个台面,铁眉不好拦阻。赖公子因问二宝何往,阿虎道:"来里下头张张俚娘,俚娘生仔个病。"随口装点些病势说给赖公子听。

支吾许久,不见二宝回来,阿虎令阿巧去喊。二宝有心微示瑟歌之意,姗姗来迟。赖公子等的心焦,一见二宝,疾趋而前,张开两只臂膊,想要抱入怀中。二宝吃惊倒退,急的赖公子举手乱招。二宝远远站住,再也不肯近身,赖公子已生了三分气。华铁眉假作关切,问二宝道:"耐娘是啥个病?"二宝会意,假作忧愁,和铁眉刺刺不休,方打断了赖公子豪兴。

随后相帮调排桌椅,安设杯箸,二宝复乘隙避开。赖公子并未请客,但叫了七八个局,又为华铁眉代叫三个,孙素兰不在其内。发下局票,不等起手巾,赖公子即拉华铁眉入席对坐。相帮慌的送上酒壶,二宝又不及敬酒。

阿虎见不成样子,自己赶下洪氏房间,只见朴斋隅坐执烛,二宝手持药碗用小茶匙喂与洪氏。阿虎跺脚道:"二小姐去哩,台面坐仔歇哉呀!教耐巴结点,耐倒理也勿理哉!"二宝低喝道:"要耐去瞎巴结!讨人厌个客人倪勿高兴做。"阿虎着紧问道:"赖三公子个客人耐勿做,耐做啥个生意嘎?"二宝红涨于面。阿虎道:"耐是小姐,倪是娘姨,生来做勿做随耐个便!店帐带挡才清爽仔,勿关倪事!"二宝暗暗叫苦,开不出口。阿虎亦自赌气,不顾台面,踅往灶下闲坐。台面上只剩阿巧一人夹七夹八说笑。

赖公子含怒未伸,面色大变。华铁眉为之解道:"我闻得二宝是孝女,果然勿差,想来故歇伏侍俚娘,离勿开。难得难得!"遂连声赞叹不置。赖公子不觉解颐。

二宝喂药既毕,仍扶洪氏睡下,然后回房应酬台面。适值出局络绎而至,赖公子发话道:"倪勿曾去叫赵二宝个局唲,赵二宝啥自家来哉嘎?"二宝装做没有听见。华铁眉讨取鸡缸杯,引逗赖公子豁拳,混过这场口舌。

赖公子大喜,一鼓作气,交手争锋。怎奈赖公子这拳输的多,赢的少,约摸输了十余拳。赖公子自饮三杯,其余倌人、娘姨争先代饮,阿虎也来代了一杯。

赖公子不肯认输,豁个不了。豁到后来,输下一拳,赖公子周围审视,惟赵二宝不曾代过,将这杯酒指交二宝,二宝一气饮干。赖公子要取回那杯子,伸过手去,偶然搭着二宝手背。二宝嗔其轻薄,夺手敛缩。

赖公子触动前情,放下杯子,扭住二宝衣领,喝令过来,二宝抵死望后挣脱。赖公子重重怒起,飞起一只毡底皂靴,兜心一脚,早把二宝踢倒在地。阿虎、阿巧奔救不及。

二宝一时爬不起,大哭大骂。赖公子愈怒,发狠上前索性乱踢一阵,踢得二宝满地打滚,没处躲闪,嘴里不住的哭骂。阿虎拦腰抱住赖公子,只是发喊。阿巧横身阻挡,也被赖公子踢了一跤。幸而华铁眉苦苦的代为讨饶,赖公子方住了脚。阿虎、阿巧搀起二宝,披头散发,粉黛模糊,好像鬼怪一般。

二宝想起无限委屈,那里还顾性命,奋身一跳,直有二尺多高,哭着骂着,定要撞死。赖公子如何容得如此撒泼,火性一炽,按捺不下,猛可里喝声"来"!那时手下四个轿班、四个当差的,都挤到房门口垂手观望,一喝百应,屹立候示。赖公子袖子一挥,喝声"打"!就这喝里,四个轿班、四个当差的撩起衣襟,揎拳捋臂一齐上,把房间里一应家伙什物,除保险灯之外,不论粗细软硬,大小贵贱,一顿乱打,打个粉碎。

华铁眉知不可劝,捉空溜下,乘轿先行。所叫的局不复告辞,纷纷逃散。阿虎、阿巧保护二宝从人丛里抢得出来。二宝跌跌撞撞,脚不点地,倒把适间眼泪鼻涕吓得精干。

这赖公子所最喜的是打房间,他的打法极其利害,如有一物不破损者,就要将手下人笞责不贷。赵二宝前世不知有甚冤家,无端碰着这个"太岁"。满房间粗细软硬大小贵贱一应家伙什物,风驰电掣,尽付东流。本家赵朴斋胆小没用,躲得无影无踪。虽有相帮,谁肯出头求告?赵洪氏病倒在床,闻得些微声息,还尽着问:"啥事体嗄?"

赵二宝踉跄奔入对过书房,歪在烟榻上歇息。阿巧紧紧跟随,厮守不去。阿虎眼见事已大坏,独自踅到后面亭子间怔怔的转念头,任凭赖公子打到自己罢休,带领一班凶神,哄然散尽。相帮才去寻见朴斋,相与查检。房间里七横八竖,无路入脚。连床榻橱柜之类也打得东倒西歪,南穿北漏。只有两架保险灯晶莹如故,挂在中央。

朴斋不知如何是好,要寻二宝,四顾不见,却闻对过书房阿巧声唤:"二小姐来里该搭。"朴斋赶去,又是黑魆魆的。相帮移进一盏壁灯,才见二宝直挺挺躺着不动。朴斋慌问:"打坏仔陆里搭?"阿巧道:"二小姐还算好,房间里那价哉嗄?"朴斋只摇摇头,对答不出。

二宝蓦地起立,两手撑着阿巧肩头,一步一步忍痛蹭去,蹭到房门口,抬头一望,由不得一阵心痛,大放悲声。阿虎听得,才从亭子间出来。大家劝止二宝,搀回烟榻坐下,相聚议论。

朴斋要去告状。阿虎道:"阿是告个癞头鼋?勿说啥县里、道里,连搭仔外国人见仔个癞头鼋也怕个末,耐陆里去告嗄?"二宝道:"看俚个腔调,就勿像是好人!才是耐要去巴结俚!"阿虎摆手厉声道:"癞头鼋自家跑得来,咿勿是我做个媒人,耐去得罪仔俚吃个亏,倒说我勿好!明朝茶馆里去讲,我勿好末我来赔。"说毕,一扭身去睡了。

二宝气上加气,苦上加苦,且令朴斋率同相帮收拾房间,仍令阿巧挽了自己,勉强蹭下楼梯。一见洪氏,两泪交流,叫声"姆姆",并没有半句话。洪氏未知就里,犹说道:"耐楼浪去陪客人嗄,我蛮好来里。"二宝益发不敢告诉其事,但叫阿巧温热了二和药,就被窝里喂与洪氏吃下。洪氏又催道:"难无啥哉,耐去嗄。"

二宝叮嘱"小心",放下帐子,留下阿巧在房看守,独自蹭上楼梯。房间里烟尘历乱,无地存身,只得仍到书房。朴斋随后捧上一只抽屉,内盛许多零星首饰,另有一包洋钱。朴斋道:"洋钱同当票才豁来哚地浪,勿晓得阿少。"

二宝不忍阅视,均丢一边。朴斋去后,静悄悄地,二宝思来想去,上天无路,入地无门,暗暗哭泣了半日,觉得胸口隐痛,两腿作酸,暂向烟榻,倒身偃卧。

忽听得弄堂里人声嘈嘈,敲的大门震天价响。朴斋飞奔报道:

"勿好哉,癞头鼋咿来哉!"二宝更不惊慌,挺身迈步而出。只见七八个管家拥到楼上,见了二宝,却打个千,陪笑禀道:"史三公子做仔扬州知府哉,请二小姐快点去。"

二宝这一喜真乃喜到极处,连忙回房喊阿虎梳头,只见母亲洪氏头戴凤冠,身穿蟒服,笑嘻嘻叫声"二宝",说道:"我说三公子个人陆里会差,故歇阿是来请倪哉。"二宝道:"无姆,倪到仔三公子屋里,先起头事体勒去说起。"洪氏连连点头。

阿巧又在楼下喊声"二小姐",报道:"秀英小姐来道喜哉。"二宝诧道:"啥人去拨个信,比仔电报再要快?"

二宝正要迎接,只见张秀英已在面前。二宝含笑让坐,秀英忽问道:"耐着好仔衣裳,阿是去坐马车?"二宝道:"勿是,史三公子请倪去呀。"秀英道:"阿要瞎说!史三公子死仔长远哉,耐啥勿曾晓得?"

二宝一想,似乎史三公子真个已死。正要盘问管家,只见那七八个管家变作鬼怪,前来摆扑。吓得二宝极声一嚷,惊醒回来,冷汗通身,心跳不止。

第六十四回终。

跋

客有造花也怜侬之室而索六十四回以后之底稿者。花也怜侬笑指其腹曰：稿在是矣。

客请言其梗概。花也怜侬皇然以惊曰：客岂有得于吾书耶，抑无得于吾书耶？吾书六十四回，赅矣，尽矣，其又何言耶？令试与客游大行、王屋、天台、雁荡、昆仑、积石诸名山，其始也，扪萝攀葛，匍匐徒行，初不知山为何状；渐觉泉声鸟语，云影天光，历历有异，则徜徉乐之矣；既而林回磴转，奇峰沓来，有立如鹄者，有卧如狮者，有相向如两人拱揖者，有亭亭如荷盖者，有突兀如锤、如笔、如浮屠者，有缥缈如飞者、走者、攫拿者、腾踔而颠者，夫乃叹大块之文章真有匪夷所思者。然固未跻其巅也。于是足疲体惫，据石少憩，默然念所游之境如是如是，而其所未游者，揣其蜿蜒起伏之势，审其凹凸向背之形，想像其委曲幽邃回环往复之致，目未见而如有见焉，耳未闻而如有闻焉，固已一举三反，快然自足，歌之舞之，其乐靡极。噫，斯乐也，于游则得之，何独于吾书而失之。吾书至于六十四回，亦可以少憩矣。六十四回中如是如是，则以后某人如何结局，某事如何定案，某地如何收场，皆有一定不易之理存乎其间。客曷不掩卷抚几以乐于游者乐吾书乎？

客又举沈小红、黄翠凤两传为问。花也怜侬曰：王、沈、罗、黄前已备详,后不复赘。若夫姚、马之始合终离,朱、林之始离终合,洪、周、马、卫之始终不离不合,以至吴雪香之招夫教子,蒋月琴之创业成家,诸金花之淫贱下流,文君玉之寒酸苦命,小赞、小青之挟资远遁,潘三、匡二之衣锦荣归,黄金凤之孀居,不若黄珠凤俨然命妇,周双玉之贵媵,不若周双宝儿女成行,金巧珍背夫卷逃,而金爱珍则恋恋不去,陆秀宝夫死改嫁,而陆秀林则从一而终:屈指悉数,不胜其劳。请俟初续告成,发印呈教。目张纲举,灿若列眉,又焉用是哓哓者为哉?客乃怃然三肃而退。

花也怜侬书。

【附录】

太仙漫稿

目 录

例言___583

陶胄妖梦记___584

和尚桥记___591

段倩卿传___592

蕊珠宫仙史小引___604

双龙钏铭并序___611

欢喜佛___614

书袁痴恶作剧___618

大虫___620

记河间先生语___628

心影说___631

记鬼___633

陆心亭祠记___636

例　言

或谓阅《段倩卿传》,须待之两月之久,未免令阅者沉闷否?余曰不然。间尝阅说部书,每至穷奇绝险,即掩卷不阅,却细思此后当作何转接,作何收束?思之累日而竟不得,然后接阅下文,恍然大悟,岂不快哉!又尝阅至半篇,逆料此文转接收束自当如是云云,不料下文竟有大不然者,则尤快之不暇,又何沉闷之有。

小说始自唐代,初名"传奇"。历来所载神仙妖鬼之事,亦既汗牛充栋矣。兹编虽亦以传奇为主,但皆于寻常情理中求其奇异,或另立一意,或别执一理,并无神仙妖鬼之事。此其所以不落前人窠臼也。

昔人谓画鬼怪易,画人物难,是矣。然鬼怪有难于人物者,何也?画鬼怪初时凭心生象,挥洒自如;迨至千百幅后,则变态穷而思路窘矣。若人物,则有此人斯有此画,非若鬼怪之全须捏造也。故予作漫稿,征实者什之一,构虚者什之九。

陶胄妖梦记

中州名士陶胄，以寇乱毁其家，流徙邯郸，赁居大觉寺观音阁，嗒然无与为侣，日就僧两餐，退则高枕而卧。阁上几一、榻一、青箱外无长物。两壁绘地狱变相，鬼物狞恶。中供观音宝座，高尺有咫；座后屏风六扇，绘故事：一为"易水荆卿"，一为"东山谢傅"，一为"温泉杨妃"，一为"海上苏武"，其中二扇为观音所蔽，不可见。

胄常仰首注目，颠倒冥想。一日，昼寝未熟，倏觉身栩栩然飞上屏风，四顾六街三市，对垒连甍，车如水，马如龙，士女如云，且骇且喜。信步游瞩，过一酒家，有轰饮者，窥之面善，既而悟为荆卿。其隅坐者高渐离也，秦武阳坐其下。

胄方徬徨，荆卿遽招手，纳胄上坐。高渐离飞一觥来，胄立尽之。秦武阳起，自著犊鼻裈当垆炙彘肩，擘一肘掷胄令啖。酒酣耳热，脱帽露顶，秦武阳复作夜叉舞，荆卿挥手呜呜歌，高渐离击筑和之，相与大笑乐甚。忽酒家胡仓皇报曰："章邯引军三十万压城下矣！"众愕然出视，则妇孺号哭，老弱奔窜，阛市鼎沸。一骑传呼："太子来。"旌旐羽葆，拥一冠玉少年驰而过。荆卿、高渐离、秦武阳皆仗剑从去。

胄无所归，遥望烽火照城阙，戈矛如林，蔽山而下，惶急失足，踣而窹，身卧故榻，鼓声咚咚犹在耳。起坐谛听，则沙弥叩关呼胄晚餐也。初谓妖梦，不甚措意。既饭而寝，觉有人促之起，曰："夫人宣召陶学士。"

胄不解所谓,惘惘从之。但见鸟啼花落,日丽风和,万户千门,迷不知处。视其人,乃中官,似相识者。俄睹殿宇,上接云汉,朱门洞开,碧幌高卷,六七侍女望见,曰:"陶学士来矣。"争入禀白。中官辞而退,令胄待命于阶下。

须臾,侍女传夫人命,引胄入。夫人年二十许,明珰翠羽,珠翘四垂,秾艳庄严,倾绝一世。胄伏地拜谒,夫人微笑顾侍女。侍女奔走设席,粉黛云从,脍炙雾沛,引胄坐夫人肩下。胄惶恐辞不敢,夫人又笑,侍女强曳之,乃坐。

酒三行,侍女出斗卮,教胄为夫人寿。胄捧卮战栗,失手坠地,惭惧跪谢。夫人益怜之,命勿加罪。因罢酒,侍女引胄过别室盥漱。胄私问夫人何人,侍女曰:"嘻!虢夫人而不识也?"胄始悟向之中官为高力士,问之良确。又问:"夫人召我何意?"侍女摇首曰:"不知。"再问,则皆走且笑曰:"谁谓学士骏,亦乔作懵懂人赚人语!"

会一侍女坌息奔至,众乃推胄曰:"去!去!"谑浪而出,五步一楼,十步一阁,缦回缭曲以达于洞房。侍女止帘外,胄逡巡入,微窥夫人,相隔一绛罗帐,濛濛如笼朝雾。喘息初定,蹑足登床,心摇摇不复可制,既而寐,寐而觉,旭日曈曈满窗矣。布衾角枕,安所得虢夫人。起视屏风,所谓虢夫人者,目欲笑而口欲言,酷肖所见。私幸奇遇,虽梦亦得,秘之不以告人。

日既晡,坐而假寐,欲续前梦。初无所得,久之,乃若踽踽行旷野,黄沙漫漫,愁云翳天日。奄至一城,牛首马面者森列门内,胄骇而退。一鬼卒捽之入冥府，伏墀下，仰见冥王坐殿上，面铁色，旁判官捧册进，呼胄问姓名讫，即命付"油铛狱"。胄大呼无罪，判官笑置不理。

鬼卒驱胄去，见铁床方丈，炽火其下。先有一人锻其上，宛转叫号，竟体焦烂，皮片片粘床面。既而捉之下，挞胄使登。胄哀啼觳觫，却不前。鬼卒怒，以巨叉刺其腰，捺之于床，心肺煎灼，精血沸腾，块然一身，伸缩无地，然苦不得死。顷之，亦取下，鬼卒复驱之见冥王。冥王命付"转轮"。

胄启判官，愿投生虢夫人为儿。判官笑曰："毋多言，畀尔好去处。"一鬼卒出皮囊如五石瓮，张其口向胄；一鬼卒擒胄倒掷于囊中而缄之。蘼恼迷闷，殆不可过，极力摆扑，囊破头脱，始闯然堕，即有人提而绷于怀中，自顾已为婴儿。仰而睇其母，貂冠狐氅，不知谁何。隅坐而执烛者，须眉皓然，左手杖节，节旄飘零如蝴蝶，盖苏武云。

胄大恨，不乳而号。武哺以酪浆，勿纳。其母鸣拍令卧，胄遂首触其母之怀，号不止。闻其母絮絮语，若咎武之卤莽者。武不服，而数其母不善视儿。其声嘈杂，颇不耐之。又若有牵其臂而摇之者，胄嗔甚，夺臂殴之，不意所殴者非苏武，乃沙弥方呼胄晚餐。问胄："得毋梦魇耶？乃喁喁作声何也？"

胄惨淡而起，嗟讶久之。是夜，心惕惕然恐其复梦，不敢寝。且而倦甚，姑试隐几，则城垣俨然，金书"酆都狱"三字，精光照目，骇极反奔，乃又苍莽无际，不知所之。忽恍然悟曰："此乃梦，非真境。"于是存神定想，自谓已醒，回顾酆都狱，城垣犹是也，而金书三字乃"华清宫"耳。遂大喜,翻咎向时之误,款步径入,意虢夫人当在是。历门数重,直抵寝殿,阒其无人。胄惧,踯躅不进,闻娇莺声出于绮疏,曰:"甚个莽儿郎,敢大胆犯宫禁!急捉勿失!"左右夹室趋出七八内侍,缚胄而掷诸地。即有高髻袍裤者纷然来,或唾之,或踢之,相视而笑。

胄虽不识,试呼"念奴姐救我!"众闻而大哗,且为念奴羞。念奴愠曰:"谁以若为弟而姐我!"倒持麈尾击胄尻,胄瞑其目而呻。念奴曰:"诈也!"击益急。众劝曰:"不如付高公扑杀此獠。"立闻传呼高公。高公一见,惊曰:"安得唐突陶学士!"亲解胄缚而起之,曰:"莫怕,莫怕。"

胄识为高力士,且愧且谢。高力士命小黄门送陶学士诣虢夫人第,胄感甚,遂别高力士从小黄门行。然耳边闻沙弥呼胄早餐,其声近而逼。胄故不应,而心急足违,蹇沥濡滞。小黄门行益迅,瞬息不见,惟见己身犹在观音阁中。胄愤怒,叱沙弥去,返而觅枕中秘,窅然无所睹矣。胄念:"此自吾精诚未至,非虢夫人遐弃我也。"遂凝聚调摄以致之。

翌旦,有鼠出于观音座下,跳踉奋啮。胄恐伤丹青,撼屏风而惊之。鼠遁入屏风后,作小语问曰:"谁耶?"似是念奴声。又曰:"莫理他。"则虢夫人声也。胄亟自陈:"我陶学士。盍度我?"遂见屏风上有门訇然开,虢夫人援之手以登,念奴犹嬉笑于其侧。

胄直前拥虢夫人,夫人诃曰:"急色儿乃敢尔!"胄谢曰:"好梦不时有,惧或失之,宁获戾耳。"念奴曰:"骇学士煞可哂,真也而以为梦。"胄尚不信,泊乎缱绻绸缪,确似真者,醒而忆之,历历可记。胄喜极,日与虢夫人相期于梦中,殊自得也。

会虢夫人初度,张乐开宴,念奴引永新见胄,极歌舞以相娱。未终阕,乃见高力士排闼入,曰:"祸事,祸事!安禄山反于渔阳,上皇西幸巴蜀,速扈驾毋悮!"言毕竟去。

虢夫人惊悸失措,顾令家人经纪车马,而家人离散,无一存者,仅得一病马与薄笨车于厩。虢夫人挈念奴、永新坐其中,而胄为御,出延秋门,望见千乘万骑,掩映于长林丰草间,隐隐翠华在焉。

胄从之,濒及之矣,忽有羝羊崛起于道左,千百维群,角触蹄啮,蹂躏冲突,如风雨之飒沓,如波涛之砰湃,马蹶车覆,不知所为。胄见有持节而指麾于后者,似是苏武,姑号救焉。苏武亦望见之,曰:"是吾儿也。"以节驱羊而羊退。

胄稍定返顾,则已失虢夫人,复泣而求拯于苏武,武许诺。然而金鼓之声,旌旗之色,又皇然起矣。向所望见之千乘万骑皆倒戈浴血,望风反奔,高力士披发徒跣,掖翠华而东窜。其后有追者,然非安禄山,乃太子丹与荆卿也。胄呼之不应,赴之不及,一时镞矢丛集,血飞肉薄,刀光一挥,身首异处。胄自谓死矣,而不知非死也,梦也。徐起审视,万籁俱寂,一鸟不鸣,日色亭午矣。

顾胄自是不得寐,寐则憧憧扰扰于前后左右者,不知凡几:或从苏武牧羊而为匈奴拘囚,或从高力士扈从明皇而为安禄山合围,或从荆卿奉太子丹与章邯决战于城下。虽遇虢夫人、念奴、永新,惟相与诉告恸哭,牵率奔走而已,欲求一夕之少休息而不可得也。

胄既厌苦之而不能绝,方其流离颠沛,飘忽飞扬,虽知为梦,而若有甚不容已者,必至奇危绝险,计无复之,而后得救;然得救矣,而憧憧扰扰于前后左右者如故也。最后至一处,前阻于河,后迫于兵,几不免,幸有一渔舟渡之,追者无如何。

胄登彼岸,惊定而喜。喜其天朗气清,惠风和畅,芳草鲜美,落英缤纷,俨然别一天地。偶得一山而登之,山上楼阁高下,鳞次栉比,中有二人,葛巾鹤氅,手执麈尾,对坐围棋。胄观焉,局罢而胄亦醒,神志闲逸,得未曾有。

胄私念此必谢傅东山也。其黑甜乡之"桃花源"乎?比再至,则东山无恙,围棋未终。胄方隐谢傅身后,乃有一骑周驰而呼于山下,曰:"秦兵且至!"谢傅失色,投袂而起,胄将乘间逸去。而明皇、荆卿、苏武各帅所部,围之数重,旗戟林立,戎马潮涌。胄为所掠,转战奔走于其间,积恐怖、焦劳、哀痛、迫切诸苦恼而病,病且殆。沙弥劝其皈佛祈福,胄念良是,稽首观音座下,愿持斋诵经以求免于厄。

祷毕,果见大士丈六金身与善财、龙女降自天际,诏胄曰:"妖深矣,不治且祸尔!"遂檄召冥王判官为将军部其下,牛首马面者为队长,帅十八地狱饿鬼,轮叉掉斧以伐妖。妖氛炽甚,谢傅合明皇、荆卿、苏武等亟肆多方以为战。散而复集,去而复来,惝恍离奇,不可方物。胄益炫惑瞀乱,病如故,梦亦如故。

既而病大渐,自度不起,但恨祟我者不知为何妖,爰诣主僧,具以实告。僧大笑曰:"是非妖也,尔也!妖可治,尔之妖不可治!当尔之目无所视,耳无所听,心无所思,魂无所营也,尔固莹然如玉,湛然如水,寥然廓然如太虚,安所得妖而祟之？尔乃以视听思营与画为缘,日构一画中之人物、事实、景象而属目焉,倾耳焉,动其心以及其魂焉,为之欣戚爱憎喜怒哀乐,至于颠倒起灭,倏忽变幻,而不能以自主,于是乎有妖。然而是妖也,生于尔之耳目心魂,借尔之视听思营以豢养之,尔又从而喜怒、爱憎、欣戚、哀乐以授之柄而假之术,非尔之妖而何？尔将遁逃于东山,是入妖之所居而以为去妖也;尔将求助于大士,是学妖之所为而以为胜妖也。有是理乎？然则所以治尔之妖者,尔自知之矣,尔自能之矣。"

僧之言未毕,而胄乃蘧然觉,霍然愈。

和尚桥记

余友曹子甡孙,自郾赴新郑,道经长葛之孝子桥。或曰:是和尚桥也。盖乾隆末年,里有郭孝子为和尚筑是桥云。

孝子幼丧父,母与某寺僧有私。孝子数几谏,母内自惭,然不能绝。孝子知母之不能绝僧也,阴禁不令通。僧故善媚,捧匜沃盥,惟母所欲;母亦昵事僧,无所不至。自绝僧后,母日思望,居不安,食不饱,寝以成疾。孝子惧,反招致僧以奉母,而母始瘳。

里故郑地,溱洧环村北,阻僧所居寺。僧祁寒夜来,不免厉揭;既就孝子家宿,胫股若冰雪。母谓僧为己故,益痛惜之,自以腹熨贴令暖,齿震有声,闻于孝子。孝子曰:"吾之忍而出此者,凡所以为母也。今若此,不为之所,且重得疾。"于是鸠工作桥。"孝子桥"以是名。他村相谑者,乃曰"和尚桥"。

既而母卒,孝子既哭而息,仰天叹曰:"吾之忍而出此者,凡所以为母也。母今死矣,吾将有以报吾父。"乃以讽经召僧。僧至,即灵前手刃之,首官请罪。官廉得情,拟流三年。呜呼! 孝矣。

一说:僧即孝子父。父故无赖,以事遣戍,祝发而逃。孝子请返初服,不许,然犹时归家信宿,孝子阴卫护焉。桥当孔道,名济众桥,孝子借其家财以筑之,非有他也。

段倩卿传

金陵大姓钮氏无子,惟一女,花冠绣裸,珍若拱璧;七岁,剧于门前,为拐儿所掠,徙卖武陵显宦樊氏。樊夫人御之虐,鞭挞炮烙无完肤。樊戚段夫人怜女慧,乞为养女,命名倩卿,教之诵诗,一过辄了了,十二岁作《西湖赋》,凡五千言,才标艳帜噪戚里。

樊夫人悔且妒,为其侄闻人某求婚于段。闻故暴横无赖,段夫人婉谢之。既而适邑名士项子才,项亦宦族,家中落。倩事姑惟孝,治事惟勤,闲与子才唱和,则钩心斗角不肯让。子才尝有事姑苏,口占一诗留别。倩立答之,叠和至四十馀章犹未已。子才对案挥毫,倚装不发,舟子促之三,始大笑出门去。倩复遣苍头追赠一章挑之,子才不能答。

闻涎倩艳,从子才游,微讽子才出妻。子才怒,叱绝之。闻大惭,诬告项氏为白莲教乱党,系子才狱。倩令苍头谓子才曰:"郎为妾故至此,妾心何安!幸谢郎,毋以妾为念。"夜引练带自经。婢觉,奔告项夫人,急解救始苏。

闻与狱吏谋,必杀子才以绝倩望。倩闻,捶胸惨痛,饮卤汁升许,涕泣拜辞项夫人曰:"媳妇不死,郎祸未艾,婆婆可怜,乞舍媳妇急救郎!"项夫人大惊曰:"媳妇何得造次,当别自议。"毒发,奋身自掷,十指挃地,血濡缕,然竟无恙。

俄闻子才瘐死狱中。倩曰："天乎，吾不能复生矣！"趋赴井。项夫人追抱之，曰："媳妇苦矣，独不为婆婆少缓须臾耶？"倩不得已，强起治丧，誓事姑以终馀年。闻亦无如何也。

期月，项夫人有侄邵某来谒姑，因留信宿。邵亦名士，钦倩志节，作《烈妇行》献倩。倩感甚，答一绝鸣谢。由是唱予和汝，诗筒如织，婢疲于奔命，文心相交，固结莫解，间杂俳谐，无猜无忌。邵将行，作《文君篇》，以相如自况。倩惶惑不能自持，乘夜逾垣从邵遁，留书谢项夫人。项夫人焚其书，讳不究。

邵挈倩入都，道出兖州，白莲教揭竿煽乱，齐、豫响应。逻骑掠倩并缚邵，献其魁。邵泥首乞命，倩怒，戟指大骂，嚼舌血喷魁面，魁令骈斩之。倩且行且骂，回顾邵战栗状，叱之曰："若枉男子，贻妇人羞，吾悔识若矣！"

邵既杀，忽传魁令，赦倩畀韦将军。即为群婢媪拥入一院落，修篁丛柳，回廊曲池，别一天地。婢媪添香送茗，杂沓左右。

顷之，传呼将军来，履声橐橐。将军者戎服入，望倩遥拜，且曰："齐、豫间峨博冠带麾下者何限，独一女子抗节不屈，愧杀哉！"倩他顾不答。将军叱婢媪出，自言韦姓，彦名，备官总镇。"彦不难一死以报国，顾寂寂者所不甘耳，宁隐忍以求济吾事，皇天后土，实鉴此心。夫人胆略智勇，管见一斑，天殆假手于夫人以靖国难，彦得附夫人之骥尾，蔑不济矣。夫人岂有意乎？"倩度韦无他，问计安在。韦耳语良久。倩诺，歃血定议。

翌日，韦引倩艳妆进于魁，因置酒大会，群盗咸集。魁令倩纠酒，一歌三醑，筝不停声，群盗颠倒尽醉。魁拥倩入房，一襁儿见倩嬉笑，扑倩怀索乳，倩抱儿昵就魁。魁乐甚，解衣磅礴而卧。倩悉屏诸侍妾，自闭门背灯兀坐，拍儿令勿啼。

夜半，残月在窗，城鸦乱飞，闻炮声殷殷然，倩乃置儿起。魁犹昵昵作呓语，倩漫答之，急拔床头剑直刺魁，热血射倩面。倩拭去，复力决魁首。已而火光烛天，阖城鼎沸，韦率官军排闼入矣。倩始出，以魁首交韦，仍返抱儿，与韦坐堂皇，籍其子女玉帛，惟所抱儿以倩故漏网。捷闻，韦以功擢提督，请假省墓。倩无所归，姑抱儿从韦偕返。

韦故闽人，有妻善妒，谓倩为贼妇，屏不齿。韦不得已，赠倩千金令别去。倩索一婢名阿兰者，使挈儿以行。惘惘出门，不知何适之善。南入粤，渡韩江，夜被盗劫，次潮州逆旅，进退维谷。久之，旅食无所偿，主人申逐客令。弱息睘睘，伛偻道左，有钱媪见而怜之，假馆授餐焉。倩感媪甚，以针黹佐薪水资。媪乃从容谓倩曰："娘子旅居，无一线眷属，岂长久计哉？娘子惯弄翰墨，当是女才子。何不宏开画阁，延揽人才，与此间诸名士角逐词坛，俾屈艳班香咸奔走于石榴裙下，而后妙选三五好儿郎，引为知心交，缓急有所恃，不强如为他人作嫁衣裳哉？"倩无词以答。

明日，媪复言："老身为娘子游扬于宏文社，诸名士无不愿一见娘子者。"倩惊曰："嘻！阿姥何卤莽乃尔！"媪笑曰："娘子太面重。"自是，韩江诸名士络绎请见，见者皆有贽，贽丰者酬一诗一画，薄者一茶而已。

有宏文社监课沙长甫者，倩怜其贫而才，独不受贽。沙黯甚，能以目听,以眉语,捧匜沃盥,事事可倩意,倩不能须臾离,留司内记室,俨伉俪焉。

一日,诸名士大会于宏文社。倩见沙作,辄红勒之。自戏作《祭鳄鱼赋》及《韩江竹枝词》以示沙,沙因就正于山长。山长曰:"斯轮老手也,诸君非其伦。"诸名士大惊,会议奉倩为宏文社盟主,位次山长。每会,倩严妆临社据高座,诸名士环侍称老师,请讲解题旨。文成,复捧卷呈正,阅无瑕,然后汇送山长。倩或拟作一卷,必弁诸首为多士程式。诸名士有梓其诗文稿者,必乞倩为之序,且大书简端曰:"女学士段倩卿夫子鉴定。"倩自著《锦云楼集》十二卷,续集四卷,未付梓,为书肆窃刊。两粤士大夫家圭臬奉之。

福宁梅太史,年少科第,读倩文,千里造访。倩一见倾倒,委身事之。沙妒其逼,谤倩于同社友生。倩忿曰:"卿事师有犯而无隐,非吾徒也。"以故益疏沙。而诸名士恒姗笑倩。倩不自安,会梅擢襄阳太守,倩将偕往,钱媪请举家相从,倩乃以兰归沙,使媪抚儿,从太守之任。

钱媪有子名昇,太守倚之如左右手,自与倩唱和,不治事。倩曰:"是速官谤也。"为之黜猾吏,惩奸民。太守听讼,倩乔妆男子服,侍案侧,片言立决,案无留牍,狱无稽囚。又授计钱昇选率干役,擒三十年之逋犯,而盗风熄。大吏以为能,三年以卓异举。

忽报白莲教馀孽流窜入境,太守惴惧。倩檄文武官分守四关,已则额巾腰刀,短衣窄袖,慷慨登陴当贼冲。贼架炮攻城,垣裂,守卒惊走,倩手斩走者一人,令昇空棺实土障溃处,城复完。太守但在署课儿读，命衙役探报贼耗。贼薄城营，倩遣健儿夜缒城入营，顺风纵火。贼乱，自蹂践相杀死者数千，犹未退，复联络民团，内外夹击，始仓皇遁。

倩望见黄袍贼，自发大炮殪之，伏尸如山，获刀仗铠甲无算。奏凯旋署，百姓夹道焚香罗拜，太守降阶躬迓而入。文武官诣辕献俘，倩竟坦然受之，太守怩颜慰劳而已。越七日，谍报白莲教主统大队压境，声言寻仇。倩骤闻失色，既登陴望贼氛恶，则又笑曰："狐鼠耳，不足忧也。"部署文武，竟自归署，据床酣寝，太守呼之不应。夜半始起，傍徨绕室中，唏嘘太息，不知何为，达旦，忽切齿怒曰："倩卿，倩卿！安得为腥腥儿作生活哉！"于是整衣出，令吏盛治供帐，而置酒为太守寿，自检针缝革囊。太守曰："寇深矣，若之何？"倩笑曰："吾自有计。"

及晡，贼警益逼，文武官诣辕请令。倩传令退休，太守不敢诘，醉而卧。倩徐起，窥镜掠鬓匀脂粉，紫袄绣裆，束芙蓉绡，顾残酒连举三巨觥，拔佩刀就灯下拂拭之，竟搴袖揭帐，枭太守首，贮革囊，扃其室。呼仆绾马，挂囊马首，单骑出北城，月色昏黄，柝声四起，径诣贼营称"谒大王"。贼拥入帐，倩敛袵拜曰："大王应天顺人，提三尺剑取天下，顾谁与共天下者？妾才可以佐征诛，妾貌可以充妃嫔。昨闻大王来，妾乃私心窃喜，谨具襄阳十万户，再拜献大王帐下，惟大王辱收焉。"出革囊，捧太守首跪进王。王大喜，挥兵临城，不攻而克。

倩引王直入官廨，呼吏具筵宴，出紫金盏酌王，呼万岁，自搊琵琶歌俚曲为王娱。王悦甚，倩因丐王出太守尸，葬之以礼，已，复说王曰："妾侍大王左右，不过一婢子耳，若执干戈为前驱，恐兵气不扬，为大王累。不若置妾于天津要隘，为大王号召英杰，储积糗粮，布威信于天下。大王略定中原，义旗北指，妾当与大王会猎于燕都城下，然后卸甲乾清宫，沐皇恩而濡帝泽。惟大王图之。"王慨然曰："嗟乎！此天赐我娘子军也。"

居五日，倩辞王将行。王大设以饯之。酒三行，倩捧卮泣拜曰："妾行矣，愿大王毋念妾，妾必有以报大王。"王执手呜咽，左右皆歔欷，莫敢仰视。

王选健儿五人从倩去。倩挈儿与钱升母子俱发，北至河上，夜于舟中醉健儿酒，以佩刀授钱升，示以意。升手颤，倩奋袖夺刀而前，斩其三。刃缺，手亦颤，急易刃以左手，始戡而弃于河。既渡，折而西，绕道入蜀，止于成都。出襄阳宦囊所积金，置沃壤，治甲第，居然大家矣。

成都人妒其富，且疑之。倩寓书于潮州，呼沙长甫挈眷来蜀。沙自倩去，家益贫，阿兰为质金钗以成行。既至，倩为谋，女兰而婿沙，馆诸西院，令儿师沙课举子业。儿七岁，慧甚，《论语》成诵矣。倩以儿从己姓为纽，名之嗣宗。

居数年，大乱咸平，天下安堵，倩命沙权主家政，而辅之以钱升；自与钱媪率仆婢买舟归武陵。询戚族，惟项夫人在，鹤发牛衣，匍匐灶下。倩伏地抱膝，号恸欲绝，但言："媳妇万死，令婆婆至此！"项夫人抚倩肩背，哭不能言，良久始道："媳妇去后，白莲下窜，万户一炬，段夫人死兵燹，槀葬葛岭下。"倩曰："是皆媳妇之罪也。"

倩于是往祭段夫人,而奉项夫人以归。北抵金陵,访钮氏,不得。道出山东,舍舟而陆,闻韦彦以罣误未补官,访诸省会,相见汍澜。韦以犹子礼事项夫人,盛设款宴,而置酒于别室,独与倩饮,各述往事。

韦言妻死子殇,一官万里,欲留倩理内务。倩不肯,反教韦弃官往蜀,"我家即君家也。"韦亦不可,议不决。夜分入帏,唧唧私语。倩骂韦:"无情郎忍不一顾我!"韦不得已,请假五月从倩返。至家,倩以正寝居项夫人,而馆韦于东院。沙长甫亦屈意事韦,内外上下无间言。

嗣宗少长,能文,从成都诸名士游。诸名士目之为"文坛小飞将"。沙为通贿于太学生钮子贤,纂入钮氏宗谱,遂以成都籍入庠。

倩令沙与嗣宗入都应顺天试,而日与韦纵酒,强拉阿兰入座。猜枚射覆,喧呶笑谑,声彻堂上。项夫人亦闻之,不问也。久而益肆,一黠婢名红儿为觥录事,群婢繁弦急管,呜呜歌秦声侑酒。入夜,张锦幄,灯火如昼,衣香鬓影,氤氲氲氲,与笙歌相缭绕。倩䙆兰以冕旒龙衮为明皇,自为醉杨妃,作华清出浴妆,演《长生殿·小宴》一折,令韦为高力士。宫娥跪进杨妃酒,倩忽顾令高力士代饮,韦骇,笑走不顾。倩令宫娥夹持之,将灌其耳。韦急曰:"我饮,我饮!"红儿唱谢恩,韦即叩头呼万岁,倩笑不能仰。韦屈一膝,正色曰:"娘娘无礼,万岁宜遣奴婢以薄笨车送归寿邸。"众哄堂。倩醉甚,不复终曲,兰掖之入房。韦为倩缓裳褪舄;因调兰,竟聚麀焉。

韦留四月馀,将行,愁叹于倩侧。倩知之,沃碧玉斗酌韦,曰:"生平三五知己,惟君在耳。我不能往,君不能来,不知何时复得相见!"相对凄怆,惨不成欢。明日,倩出千金壮行色,又脱汗衫亲着韦,泣而曰:"见衫如见我也。"韦既去,倩不复饮酒。

嗣宗捷礼部,报至家,项夫人大喜,而倩终忽忽若有所失。嗣宗寓京邸,耽狎邪游,沙不能禁。明年南宫报罢,恋恋不欲归,沙密书告倩。倩怒,遗书责之曰:"若父不幸早世,若茕茕鲜兄弟,若祖母暨母惟若是赖。祖宗之灵,如天之福,一举及第,若乃逾闲荡检,为门户忧。若即不自爱,独不念若母乎?独不念若祖母乎?且若犹记九岁时篝灯读《春秋》不熟,若母不忍若勤苦,纺绩佐若课,夜夜闻乌啼声,若祖母寝不安席,五夜虑若饥,自起炊饼啖若乎?"

嗣宗得书感泣,即日束装从沙归,拜见祖母,趋母所,伏地捧倩足痛哭,陈悔悟状。倩亦泣而慰藉之,又急为缔姻于御史涪州尹大受之女。

嗣宗年十八,恩科捷南宫,入翰林,请旨归娶。新妇尹姑,婉丽亦能文,事倩如母。明年,举一雄,名曰祖荫,祝项夫人也。

嗣宗服官都中,时周尚书声势烜赫,尹大受其门下士,嗣宗夤缘拜小门生,且为祖荫求婚其女孙,遂以尚书力迁给事中。于是倩以田宅、钱货、丁口簿籍付尹姑,曰:"吾今含饴弄孙,不复关家政矣。"

尹姑既受命,倩日唤撮弄、般运、角觚、评话、弹词等杂剧演阶下,抱祖荫凭栏观听,以自消遣,既而弃去,萧然有远游之志。乃裹粮襆被,从一赤脚婢,篮舆入峨嵋。抵山趾,舍舆而步,扪萝攀葛,如猱而升,历八九峰。潺潺者泉,清澈鉴眉目;谡谡者松,如夭矫龙奋爪攫拿。日暮,聚落叶展襆卧崖畔。夜半,忽闻千军万马,崩腾砰湃,倏飒冲突而至,惊起四顾,则残月隐林隙,乌鹊不飞,寻其声起山下,风过而峡鸣也。

倩乐,蹴婢,鼾不起,自徬徨久之。东方白矣,天光甑然,大雾蓊起,拉婢登崖,出雾背者三尺。云族四出,往来匼匝,浩浩渺渺,一望千里。婢跃舞大叫,倩怪问,婢曰:"如此好天地,那得不令奴欢喜!"倩大笑。

日出雾消,望见最高峰瀑布一道界其腰,倩指曰:"此必佳境。"婢欣然去,峰崷崒,循级而上,倩足及婢肩,峰半,磴愈仄,受足不一尺,扪壁禹步,造其巅。东望蜀江一线,环绕如襟带;西望倮僰诸蛮在咫尺间,而向来诸峰皆嗒嵝矣。婢曰:"有村落焉,炊烟缕缕不绝。"倩曰:"树也。"婢曰:"有怪兽焉,狰狞踞前峰上。"倩曰:"石也。"婢曰:"有浮屠焉,突兀插天际。"倩曰:"峰也。"千态万状,目不暇给。夕阳在树,犹依依不忍去。

忽闻松篁间窸窣作声,倩与婢回首愕顾。突一老僧曳杖出,见倩合十曰:"娘子无恙,亦识老僧否?"倩视僧非他,乃白莲教主,惊悸失措,支吾久之,始作喜状曰:"闻大王捐躯靖难,今尚在人间耶?"僧笑曰:"娘子饥矣,盍顾我。"

倩不得已,从去。峰回磴转,一石室方丈,土灶支岩,獐兔熟矣;瓦罂挂壁,白酒湛然。僧席地中坐,令倩与婢分左右坐,各饱啖讫。僧掀髯曰:"老僧待娘子久矣,幸为老僧了一劫。"倩问:"何谓也?"僧曰:"老僧惑图谶,奋袖田亩,纵横半天下,罪戾滋重,晚盖靡及,愿伏斧锧以谢天下。"遂出佩剑,血腥犹莹莹然,自伸颈令倩刺。倩骇曰:

"大王修真了道,徜徉天年,此亦英雄末路之所为,何至求死妇人,为天下笑。"僧曰:"此非娘子所知。娘子爱我者,娘子一挥手,则老僧受赐多矣。"倩受剑,终忸怩谢不敢。僧哂曰:"娘子辣手安在,乃不能决一降王之头?"倩闻言,爽然若失,因出尺帛蒙僧面,始挈剑而刺之。

僧既死,趺坐不仆。婢狷缩阶下。倩出视,月东升矣。鬼啸猿嗥,凄动心魄,呼婢舁石,实其室令满,而以剑刻石题姓名,皇皇终夜,哭拜而别。

倩颡泄如雨,面无人色,急与婢寻径归。至家,又恍惚不宁者累日。红儿乘间进卮酒,倩饮而醉,醉而卧,陶然乐之。

会韦书来,遗倩熊掌驼峰,豹胎猩唇。倩按《食谱》自燔炙而餍饫之。惜酒不得佳者,令干仆四出求名酒;且厚赏渔者,猎者,令时献水陆异味。倩谓:"八珍浪得名耳,独鱼为上上品,酒则锦江春第一,小蜂蜜和蔗浆次之。"倩又私语红儿曰:"吾夜梦大王冕旒迎我而笑,又梦老僧舞剑山中。吾闻佛家有忏悔法,吾将持《多心经》矣。"遂屏荤酒,朝暮喃喃诵《多心经》。暇则摭拾羲、轩时事,作说部一百回,复改纂生平诗文,自序付梓,题曰"段倩卿全集"若干卷,"别编诗馀"八卷,"传奇"四种,"鸟兽虫鱼谱"十六卷,"随笔"二十四卷,命阿兰、尹姑分校。

忽祖荫以惊风一夕殇,尹姑哭告倩。倩急摇手戒家人弗声,潜瘗诸屋后蔬圃,别取钱升三岁儿,令尹姑抚字之为祖荫。因资遣钱媪一家归粤。

尹姑以痛儿病，倩别命沙续校。而倩亦病，心摇摇如悬旌，面赤吻燥，夜不能寐。沙与兰侍汤药，犹坐床侧校不辍。倩怜之，病少间，令沙值寝，修旧好也。洎乎全集刊竣，倩覆勘不当意，曰："是乌足以为吾重！"遂束高阁，咄咄不乐。红儿谏曰："人生行乐耳，自苦奚为哉？"因以铅汞之说进于倩，倩笑置之。沙亦曰："灶下黑奴，天后之薛怀义也，弃置不御，亦可谓暴殄天物也已！"

倩色动，夜令红儿引黑儿入闼，一接大悦，谓沙曰："吾乃今而后知天地之大也。"沙曰："何谓也？"倩曰："星辰日月之流行，雷雨风云之变化，以至三江之浩荡，五岳之崔巍，蓬莱、弱水之缥缈迷离，可望而不可即者，莫不于枕籍间得之矣！"沙叹曰："旨哉斯言！"

于是倩筑室于蔬圃隙地，居诸婢之能歌者，使凝妆倚门诱少年为乱，择壮伟进于倩。倩次第其上下床，上者禁脔不得近，下者泽及诸婢。荒淫期年，髓枯肌槁，神志瞀乱，昼夜不得眠，医者辞不药。倩知疾亟，检服御珍玩赠少年歌婢而遣去之，飞书都中呼嗣宗归，命之曰："善事若祖父母，勿哀毁灭性，贻九原忧。"再命曰："割某庄田八百亩，建成都书院；发某典钱三千万，赈济豫饥民。此二大事，谨志之。"三命曰："必葬我峨嵋山麓，植梅花万株墓道间，勿惑堪舆，勿延僧道。"遂以某月日疾终内寝。

姑项夫人哭之恸。子嗣宗躃踊号啕，缞麻卧苫块。媳尹姑、女阿兰伏灵帏啜泣。孙祖荫呱呱膝下。婿沙长甫泪如血。一家内外上下，哀戚尽礼。及殡，太亲家周尚书祭，亲家尹大受祭，表弟韦彦祭，宗侄钮子贤祭，嗣宗之同年同寅皆致祭。少年黑奴等祭，曰"沐恩义男",歌婢红儿等祭,曰"沐恩女弟子"。棚阁云连,旛幢翳天日,夹道观者咸啧啧。

成都太学诸生相谓曰:"钮太夫人有大功德于乡里,宜有以坊表之。"倡议摊捐建钮太夫人庙于峨嵋山上,中塑倩像,旁列者为尹姑、阿兰。载之祀典,春秋报赛以为常。嗣宗辞不获。既落成,箫鼓迎像,成都士女香火祷祝,络绎如归市。至今驱车过峨嵋山下者,犹以鞭指金碧楼阁为钮家庙云。

天目山樵曰:"吾不知作者胸中有几斗块垒,乃下笔记段倩卿事!"蕲生曰:"吾尝见友生扇头书倩卿《韩江竹枝词》,犹记'蜑雨蛮风归不得,箫声呼起绛桃魂'二句。"

蕊珠宫仙史小引

蕊珠宫仙史，百环髻，重台履，退红云罗帔，亭亭玉立，望之如神仙中人。其母侠女也，好结客，酒池肉林，履舄交错。客或请一见仙史，母令幼女入白，仙史辞，母自强挟之出，则颐红欲涡，眉翠不画，若不胜幽怨者。客品头题足，颠倒不知所为。仙史恚甚，怼其母。母谢客，率二女屏居蕊珠宫，朝夕斋鱼粥鼓声相闻，泊如也。

云锦公孙负灵均之忧，幅巾茧袍，从一奚奴，载果罍酒榼，往听黄鹂声。过蕊珠宫，见仙史于荼䕷花下，脉脉无言，心心相印，如珊瑚碧树，掩映庭除。母自碧纱窥见，抵掌呼曰："何处大胆郎君，践人闺闼！"公孙惊却退，母笑曳入室，治具款之。仙史不能饮，以茗代。公孙口占一律，中一联云："碧玉小家犹待字，郁金少妇是同庚。"仙史次韵答之，更唱迭和至十余章，押"庚"字，有"香国前身荀奉倩，玉堂小劫李长庚"，"石化望夫衔杜宇，津迷妒妇买仓庚"，"织女机丝抽乙乙，紫姑钗盒卜庚庚"之句。公孙曰："卿咳唾皆珠玉，真粲花舌也！"母曰："老身不识一'丁'字，当呼小妮子来。"遂去。

顷之，一垂髫女郎搴帘入，依仙史肘下。仙史曰："妹子作么生，发蓬蓬乃尔？"女摇首曰："不作么生。"公孙曰："此卿妹子耶？年几何矣？"仙史曰："妹子字玉芙，年十四矣，憨跳如婴儿，君不齿冷耶？"公孙曰："'秋水为神玉为骨，芙蓉如面柳如眉'，可为卿咏。"玉芙曰：

"割裂名字,颠倒参差,当浮一大白。"公孙辞不能。玉芙曰:"请以曩言为令,举一美人名,集唐、宋诗二句,裁对不工,填字不整者,罚。"公孙曰:"诺。我便说碧玉。集玉溪生诗:'碧草暗侵穿苑路,玉琴时动倚窗弦。'(李商隐)"玉芙曰:"绛桃为昌黎婢。集刘克庄、徐中行诗:'老年绛帐聊开讲'(刘克庄),'家住桃源稳卜居'(徐中行)。"仙史曰:"《无双谱》不当遗刘无双。集玉局、青莲诗:'无数云山供点笔'(苏轼),'双悬日月照乾坤'(李白)。"公孙曰:"可怜金谷坠楼人。集韦庄、白居易诗:'为我尊前横绿绮'(韦庄),'偶然楼上卷珠帘'(白居易)。"玉芙曰:"绿珠可对紫玉。集卢纶、王仲衡诗:'紫陌夜深槐露滴'(卢纶),'玉堂昼永暑风微'(王仲衡)。"仙史曰:"此令大难,吾不说矣。"

公孙更请易者。玉芙曰:"只说一字,分一为三,异声而同韵。"公孙曰:"如何?"玉芙曰:"如一'谖'(十三元)字,分之为'言''爰''谖',三字各一声而同属元韵。"公孙曰:"我说'碧'(十一陌)字,'珀''石''碧'皆陌韵。"仙史曰:"我说'簇'(一屋)字,皆屋韵。"玉芙曰:"我说阳韵'琅'(七阳)字。"公孙曰:"我说'虹'(一东)字。"玉芙曰:"虫音卉,当罚。"公孙曰:"玉旁作王,不当罚耶?"一笑而罢。

玉芙健谈,极诙诡,尺牍觯政,猜枚射覆,靡不精妙。仙史谈词雅对,含情邈然,如嚼橄榄,如啖江瑶柱,然亦谐甚。玉芙娓娓千百言。仙史初嘿嘿,徐出片语中肯綮,玉芙哑然失笑不自禁。仙史遇公孙厚,善揣公孙意而不令知。公孙私谢之,辄不承,乱以他语。虽密迩如伉俪,而俨容庄语,终不及乱。

公孙时以一诗挑之。仙史置不甚览,若不解者。公孙以是思念懊恨,久之,而怏怏病矣。仙史令侍儿往视公孙,得其情,大不忍,商诸母,检云母笺,题回文《菩萨蛮》上阕寄公孙,令足成之。其词云:"笛楼高处何寥寂,寂寥何处高楼笛?来日即花开,开花即日来。"公孙得词狂喜,续下阕云:"暮云溪外树,树外溪云暮。明月逐人行,行人逐月明。"

　　明日,公孙过访蕊珠宫。母逆诸门,曰:"痴儿情急矣!"径引之登西楼。仙史坐海红罗帐中,唤之不出,母自扶令隅坐。须臾,罗绮云从,脸炙雾沛。母起,抚公孙背曰:"好为之,毋负老身一片婆心也。"下楼去。

　　仙史微窥公孙,公孙举杯相属,睛光一掷,双眥荧荧,垂首拈带,默不一语。玉芙蹑足隐仙史后,张两手示公孙揶揄之。公孙笑而起,漫推窗曰:"枇杷晚翠也。"玉芙突起曰:"我出一令。"仙史愠曰:"婢子吓煞人!"飞一觥罚之。玉芙笑引觞曰:"举《千字文》一句,贯《西厢记》、时宪书,要叶韵,如枇杷晚翠,晓来谁染霜林醉?赤黄紫。"仙史曰:"此何难!驱毂振缨,听杜宇一声声,不宜出行。"公孙曰:"辰宿列张,一天星斗焕文章,金匮玉堂。"仙史曰:"自是瀛洲学士语,我辈殊寒乞相。"玉芙曰:"此何难!束带矜庄,吏部尚书多名望,宜上表章。吏部尚书不较翰林先生冠冕多耶?"仙史曰:"利嘴该打!亲戚故旧,画堂箫鼓鸣春昼,宜结婚姻会亲友。"玉芙曰:"阿姊红鸾动矣。"仙史骈两指击其腕,曰:"犹尔耶!"玉芙笑脱走,遥伸手作势曰:"假惺惺勿作态,少间两口儿成亲也。"

仙史遽起,欲拧其嘴,联翩下楼。公孙亦离席,令侍儿撤筵卷闑,烧双红烛如臂。久之,漏声丁丁然,三星照秋千院宇。仙史姗姗来,悄问:"睡乎?"公孙曰:"未也。"仙史移烛入帏,出罗绡覆几。公孙微喻其旨,走笔赋定情词一章,分唐帝之金钿,献温家之玉镜,五百年风流公案一笔勾矣。于是公孙居西楼累月。

仙史能诗古文辞,有所作,自以蝇头小楷录存之。已而辑为一卷,覆校不当意,辄焚弃之。既焚则必悔,悔而复作。精音律,善琴,尝按琴曲填工尺,令玉芙以洞箫和之,作《琴箫合谱》。又善歌,不轻发声,虽公孙不得闻,然闻玉芙歌,辄摘其误而厘正之。第荏弱,力不能运肢体,愁艳幽邃,鬓垂黛接,其常度也。一日,意不适,凝妆拥衾。母问:"儿病乎?"曰:"儿无病。"母拍咻之,曰:"儿乐与郎君戏,亦自任也。"顾公孙曰:"妮子惯娇惰,大累煞人,幸郎君善视之,莫事卤莽,令妮子气苦。"公孙目视仙史,微笑不答。玉芙曰:"阿母亦大小心! 几曾见裙带间事要阿母赞一筹者!"母笑曰:"老身饶舌,笑煞郎君矣!"

母去。玉芙袖一纸授公孙,曰:"吾为阿姊拟一方,请参酌之。"上平列八药名,曰:天南星(丈人),防风(司马牛),荆芥(棘子成),马兜铃(毕战),车前(接舆),千金子(王孙贾),干姜(陈辛),路路通(屋庐连);左书"各隐一《四书》人名"。公孙捉笔旁注丈人、司马牛、棘子成、毕战、接舆、王孙贾、陈辛、屋庐连,问玉芙然否;复书一律于其后,曰:"故乡红豆最相思(南子),满眼韶光二月时(景春)。京兆燕支翻画本(朱张),太真妆束损腰肢(瘠环)。桃花尽日浑无语(长息),

杨柳当年绰有姿(张仪)。前度刘郎开径望(晨门),剪刀风信报春迟(泄柳)。"玉芙曰:"此亦南子、景春、朱张、瘠环、长息、张仪、晨门、泄柳八人名。关会一何巧耶!"

翌日,仙史起,玉芙出灯谜示仙史。仙史曰:"此亦得为令否?"玉芙曰:"可以《四书》一句贯《水浒传》一百八人名。"公孙曰:"此自旧令。前人有'日月逝矣'时迁';曾子曰唯,'鲁达'"二条。为之继者,不亦难乎?"仙史曰:"姑试为之。"玉芙曰:"我先吹起铁叫子来。如鼓瑟琴,'乐和'。"公孙曰:"从大夫之后,'武松'。"仙史曰:"服周之冕,'戴宗'。"公孙曰:"玉盒子底配玉盒子盖,压倒花和尚矣!足矣,虽有佳语,不是过矣。"遂罢。

及公孙赴试金陵,买舟束装,往辞仙史。仙史之母饯公孙于西楼。公孙曰:"今日行何令?"仙史曰:"不栉进士,不解咕哔体裁,请一效颦可乎?"公孙曰:"何谓也?"仙史曰:"举眼前物命题,集《四书》二句,作一破。"公孙随指笔为题。仙史曰:"鲁班门前掉大斧,莫要笑否?'拔一毛而利天下,可以为文矣'(笔)。我便出砚。"公孙曰:"'一卷石之多,其取友必端矣'(砚)。"

适舟子索川资,公孙出番面银钱与之,遂以番钱为题。玉芙熟视良久,矍然曰:"我得之矣!'不能成方员,未有孔子也'(番钱)。"公孙拍案叫绝。然而相对凄怆,醉不成欢。

日晡而公孙行矣。抵金陵,寓桃叶渡,余与同邸。公孙作歌寄仙史,余读而征其事。公孙缅述甚悉,嘱余为之记。既脱稿,谓公孙曰:"斯文散漫无收束,他日当为君续作前后记。但愿君莫学张君瑞,令吾文落《会真记》窠臼。"其长歌曰：

淡烟楼阁摇疏钟，桃花人面年年红。
夹道鸾花竞箫鼓，江南无处无春风。
柳絮横桥夕阳渡，曲栏低亚回廊互。
琵琶门巷乳莺饥，鹦鹉帘栊睡猧怒。
珊珊环珮回云辁，手把一朵瑶池莲。
明珠十斛不敢献，霞光抱月照四筵。
脉脉含情不回首，一腔春思浓于酒。
脸晕羞红妒杏花，眉凝愁翠欺杨柳。
珊瑚钩系珍珠絛，凤头鞋子重台高。
合欢裤花白菡萏，流苏带结青葡萄。
冰雪为肌玉为骨，琴心雪句清且越。
助妆阿母怜赐花，添香侍儿学拜月。
同心锦字璇玑文，汗光脂泽香氤氲。
氍毹不温麝脐烬，赠我一握巫山云。
月明二八星三五，丁丁漏水冬冬鼓。
靓妆在臂香在衣，玉枕犹横燕钗股。
我为蝴蝶卿为花，画栏珠箔是我家。
朝朝暮暮醉春色，梦魂不度秋千斜。
侬颜如花怨啼鸟，郎心如蝶迷芳草。
秋娘一曲《金缕衣》，等闲风月辜年少。
橹声欸乃芦花汀，笙囊寂寞玻璃屏。

鸳鸯三十六飞去,王孙之草何青青?
银烛高烧海棠睡,薄荷香重狸奴醉。
燕子不来花乱飞,一缄遥寄青衫泪。
我愁霜鬓卿未知,卿瘦玉颜令我思。
何当载酒共明月,却话剪烛西窗时!
侬心与月随郎去,月照郎心与侬语。
关山断雁叫西风,小楼月落郎何处?

双龙钏铭并序

官媒潘媪，出入官绅闺阃。其子阿长，银工也，尝为乡宦张氏作金钏，双龙夭矫若飞动，尾镌作者名。

一日，媪偶诣张夫人絮话。夫人以女病，留媪佐家政。张翁恶佛、老如寇雠。女病甚，夫人私出金钏，令干仆持向庵院忏佛祈福。翌晨，仆以疏纸归报。病旋瘳，媪辞而归。适东邻土娼乔妆倚门首，手招媪与语，臂钏锵然作声。媪因索观，识为张氏物，问何来。曰："是缠臂而缠头耳。"媪心知仆，但默默。

阿长夜起如厕，见西邻无赖子踞墙头。呼问何作，则摇手。长畏其暴，潜闭户寝。明日，喧传娼家失盗金钏等物。母子私相告，戒勿泄。

岁暮，长有事南乡，渡黄浦，同舟囊家以金钏示长曰："无赖某将以偿博债，值几何矣？"长知张氏物，曰："吾昔手制也，值百贯。"囊家大喜，舟抵岸，争先登，滑跶倾跌，晚潮汹涌，顺流西下。急呼渔舟救起，则金龙悠然逝矣。

越十馀年，张翁抱孙，缔姻于南乡儒医顾氏，媪为之媒。顾因荐媪于某大户司内庖，又荐长于银楼会计。有古董客寓银楼下，烂铜碎玉，罗列几案。长尝过谈，瞥见玻瓷罩双钏，似张氏物，而土花斑驳，鳞爪隐现；及审镌字良确，问安得此。客曰："出自黄浦渔父网中，余以足陌钱得之。"长曰："嘻！尔大福哉！"乃为一磨治，竟灿灿矣。客惊喜,遽怀出求售,暮而归,神气沮丧。长问何如,客顿足曰:"莫说,莫说!道遗之矣。"相与扼腕无如何。

是夜,大户司阍者大言曰:"毋怪相士言运大佳,顷市上归,紫姑姑怜我戆,赐我金,会当牲帛答神贶。"袖掷双金钏几上,众啧啧。媪拾视,惊曰:"此张氏物,我识之。尔速弃,不然,且祟尔!"阍者哂曰:"婆子直梦呓,张氏物能不胫走百十里耶?"阍者典钏于质库,箫鼓赛神,大醉裸卧,因病疫,辞大户归,传染母妻子女,邀顾翁治之,三月,金尽而病愈。媪曰:"何如!不有钏,安得病。"

未几,媪亦病。阍者曰:"何如!虽有病,安得钏。"大户令长扶母归。媪问阍者购质券,将献张夫人。阍者曰:"质库闭矣,安用券为?"

媪既归,病若失;因入县署请小夫人安,遇总管邀入室,密言"主人盛怒,将黜退余。乞小夫人为缓颊,出明珠百颗,不腆为小夫人寿"。媪见小夫人,具述总管意。小夫人怒曰:"若多受质库金,而以戋戋者给我耶!"媪跽跄出,总管复出双金钏,介媪进。小夫人始笑而诺。

他日,小夫人入郡署,问郡夫人病。媪闻,亦往请郡夫人安。谈次,女公子见小夫人钏,把臂玩弄,爱不能置。小夫人慨脱相赠,女公子大喜鸣谢。小夫人辞去,媪留侍汤药。郡夫人病日起,而女公子忽以暴病殂。郡夫人悼甚,检生平服御为殉。会太守挂冠去,葬女南山之阳。于是伏龙卧南阳者十馀年。迨粤寇告警,盗贼蜂起,有夜发南山太守女墓者,媪闻,骇叹而已。

顾念避寇携细弱为累,令媪往说张翁,完儿女事。张翁然之,卜吉焉。顾令长作钗环数事,工竣,长赍往,则聘医之使者负行李在门,顾已倚棹河干矣。长交钗环讫，顾拉长作旅伴。舟发，出黄浦，直达吴淞江口，使者挟顾及长登海艘。怪问何往，不答。乘风扬帆，海天茫茫，渺不知其所止。历三昼夜，抵一岛，竹树环匝，楼阁褷宠，烟火千百家。顾惴惴，与长涉其巅。甲第如王者居，主人葛巾野服，揖客于堂，曰："寡女不幸，病且殆，惟先生活之。"令侍姬引顾入闺闼，销金帐底，露玉指纤如削。顾诊毕，疏方而出。浃辰，病竟瘳。主人喜，盛设款顾；别宴长于庑下。

酒酣，主人左顾颐动，一姬趋而入。少顷，环珮玲珑，绡縠参差，群姬拥一女子出。主人曰："先生汝再生父，毋腼腆。"施红氍毹，女子四拜呼"义父"。主人留顾治岛民疾，顾以嫁女辞。女子脱臂钏云："为阿姊助妆。"

顾却不获，便起言别，主人令前使者送先生。复乘海艘，至吴淞江口，使者反命，顾独与长买舟归。长见钏，惊愕曰："嘻，金碗复出人间矣！主人岂剽墓贼耶？"顾戒毋妄言。

及亲迎之夕，媪率彩舆登张氏堂，合卺成礼。花烛在房，管弦在户，四座皆亲朋。新妇拜见太公婆，张夫人偶睹新妇臂上钏，双龙尚夭矫，惟金色黯淡；审龙尾有"潘长"二字，讶似故物。媪忽矍然起，抵掌曰："噫，龙有灵矣！流离转徙于三十年间，而卒归其故主，岂非天哉，岂非天哉！"爰历述往事，闻者咋舌太息。张翁荐钏于庙而为之铭曰：

天地之间，物各有主；非我所有，一毫莫取。

龙而有知，舍我谁归？子子孙孙，永宝用之。

欢 喜 佛

月儿,齐娼女也,姿首甲闾里,发黝黑如漆,双翘不盈握。十四岁,为无赖子阿囡诱入非想庵,强奸焉。月儿嚎叫无应者,竭力撑拒不胜,为所污。事讫,月儿曰:"若何为者! 若见爱,亦大佳。若明日来我家拜见我母,好合有日也。"阿囡疑,不敢往。

一日,月儿乘舆出,道遇阿囡,引归家,厉声责之,且怨且愤。阿囡自挞其颊,始欢好,自是日往来。母知之,令月儿梳笼,月儿辞。母怒,禁阿囡不得入门,而月儿自若也。

其东邻徐都宪之公子逃塾,耽狎邪游。都宪戒之,不听,怒挞而逐之。公子无所归,匍伏门外,哭失声。月儿闻之,矍然曰:"何声之悲也!"出见公子,问所苦,公子呜咽不能语。月儿大悲,抱公子项以入,顾谓母曰:"母不欲得钱树子耶? 徐公子自是天上人,顾获谴于其父,不得近,愿我母饮食之,宾兴伊迩,公子才藻当有知者,捷则母得值,儿亦有以报母矣。"母韪之,舍公子于别院。

公子伤重疮溃,臭秽不可迩。月儿自拂拭吮咂之。公子感甚,泥首于枕为谢。月儿俟其瘳,日课之读如严师,夜荐寝俨伉俪焉。阿囡妒甚,纠诸无赖子乘夜排闼入。母惊逸,将犯公子。月儿跃起,呼阿囡曰:"若何为者! 若敢损公子一毛发,我血溅若衣矣!"攫剪刀自拟其喉。阿囡惧,不敢前。月儿曰:"若去矣! 若有言,明日会曩所。"

诸无赖子无如何,与阿囡一哄去。

明日,月儿独赴非想庵会阿囡,因曰:"我何负于若?我所不得于母心者,徒以若耳。若有心,请俟异日。"阿囡要之盟而别。

既而徐公子赴省试,月儿典钏珥送之行。灯花鹊喜,朝暮皇皇,比泥金帖至,一家欢跃。公子归,诣月儿拜之,月儿以鼓乐送诸其家。徐翁大喜,自往谢,求月儿为子妇。月儿笑曰:"儿岂公子偶耶,翁休矣!"母怼其迂,月儿终不许。徐翁报之千金,母乃大慰。

月儿召阿囡与议,令委禽焉。阿囡贫,不能备礼,竟不果。于是月儿名噪甚,世家豪族争求婚,而卒无当者。

同里宋部郎之仆曰陆升者,自媒于月儿。月儿曰:"是吾偶也。"诺之。升择吉迎娶,引见宋部郎。部郎见月儿艳,惊绝。他日,独召月儿絮絮语不休,月儿微笑不答。部郎知可动,令升赍书闽、粤,而夜诣其家。月儿纳之。部郎昵月儿甚,日调笑为乐,度升将归始去。升微闻之,以问月儿,月儿具实告。升怒,缚月儿悬于梁,鞭之三百。月儿愠曰:"我何负於若,若乃挫辱我,我必告若主人!"升愈怒,以针刺其股,血淋漓,月儿闭目不一呻。升去,邻媪入,解其缚。月儿忍痛急走告部郎,部郎笑曰:"升敢尔,吾有以处升矣!"

月儿裂裈示以股,曰:"我以若故,狼藉殆死;若无一言相慰而笑,何也?"部郎谢过。月儿曰:"我所以告若者,欲令若知我痛耳,非敢仇我夫也。若第婉谕之,俾毋虐我足矣。"部郎佯诺。

比月儿去,而部郎令豪奴七八辈,缚陆升于市,送诸县,诬为盗。县官不容辨,榜掠惨酷,两踝肉尽脱。月儿闻之,已下狱矣,复趋告部郎,而门闭不得入;坐阶下大哭。行道者问得故,皆唏嘘为泣下。

部郎患之,阴令婢媪扶归其家。部郎亲往慰劝,令毋自苦。月儿哭曰:"我何罪?我夫复何罪?若不慊于我夫,杖之梏之亦惟若,必欲得而甘心焉,则刀锯鼎镬,受戮若前,若之惠也;假手于狱吏奚为者!且若计亦左矣,若将使我熟视其夫之死而靦颜以事若耶?即事若矣,而死一夫易一夫,若独何心能晏然已耶!"部郎忸怩不能答而去。

月儿日夜哭不绝声。阿囡叩门唁之,月儿为述颠末。阿囡曰:"此亦大快事,何哭为!"月儿唾其面。阿囡曰:"哭复何用!非我,谁为若复斯仇者?"竟绝裾去。

夜半,阿囡挟匕首逾垣入部郎家,揕部郎之头而囊之出,以示月儿。月儿审视惊绝,呼曰:"若奈何戕我主人,若陷我矣!"阿囡惧,欲遁,月儿抱持之。邻舍闻声集视,拘入县。县官心知其故,囚阿囡而释陆升。月儿曰:"是为吾故也。"日探阿囡于狱,且纳橐饘焉。

升亦德阿囡甚,为之上下营救。月儿大怒,骂曰:"是戕若主人,若不仇而德之,若真无人心者!吾不若夫矣!"走归依母居。

徐公子既娶而鳏,招月儿至家司内记室,修旧好焉。公子召陆升舍诸庑下,升以公子力出阿囡,引见公子,公子并舍之。升启公子,愿得偶灶下婢,而以月儿奉裳衣。公子喜,商诸月儿。月儿怒,投袂起曰:"吾以若为人,若乃日夜计陷我,禽兽之不若!吾终为若所算耳!"悻悻出门,陆升长跽而遮要之,始止。然自是不与公子言,避道而行。公子遥见,哀之。月儿曰:"诚知相爱,宁不感公子!公子知我者，人各有心，奚嬲焉！"公子矢天日。

是夜，月儿诣公子室，曰："枕席焉，箕帚焉，足矣；舍其旧而新是谋，又何以事公子？"遂与公子约，刚日外宿，柔日内宿。陆升终不自安，私与阿囡谋，伪怒月儿而反目，请公子命贾于闽，买蛋女为妇，令阿囡先归报。月儿不之信，升竟携蛋妇归。月儿询得实，戟指大骂，奋身自掷以求死。公子令婢媪掖入室，劝之，不听。夜半，解带自缢，复得救不死。

比晓，公子入视，则两鬓捋发殆尽，见公子，伏地求为尼。公子哭，月儿亦哭，陆升闻而奔视亦哭。于是送月儿于非想庵为尼。

庵主甚喜月儿，谓是佛种，群尼皆匿笑。久之，公子来，月儿引入禅室，留与乱。陆升来，亦与乱。群尼闻之，谤于庵主，庵主置不问。群尼大哗，治具大会诸父老，告以故，将逐月儿。

月儿忿甚，攘臂争曰："公子吾主人，陆升吾夫，纳之自吾分耳。我何罪而逐我？"诸父老掩耳不欲闻。月儿叹曰："若辈不足与论理，吾去矣！"自牖跃出，屹立阶除，忽不动；抚之，僵矣。诸父老乃大惊，相与罗拜而去。徐公子令匠金其体以奉于龛，题其眉曰"欢喜佛"云。

书袁痴恶作剧

葺城有袁痴者,不知其名字,相传为康熙间进士,善恶作剧,故目之曰"袁痴"云。尝筑精舍一楹,欲用鸡卵白砑地,适有村竖提卵盈筐唤卖。袁呼之径入精舍,令竖以两臂环抱一几,而虚其中以置卵;计数既毕,堆几如山。袁曰:"吾去取钱来。"比袁去,则一瘈狗咆哮出,村竖惊窜,鸡卵散落满地。袁佯颦蹙曰:"吾安用是破卵为?"村竖惶急乞怜。袁笑曰:"若为吾刮垢磨光,吾仍稍给若值,可乎?"村竖为之工作累日。

袁妻尝挈女伴观剧。袁心弗善也,而不能禁,因从而怂恿之;炸咸鲞作鲙,令多啖,毋使饿;煎浓茶满瓯,令多饮,毋使渴。既往,列坐台前。俄而内急思遗,忸怩作态。袁复扬言曰:"天热人众,汗臭入脑,当闻鼻烟,以清鼻观。"遂以烟壶进,令多闻,毋使受暑。诸女伴不知其计。喷嚏一声,泉流如注。台下观者如堵墙,皆大哗笑。其妻惭怒,至于反目。

有所亲遣苍头致书于袁,遇袁于门,而苍头不识也,卒然问:"袁痴安在?"袁漫应之,接书入。顷之,舁一大裹出,谓苍头曰:"此余家藏至宝,尔主人欲借一用;但质极松脆,磕破须偿也。尔将去,当为尔束缚于背。"苍头唯唯,负而归,竭蹶十馀里,气急败坏,汗出如浆,以报命于主人。主人不解所谓,发裹视之,则一石臼也。大书其上云:"来人无知,呼我袁痴;无法可治,以石压之。"苍头闻之,涕笑交作。

袁尝令其仆催租,一里正詈之曰:"荒岁尚催租耶?袁痴莫是吃屎否?"仆以告袁,袁衔之。一日,令仆呼里正来。里正以为公事也,欣欣然见袁于精舍。袁与寒暄久之,忽报客至,袁乃出会客,随手阖其扉,加键焉。里正兀坐以待,日昃而袁不至,腹且饥,辘辘作声,徬徨四顾,见书厨中贮不托四枚,取食之。俄而袁至,即问:"得毋饥乎?"里正嗫嚅以不托对。袁大骇,顿足曰:"祸我矣,祸我矣!我恶鼠啮书,故置砒于不托中,将以毒鼠也。若食之,奈若何?"里正亦骇,求计。袁急令仆问医家,何药可以解砒毒。仆去旋返,曰:"医家云:'惟屎解砒毒最良。'"袁令舁屎桶至,以木杓授里正。里正情急惮死,俯挹而餍饫之。既而据桶一吐,始止。定移时,徐问袁有何公事。袁嗔目叱之曰:"无他,唤若来吃屎耳。"里正始悟为曩言之报也。

尝闻父老言,袁为人不甚刻核,但事事常恐为人所侮弄,遂不觉己实侮弄人尔。呜呼,此其所以为痴也欤?

大　虫

燕市有强丐，一手托铁钵，跷足怪呼，市侩畏如虎，呼之曰"大虫"。

大虫一身是胆，四海为家。入蜀，度巫峡，抵成都，饥三日矣，号于市，市哗为狂，无飨者。过一质库门，掷钵廊下。司事问何为，大虫曰："借我一贯钱疗饥耳。"司事怒且笑，曰："吾那得钱借汝！隔巷阎王殿判官两肩瑟瑟负金钱，盍借诸？"大虫亦怒，提铁钵婆娑舞，洞其垣，碎其门。一市大噪，莫敢撄其锋。

一斑白叟闯然入，牵大虫臂，曰："毁瓦画墁，亦将以求食欤？慎矣！"大虫欲格之，而臂如缚。叟出白金两锞掷司事，曰："葺尔墙屋，此得直否？"司事拱手谢不敢。

叟挈大虫去，登酒楼。大虫拜问邦族。叟曰："祖居西山，号铁棒师。"大虫曰："真吾师也，请执贽为弟子。"叟喜曰："从我游，衣锦餍粱肉，何嗷嗷为？"呼酒对饮。

大虫既醉饱，从叟出城三十里，荒漠无人烟；入西山，复崎岖十馀里，峭壁千仞当其冲。叟挟大虫于胁下，腾踔如猿猱。登其巅，有石柱贯铁缒，下垂绝壑，不见底。大虫战栗，瞑其目。叟复挟之，缒而下。大虫起视，四围乱峰如屏幛，连甍对雷，因庵为屋，犬声狺狺，男女群来慰问。叟指虬髯者为毒龙；深目貒喙者为飞天夜叉；广额隆准而羽衣者为丧门神,吾弟也;蛮衿秃袖颀而长者吾嫂,曰黑蛮子;短衣窄裤足如箩者吾妻,曰野猪婆;子曰小鬼儿;女曰袅袅儿:嬉笑跳跃,环绕左右。拥入舍,接踵者复十馀辈,皆属目客。叟口呼指点,面目类奇特。最后一女郎,野花堆鬓,肤白肌瘦。叟曰:"是红犭宅猪,吾侄也。"

叟命张宴,烧红烛如椽,男女促膝团坐,弟子百馀人列坐廊下。酒酣,丧门神拔佩剑起舞,烛影低亚,电光缭绕四座,冷风扑肌,耳边鬓丝飘动,大虫危坐战栗。叟急止之,爰设酒阵。

丧门神韬剑入座,与大虫搏,大虫避三舍。毒龙索战,为大虫挫,再接再厉。飞天夜叉攘臂出,大虫益戒严,一发而中,夜叉作气整旗鼓,复三战三捷。夜叉大吼,益走险不可制。野猪婆曰:"南风不竞,搏虎者必冯妇也。"既交绥,大虫薄而进,野猪婆佯窜匿,相持久不决,俄而奇兵突起,直捣黄龙府。大虫不能御,且战且北,遂拔赵帜立汉帜焉。

忽闻隔座哗笑声,惊问,则飞天夜叉挑红犭宅猪战,大败,降军内乱,脏神不能制,一溃而横决也。众哄堂。叟命弟子扶夜叉去,大虫亦兴辞,因罢酒。

明日,叟呼大虫诣演武厅,四壁戈戟森列,举铁锤大于斗,教大虫舞。大虫强有力,喜武事,一月尽其技。叟喜曰:"红犭宅猪笄矣,《白圭》之赋惟汝谐。"大虫拜谢,涓吉合卺。红犭宅猪精悍便捷,日与大虫弄锤为戏。又两月,竿头进焉。叟曰:"可矣。"择日大会于演武厅,刑牲郊天,歃血寻盟。其祝词曰:"惟某月日,西山铁棒师代天行道,取成都质库,敢告山川上下神祇。尚飨。"既竣,叟率家人弟子越岭出山,惟丧门神及弟子留守。

至城下,叟令飞天夜叉帅弟子伏濠堑,而散其众分道入城,聚阎王殿。夜三鼓,叟祷殿上,曰"大吉",率众疾趋质库前。叟飞入重垣,斩关迎众入内库,令群弟子登楼运辎重,令裒裒儿姊弟执芦管登屋瞭望,令大虫夫妇巡逻防御,令野猪婆妯娌守后门,叟自与毒龙守前门。灯火如昼,重门洞开,捆载担负,如风扫箨,如涛卷雪。忽芦管呜呜作鬼声,红狨猪知有警,呼大虫赴援,则见守库教师帅巡夜夫围野猪婆妯娌苦战。大虫奋双锤突围入,红狨猪继之,教师佯败走,大虫等合追及之。教师反戈转战,巡夜夫复围攻之,大呼酣斗不肯退。

倏见毒龙掣匕首,飞落檐际,堪教师首,碎其冠。教师惊,距踊登屋,毒龙、红狨猪亦登屋追之。巡夜夫仓皇窜匿,大虫排闼搜捕,见司事三四辈瑟缩左厢下。大虫笑曰:"阎王殿判官请尔会计金钱去也。"挥锤骈击,顶踵糜烂焉。黑蛮子曰:"娇客太憨生,芦管为变徵声,班师矣。"大虫从出见叟,毒龙、红狨猪继至,曰:"教师南遁矣。"叟曰:"嘻!是将以官军截劫我也。"令群弟子舁辎重,野猪婆妯娌护之先行;令裒裒儿姊弟速去东城楼纵火。

叟帅毒龙、大虫、红狨猪徐步过阎王庙,则燎炬烛天,步骑大至,教师引游击官跃马冲出。叟自断后,且战且走,出西城。飞天夜叉帅弟子突起月城中,毒龙返斗,夹攻教师;大虫战游击,游击却,大虫从之,遂陷阵。红狨猪望见,手短剑猱进,游击挥大刀迎斫之。红狨猪不及避,跃起丈馀,以一足踹游击肩,游击颠马下,大虫锤落颅裂。叟横戈立土桥督战,遥望东城火起,挥戈呼曰:"我军破东城矣,儿辈努力!"官军一哄溃走。

叟挥众围教师,飞天夜叉舞两斧逼教师戈,而跃及肘下。教师掣戈刺之,夜叉斧起戈折,教师据鞍一跃,越围遁。叟振旅还山,东方明矣。丧门神迎于壁上曰:"半里外松篁掩映间,负半段枪不冠而靴者,谁也?"叟曰:"莫教师否?"呼问,果教师,"来胡为者?"教师曰:"来请死耳! 死于官毋宁死于盗。"叟曰:"能从我游乎?"教师再拜曰:"固所愿也。"

叟大喜,掖之起,联臂越岭,会演武厅。群弟子列货阶下,叟命入库,大宴庆贺。酒三行,丧门神起,以铁箸叉鸡卵啖教师,教师承以吻,衔箸吐于几。毒龙起,以匕首剸蒸豚啖教师,教师舐以舌,衔匕首吐于几。飞天夜叉矍然曰:"某爱教师甚,无以为教师欢。"拔佩刀裂裈,劙股肉如掌,炙熟而进于教师;教师跪受之,而揎袖劙臂肉以为报,夜叉亦跪受之。皆大笑为乐。

叟既得教师,以大虫、红犵狫师之,以毒龙之女弟妻之。官责捕急,西山逻者如织,而盗窟晏然。

居久之,红犵狫举一雄,大虫喜,抱儿诣叟。叟试使啼,曰:"非我种也。"黑蛮子喜曰:"老娘苦思儿心炙,天殆为老娘馈矣。"就攫儿卸襁褓,儿大啼。红犵狫长跪乞命。黑蛮子怒曰:"痴婢子恶用是呱呱者为!"遂捧儿腰,咬儿肾,吸儿血,儿啼急声嘶不忍闻。大虫愕眙,红犵狫含涕不敢诤。复劈儿股,刳儿腹,嚼儿肝,呜咂有声。大虫忿且怒,红犵狫目止之。俄而探心出,肢体掷阶下,徐笑而去。大虫蚩蚩立,红犵猡入室。大虫哭曰:"此何世界! 直罗刹其面而豺狼其心者!"红犵猡摇手,曰:"毋饶舌,醢矣!"大虫缄其口而呜咽饮泣,红犵猡耳语曰:"郎有异心矣,妾不敢从,亦不敢言。盍谋诸教师? 是天下有心人也。"大虫乃夜诣教师室,告以情,教师熟视,颔首而已。他日,又诣之,教师曰:"毋饶舌,醢矣!"大虫嘿然。

既而教师袖寸函授大虫,令投嵩山少林寺痴道人:"余师兄也。"大虫商于红犵猡,绐叟他事,请假三月。叟笑曰:"莫逃否?"大虫曰:"息壤在彼。"叟命红犵猡送诸山下。

大虫别去,抵嵩山,入少林寺,问痴道人。一沙弥云:"居紫霞洞。"大虫绕出寺后,乃见道人披破衲,蹲达摩壁下,曝曦扪虱。大虫跪进教师书,道人张口吞之,而曝曦扪虱如故。落日长天,林苍崖紫,道人引大虫入紫霞洞,皆席地尸寝。大虫恍惚觉道人曳其臂曰:"起,起!"仰见石隙有光,跃而出,乱山四围,明月如昼,曲池平林,红桥碧栏,梵王宫突兀天际,楼台灿金碧焉。顾道人,则紫袍金冠,挈大虫升大雄殿。琉璃灯下,一胡僧趺坐,鼻穴隐雷,睫丝牵电,道人稽首侍其侧。大虫张皇四顾,良久,僧出定,乃云:

"善哉,善哉,我佛如来,照见三千大千世界一切众生,于虚空中,忽焉生聚;生聚既久,便生贪黩;贪黩不已,作诸嗔怨。以嗔怨故,则相争竞;以争竞故,则相寇仇。既为寇仇,以至贼害;既已贼害,遂又报复;循生迭起。杀人之父,人杀其父;杀人之兄,人杀其兄;杀人之妻,人杀其妻;杀人之子,人杀其子。一切众生,坠堕其中。从于一劫,乃至二劫,三劫,四劫,遂经千劫。

天地有尽,报复无尽;日月有尽,报复无尽;江海有尽,报复无尽。于是尊者即从座起,涕泗悲泣,重白佛言:'大慈世尊,如是众生,云何解脱?'佛言:'善哉!汝善思维。我今当说:如是众生,应得解脱。具大智识,施大愿力,乃发阿耨多罗三藐三菩提心,皆将入于无馀涅盘而灭度之。种种色声香味触法,种种眼耳鼻舌身意,消除净尽,无复萌蘖,还于虚空,是谓解脱。'尊者闻之,始大欢喜。即说咒曰:'南无喝罗咀哪陀罗揭谛唵娑婆呵。'"

诵毕,道人顶礼,率大虫下阶,复曳其臂,曰:"起,起!"五色云冉冉生足下,抟扶摇而上之,风露秋高,萧然无声,俯窥茫茫,渺不知所底止。顷之,飘飘堕山下,命大虫"坐待此,我去也",一瞥不见。

大虫踞石假寐,心怦怦,忽张目,冥冥无所见。惟闻道人鼾如雷,觉身在紫霞洞中。自诧怪梦,扪壁出,倏焉,万树萧森,月色午矣,复入洞,倚壁待旦。俄而呼号声,奔走声,喧满崖谷。惊起,遥见西山烟焰涨天,火烈风猛,山鬼怒啸,神鸦乱飞。大虫痴立凝望,欻若一鸟飞而下,回顾,红犵狫也。拭泪曰:"痂师惨哉,屠儿家矣!"大虫惊叹。

方慰藉间,道人、教师握手谈笑翩然来。大虫迎拜,相与联袂,蹑云归梵王宫,献捷于胡僧。僧曰:"大虫多情种,有缘哉红犵狫,惟痂也拂拭之。"

众辞出,散步登观音阁,凭栏纵目。教师曰:"十年来肮脏风尘,不复识嵩云秦树矣。"道人曰:"弟忆卧云亭赌酒阵时耶?如此良夜,幸有故人。相见依依,安能寂寂?"爰戟指画壁作扉,叱之,豁然开,四女郎双鬟窈窕,楚楚可人,自扉出,布绣幔,施锦罽,烧银烛,拂琼筵,脍炙蒸腾如雾沛。道人与教师上坐,命大虫、红犼猱坐其次。

女郎行酒进炙,衔杯则清且冽,下箸则甘且旨。道人复仰天招手者三,但见彩云一朵西南来,金支翠旗,光景明灭,鸾凤锵鸣,群仙翩翩而来下,箫韶一声,中一美人执芙蓉,舞《霓裳羽衣曲》,烟蕤舒其左,云绡荡其右,珰羽玲珑,绮縠参差,风雾回旋,万花错落。大虫咄咄曰:"大好剧!"引觞尽。道人壮之,命女郎酌以玻璃斗,三酹而脐膈奇暖,目饧吻沥,惝恍迷离,不能自主,耳边犹闻歌吹声,缥缈如天上而已。

比大虫醒,不见道人,日光一线射紫霞洞壁上,惘惘如有所失,匍匐出洞,则道人方裸体从群儿颠扑为戏。大虫失笑,道人怒,突前搏大虫,倒掷崖下,崖陲不知几何寻,而肢体无所伤。大虫度有异,姑归复命教师。未及蜀,道遇教师、红犼猱,相见悲喜。教师曰:"余将从痂师逝矣。"红犼猱亦招大虫从道人隐;而大虫辞教师,将挈犼猱归燕。议不决,教师曰:"尔辈大有事,勉之!他日相见,未晚。"遂落落去。

红犼猱谓大虫曰:"山中窖金当无恙,盍取诸?"因折还蜀。入西山,谷中村落皆灰烬,残支断体零落瓦砾中,夕阳不红,寒鸦竞噪,惟石室岿然独存,一尸负墙屹立,有铁丸洞其胸,抚之,干腊矣。红犼猱哭失声,与大虫劚庵下土三尺,石池盈丈,满中皆不动尊也,凡五往返,始运毕。曳尸填窖,覆以土,车载还燕,于是置沃壤,治甲第,俨大家焉。

期年,红犼猱生子,为大虫纳妾媵,自闭户趺坐,喃喃诵不辍。一日,谓大虫曰:"痂师有命,余将立大功于国家,能壁上观乎?"大虫诺,束装南行。

时白莲教煽乱,东南戒严。红犵狫与大虫入山东,夜登泰山,遥望贼营屯十里外,繁星满野,旌旗飞扬。红犵狫指磐石,令大虫"坐待此,我去矣",一瞥不见。

顷之,贼营中灯火闪乱,军马历历绕营走三匝;忽闻红犵狫呼曰:"我去矣;好视儿女,毋相念。"大虫惊起,见红犵狫提髑髅立最高峰顶。大虫呼与别,摇手竟去不顾。大虫罥罥归,后其子登贤书。大虫年九十馀矣,犹叩铁钵歌《莲花落》,矍铄如少年。

记河间先生语

河间先生探赜索隐,博极群书,安阳公子厚币聘之。公子席丰履厚,姬妾数辈皆艳冶,列屋而居,然好学,不嗜声伎。弱冠能读等身书,尝以疑义质诸先生,先生与之上下论议,甚相得也。

长夏溽暑,公子病疟,语谵。医者见其神志瞀乱,束手不药,家人扰攘彻夜。翌旦,公子忽霍然起,促召先生。先生至,问病何似。公子曰:"仆固无病,但有一异事,愿与先生一行访之。"先生曰:"诺。"及戒途,御者请所自。公子曰:"往江南徐州青龙山下访祝三官。"

祝三官者,徐州老梨园也。少时粉白登场,倾绝一世,善演《荆钗》《琵琶》等杂剧。年六十,始脱籍,挈其妻卜筑青龙山下。有以肴核相饷者,犹能歌一曲以侑觞。一夕大醉,裸卧,其妻觉其体渐冰,摇之已僵,竟不复苏。梨园诸徒敛钱殡之,逾月而葬。既葬而安阳公子至,问祝三官。曰:"死矣。"公子既祭其墓,复唁其妻,大集梨园诸徒而觞之以酒。

酣酒,公子令两人抆笛拊鼓,己则引吭而歌。甫发声,梨园诸徒大惊曰:"何酷似我祝三官?"公子大笑,遽止酌而言曰:"诸君以仆为何人?仆即祝三官也。"众请其说。

公子曰:"当时觉魂出于舍,御风而行,一息千里,爽豁心目。既而至一甲第,历门数重,有少年卧病内寝,环而侍者如堵墙。方趑趄间,少年遽起相搏,扭结不解,与之俱仆,遂迷惘不复省忆。比寤,则身已非徐州之祝三官而为安阳之公子矣。"

河间先生闻之曰:"此即所谓借尸还魂,古有之矣。"公子曰:"唯唯,否否,仆虽为祝三官,然固安阳公子也。公子父官冢宰,母封夫人,某年娶某御史女,某年及第,历历如昨日事;所异者,祝三官父某母某养媳某,某年父母偕没,遂与养媳成婚,某年乃隶乐部,亦历历如昨日事。以为借尸还魂,则诗古文辞,祝三官所不习者,仆则能之;以为非借尸还魂,则管弦词曲,安阳公子所不习者,仆又能之。先生多闻博识,敢问古亦有是事否乎?"先生怃然曰:"嘻!异哉!吾闻有夺人之舍而逐其主人矣,未闻有秦越一家,兼容并包者也。"

于是公子厚赐梨园诸徒金,且置墓田百亩,以赡祝三官之妻,然后与先生返安阳。

先生阴察公子所为。公子日犹泛览经史,傍及诸子百家,勤苦如曩日。夜则张灯高宴,设红氍毹,令姬妾歌舞为乐;有不工者,公子自曼声度之,且口讲指画以正其误。曩日公子未始为此,先生尝微规之。公子曰:"仆亦不自解,但觉此中颇有佳趣,故乐此不为疲耳。"

如是者三年,公子复病疟,僵卧一昼夜而苏,复促召先生。先生至,问病何似。公子流涕曰:"安阳公子舍我而去矣,今某真祝三官也。"先生请其说。

公子曰:"昨梦门外乘凉,忽闻大声若雷,惊而仆地,则觉身如瓜裂,分为二体,确知己为祝三官而彼乃安阳公子,招之偕返,见尸在床上,某即一跃入口,翩然如飞鸟之投巢。公子怯不敢登,某欲挽之而不可。比寤,耳边如闻公子相唤声,而公子竟长已矣。"先生曰:"嘻!异哉!死者不生而生,生者不死而死,是一是二,吾乌乎测之?"

自是公子遂废读。先生试叩以所读书,竟瞠目不复识一字,益纵酒渔色,荒淫无度。既而斗鸡走马,蹴鞠呼卢,狎客狡童,闻风麕集。先生正色相戒,公子内自惭,然不能听。先生怒,拂袖辞去。公子留之,曰:"某与安阳公子周旋三年,浃洽无间,今虽化去,常用怆怀。公子所敬信者惟先生;某承公子之志,事先生无失礼,先生即恝然于公子?愿先生少安,某幸甚,公子亦幸甚。"先生曰:"公子之事余也,相勖以道义,相饷以诗书,可谓厚矣。今公子一反平生所为,又何所取于余而不去乎?余不去,是大失公子事余之初心,恐为公子所窃笑也。敢辞。"

公子沉吟良久,乃曰:"无已,请以千金为先生寿。某前生行秽而业贱,先生所知也;幸先生毋漏言,重为安阳公子辱。"

先生却其金而归,其所亲怪先生之交不终。先生始缕述其事如右,且曰:"此事公子初不以为辱,而祝三官乃自讳之,其怙恶不悛可知矣。"

心 影 说

吾乡有大姓,为无赖子所鱼肉,登门叫骂,辱及祖父。大姓忿甚,与其所亲谋,必毙之而后快。所亲曰:"毙之易易,与吾百金,了其事矣。"

大姓出金,坚嘱勿泄。所亲持金去,召无赖子至,示以金而语之曰:"大姓仇汝实甚,募有能杀汝者予百金,汝其危哉!"无赖子涕泣曰:"小人具有天良,岂敢仇大姓,徒以饥寒号呼,冀博升斗以延残喘耳。"所亲曰:"然则为汝计,愿得百金而远遁乎?抑宁死而不悔乎?"无赖子愿得金,拜谢而去,潜踪邻邑,以百金作小负贩,渐小康,且娶妻生子矣。而所亲报命于大姓,则谓"已杀之而泯其迹"。自是无赖子果不复至,大姓遂深信之。

越二十年,大姓病,瞀乱中见无赖子披发吐舌,颈血模糊,引牛首马面者排闼直入,縶铁索锵然作声,欲加于大姓之项。而大姓之祖若父环泣求免,赠以钱帛,且许经忏超拔。鬼卒不可,曰:"宽尔三日限,三日后,不尔恕也。"与无赖子悻悻去。

大姓急召其所亲。所亲至,见阶下焚冥镪,积灰如山,中堂梵呗声琅琅,与钟鼓相应;入室视病,大姓泫然曰:"二十年前事,今日发矣!"所亲不解,问何事。大姓叹曰:"死耳!死耳!复何言?"所亲益惶惑。家人乃泣述无赖子索命状。所亲大骇曰:"无赖子今尚未死,安得索命？"爰述曩时赠金事。

大姓犹未信，所亲遣急足召无赖子。无赖子始挈其妻子旋里，见大姓，拜于榻下，且谢曰："曩时蒙惠厚资，藉复故业，妻子皆君所赐，感且不朽，又何仇焉？"

大姓熟视狂笑，病遂霍然。既而曰："是不知何处黠鬼，幻形为祟？我将讼诸冥府以勘其事。"于是缮疏数百言，诣东岳庙求炼师诵于神前。炼师阅竟大笑，晓大姓曰："此尔自祟尔，鬼何与焉？尔以一朝之忿，欲杀无赖子，病已中于尔心矣。久之，忿既平，则念其无罪而悔心生；又久之，悔益切，则虑其复雠而惧心生。悔惧交作于一心，倏忽往来，颠倒起灭，斯幻象呈焉。幻象者，心之影也；如火如日，如镜如水，感于此必应于彼，果报之说由此而起。又何鬼之能祟？"

大姓闻之，流汗浃背，遂不果讼。

记　鬼

洛阳孝廉秦大受,耆儒也。子名景山,亦名诸生,性倜傥,然秉父教,狷洁自好,无敢以非礼干之者。又一女,名景玉,慧丽绝伦,幼从景山读,遂能诗。景山课妹如弟,昕夕呫唔,甚相得也。

景山将赴秋闱,束装辞父,以定省委妹,且戒毋荒嬉废读。景玉嗷应之,景山乃驱车而去。讵抵汴浃辰,忽得父手书曰:"自尔去后,尔妹景玉暴病而殇,殡葬事讫,不必悲念"云云。景山大恸,伤妹之未字而早世,又虑妹死父孤,谁欤承色笑者?草草终场,兼程遄返。

一日薄暮,距逆旅七八里,忽闻榛莽中有呼者,曰:"来者莫是洛阳秦秀才否?"景山视其人,似是青衣。祗候道左,鞠跽致辞曰:"主人遣某迎秀才,愿枉驾就馆舍。"问:"主人为谁?"则曰:"见自知之。"遂控驴歧道而行,转瞬至一甲第。青衣报曰:"秦秀才至矣。"门内奔走传呼,如迓贵客。

须臾,中门訇然开,青衣迎景山入中堂。景山问:"主人安在?"曰:"顷即至矣。"

景山深异之,坐待移时,始见婢媪数辈笼纱灯导一女子,冉冉自内出,遥望态度神情酷类其妹,大骇。趋前谛视,果景玉也,心知遇鬼,顾友爱綦笃,初不怖畏,卒然谓景玉曰:"兄以为不得见妹矣,妹今乃在此耶?"景玉俯仰呜咽不能言,久之,泣而曰:"事已至此,复何言哉！惟念兄知妹深,遇妹厚,故留此以待兄。逆知兄今日当来,特令苍头冒嫌相邀,与兄一诀,妹亦从此逝矣。"景山亦泣曰:"妹将焉往？老父所生兄妹两人,父之爱妹甚于爱兄。兄与妹相见于此,不知老父在家思妹何似。妹宜从兄觐父,以续前缘。"景玉摇手曰:"难矣！难矣！妹虽去,父之顾复,兄之诲导,未尝一刻去怀;但恨妹罪孽深重,负父负兄,虽父兄不以妹为不肖而弃妹,妹决不欲父兄为妹之故而重有所累。妹宁背德辜恩,销声绝迹,以谢父兄,惟父兄鉴之。"景山曰:"嘻！是何言欤？妹即不复归,当思所以慰老父。老父达人,保无猜忌;妹既一见老父,然后听妹所往,何如？"景玉蹙额曰:"兄何不谅妹之甚也？使父见妹,无益于父,徒增烦恼,故不为耳。兄为老父计,可检妹所居阁中书籍、针黹、服御、玩好之属,付之一炬;并传命家人绝口不道妹遗事,其庶几乎！"

景山度妹无归理,沉吟而长叹曰:"兄妹相依十七年矣,当时高堂风雨,共砚分灯,老父顾而乐之,尝谓关图有妹,曹昭有兄,此景此情往来心目,而今而后宁复闻深夜诵诗声耶？"景玉复泣曰:"妹肠断矣！兄勿再言。曩事如尘,何堪回首？唯是同胞契阔,异地遭逢,当与兄作一夕话。"言次,顾令婢媪布席授餐。景山虽不怖畏,然思冥显不同道,尘羹土饭,未免伤生,峻辞却之,曰:"兄为恋父,未敢久留;区区之心,妹当见谅。妹若有所未了事,即乞告兄,兄将行矣。"

景玉闻之,欲言又止者三,既而抚膺惨痛,泪如雨下,牵景山之衣而恸哭曰:"兄竟舍妹去耶！何遽也？妹固大有事,然不敢求兄;兄如念妹之不幸,第毋责妹足矣。惟记一细事:妹床头镂金箱中,有历年所作古今体诗副稿一本，此妹生平心血，暂存兄处，或遇选家节取一二语，传世不朽，感荷匪浅。"

景山慨诺，趋出。景玉送之及门，又曰："妹之方寸棼如乱丝，非不欲尽言于兄，实不知从何处说起。兄归，幸为妹传语白父，但道妹无状，不获瞻依膝下，罔极之报，期诸来世。愿老父林泉颐养，努力加餐，毋以妹为念。"

景山不禁惨然，拂衣登车，辚辚遂发，犹闻景玉顿足失声曰："已矣！兄去矣！悔无及矣！"景山在车中大哭。既抵逆旅，御者逡巡请曰："既是兄妹，何不餐宿一宵？"景山曰："嘻！是非人，乃鬼也。"因语之故。御者失色曰："顷幸未知，若知是鬼，不几惊煞人耶！"

及至家，老父无恙，方与客对弈。景山趋进拜谒，历述途中遇鬼事。未竟，父遽叱曰："莫乱道，世安得有鬼，殆梦魇耳。"景山唯唯不敢辨。

客去，父呼景山于隐处，谓之曰："尔所遇者，何尝是鬼。尔妹不肖，与某大户少子有私；尔去，乘间夜遁，惟一婢知其详。余不欲扬家丑，乃鬻婢于远方，而以空棺野葬掩耳目，实未死也。"景山追忆景玉之言，爽然自失，曰："是矣！是矣！"

陆心亭祠记

粤西赛氏儿，喜演剧，生旦净丑靡不擅长，又矫捷如猿猱，能于屏风上行，凡踩索、缘竿、舞盘、承瓮诸觚戏咸习焉。年十七，从里中恶少游，狎妓纵博倾其家，遂为盗。顾不屑与群盗伍，独往独来，飞行绝迹，所至辄结草为蜻蜓留其室，以示别于群盗。人皆以"绿蜻蜓"呼之，实不知为赛氏儿也。惟赛妻夜半梦醒，往往失其夫所在，起视户牖扃钥如故，迨晓，则夫又俨然共枕矣。疑而诘之，不以实告。妻因恬曰："妾知之矣，君奚讳焉？顾家虽贫，一瓯浆水粥未便饿死，何至出此下策贻妇人羞乎？"

绿蜻蜓大惊，谓其妻有异心，弃去不顾。自是，绿蜻蜓之踪迹无定矣。初游闽、浙，历皖、楚，止于齐、豫间，谈笑周行，无罣无碍。遇巨室，则胠箧如探囊；有贫乏者，反赒给之，皆以蜻蜓为志。故恨之者刺骨，感之者亦刺骨。

巨室尝夜会于酒家，谈及绿蜻蜓，拍案痛骂，皆欲得而甘心焉。隔座有翩翩美少年引觞独酌，顾之微笑，初未尝通一语。顷之，如橡之烛无故倏灭，急呼酒家以火至，则少年已不知所往，而巨室之帽檐各插蜻蜓一枝，飘飘如金步摇，相视失笑；既而曰："是儿虽狡狯，亦失算甚矣。向特患不识耳，今则按图索之，又何难焉？"皆曰："善。"乃图其形而榜诸市，曰："有能得绿蜻蜓者，予千金。"

绿蜻蜓益大笑之,易容改装以出,老少男女肥瘦妍媸任意为之,惟妙惟肖,虽数遇捕役,竟瞠目若无睹焉。自是绿蜻蜓之面目无定矣。

当时齐、豫间有市语曰:"尔欲得一'绿蜻蜓'耶?"盖谓"绿蜻蜓"为千金之数云。绿蜻蜓则大怒曰:"是小觑我绿蜻蜓也!"以此雠齐、豫,攘窃特甚,桑枢蓬户均不免焉。濒行,谓人曰:"我今得什伯'绿蜻蜓'矣。"闻者从而诒诼之,孰知其为虐谑哉?

绿蜻蜓未尝至滇,滇民忽哗传"绿蜻蜓至矣"。绅董大惧,筹防议缉,阖省戒严,梆鼓铃铎之声彻夜不绝。绿蜻蜓闻之讶甚,遂南入滇。既至,见其凋敝朴陋,室如悬磬,野无青草,慨然悯之,出所得于齐、豫者,大振其民。民怀其惠,私建生祠,请示姓字。绿蜻蜓笑曰:"我绿蜻蜓也。"滇民题之曰"陆心亭祠",至今犹存。

振事既竣,尚余千金,绿蜻蜓复慨然念其妻焉。其妻独居数年,益贫乏,无以自存。忽见一丐媪,曳杖蹒跚,踵门求饮,妻往灶下取勺水授之。媪坐阶下,攀话良久,已去又回顾,曰:"床头些少物可作生计,毋苦也。"妻怪甚,反而觇其箧,则累累皆白镪,有蜻蜓斜贴于枕上,始忆丐媪之貌酷类其夫,物色之,已杳矣。其妻遍告诸邻里,欲觅其夫以归,邻里亦疑其夫为绿蜻蜓。而绿蜻蜓自滇返粤,不欲重为桑梓患,深自敛戢,晏然相安,故卒不可得。惟某质库失羔裘数十袭,亦有蜻蜓在焉,主人心知绿蜻蜓所为,不甚穷究。

一日,有书生白袷青鞋,手折叠箑,闯然入,呼主人曰:"贼得矣,速捕之。"主人大喜,亲率捕役从书生往,获其七,送县刑讯,直承不讳。官问："谁为绿蜻蜓？"则皆曰："无有。"官怒，必欲得绿蜻蜓所在。书生鞠躬而前曰："绿蜻蜓不必问，此无与绿蜻蜓事；若辈欲假名以缓捕，聊一效颦耳。"官犹未信。书生曰："是不难辨，绿蜻蜓所取惟黄白，区区者非其所欲；且穴壁坏门，直是无赖贼行径，曾谓绿蜻蜓而为之乎？"官曰："诚然。然尔何以知绿蜻蜓之深也？"书生笑曰："不敢欺，我即绿蜻蜓耳。"一言而堂上下惶骇错愕，不知所为。

绿蜻蜓遂趋下阶，从容翔步，历门数重，竟无一人止之者。然绿蜻蜓知其妻觅之亟，恒惴惴有戒心。且自顾生平，志得意满，方将大行其道，以传世不朽，乃去而之京师。

京师人初不知有绿蜻蜓，一时库帑窖藏亡失无算，而莫能测其由，遂以为九娘子为祟。九娘子者，四牌楼下之灵狐也，好事者祠而奉之，报赛惟谨。绿蜻蜓尝入其祠，仰瞻九娘子像，风裳雾珮，仿佛天仙化人，退而效其妆；往往星月皎洁，屹立人家屋脊上。或惊而大呼，即一瞬不见。被盗之家皆以香火鼓乐送蜻蜓归诸祠，殿上四壁积蜻蜓数百枝，临风翔舞，作攫拿状，因从而徽号曰"蜻蜓九娘子"。

绿蜻蜓居京师十余年，席丰履厚，埒于王侯。偶遇同里恶少，下车握手，与相狎妓纵博如曩时。既而恶少财不继，瞯绿蜻蜓多金，诱而酖之。绿蜻蜓坦然共饮，不为疑，须臾，竟毙。搜其腰囊，得草所结之蜻蜓。恶少乃大惊曰："嘻！岂即我大恩人绿蜻蜓耶？误矣，误矣！"亟以医来解救，弗及，抚尸号恸，如丧所生。即以囊中金市衣衾棺椁，葬于高原，复酾酒而祭之曰："我不负君，君何绐我！今我将从君于九原，非敢求谅于君，亦聊以明我心耳。"言讫，触树而死。京师以为义士,并瘗之。既而有知之者。

盖恶少与赛某少相狎,长相优,独未尝为盗。恶少贫,赛某屡遗之金而不令知,恶少衔绿蜻蜓之恩而以不识绿蜻蜓为憾。洎恶少遇赛某于京师,妒赛某之富而致之于死。赛某死,然后知赛某之为绿蜻蜓。故恶少惭悔痛恨,以死殉之。呜呼,亦不义甚矣!

后有滇人落魄京师,私祷于绿蜻蜓之墓,梦绿蜻蜓以蜻蜓赠之。由是所向无不利,三年获金巨万,辇金归滇,重修陆心亭祠,令塑匠肖蜻蜓九娘子立像于殿上,配为夫妇。绿蜻蜓首微俯,怀中绷一狐;九娘子侧睨欲笑,手持蜻蜓一枝,引狐相扑。刻划点缀,奕奕有神。鼠偷狗窃之徒祷之如响。

《海上花列传》作者作品资料

蒋瑞藻《小说考证·海上花》引《谭瀛室笔记》 专写妓院情形之书,以《海上花》为第一发见。书中均用吴音,如"覅""朆"之类,皆有音无字,故以拼音之法成之,在六书为会意而兼谐声。惟吴中人读之颇合情景,他省人则不尽解也。

作者为松江韩君子云。韩为人风流蕴藉,善弈棋,兼有阿芙蓉癖。旅居沪上甚久,曾充报馆编辑之职,所得笔墨之资,悉挥霍于花丛。阅历既深,此中狐媚伎俩洞烛无遗,笔意又足以达之。故虽小说家言,而有伏笔,有反笔,有侧笔,语语含蓄,却又语语尖刻,非细心人不能得此中三昧也。

书中人名皆有所指,熟于同、光间上海名流事实者,类能言之。兹姑举所知者,如齐韵叟为沈仲馥,史天然为李木斋,赖头鼋为勒元侠,方蓬壶为袁翔父(一说为王紫诠),李实夫为盛朴人,李鹤汀为盛杏荪,黎篆鸿为胡雪岩,王莲生为马眉叔,小柳儿为杨猴子,高亚白为李芋仙。以外诸人,苟以类推之,当十得八九,是在读者之留意也。

海上漱石生(孙玉声)《退醒庐笔记》 云间韩子云明经,别篆太仙,博雅能文,自成一家言,不屑傍人门户。尝主《申报》笔政,自署曰大一山人,"太仙"二字之拆字格也。

辛卯秋应试北闱,余识之于大蒋家胡同松江会馆,一见有若旧识。场后南旋,同乘招商局海定轮船。长途无俚,出其著而未竣之小说稿相示,颜曰《花国春秋》,回目已得二十有四,书则仅成其半。时余正撰《海上繁华梦》初集,已成二十一回。舟中乃易稿互读,喜此二书异途同归,相顾欣赏不置。

惟韩谓《花国春秋》之名不甚惬意,拟改为《海上花》。而余则谓此书通体皆操吴语,恐阅者不甚了了;且吴语中有音无字之字甚多,下笔时殊费研考,不如改易通俗白话为佳。乃韩言:"曹雪芹撰《石头记》皆操京语,我书安见不可以操吴语。"并指稿中有音无字之"覅""朆"诸字,谓"虽出自臆造,然当日仓颉造字,度亦以意为之。文人游戏三昧,更何妨自我作古,得以生面别开"。余知其不可谏,斯勿复语。

迨至两书相继出版,韩书已易名曰《海上花列传》,而吴语则悉仍其旧,致客省人几难卒读,遂令绝好笔墨竟不获风行于时。而《繁华梦》则年必再版,所销已不知几十万册。予以慨韩君之欲以吴语著书,独树一帜,当日实为大误。盖吴语限于一隅,非若京语之到处流行,人人畅晓,故不可与《石头记》并论也。

颠公《懒窝随笔》 ……作者自署为花也怜侬。因当时风气未开,小说家身价不如今日之尊贵,故不愿世人知真实姓名,特仿元次山"漫郎""聱叟"之例,随意署一别号。自来小说家固无不如此也。

按作者之真姓名为韩邦庆,字子云,别号太仙,又自署大一山人,即"太仙"二字之拆字格也。籍隶旧松江府属之娄县。本生父韩宗文,字六一,清咸丰戊午科顺天榜举人,素负文誉,官刑部主事。作者自幼随父宦游京师,资质极聪慧,读书别有神悟。及长南旋,应童试,入娄庠为诸生。越岁,食廪饩,时年甫二十余也。屡应秋试不获售,尝一试北闱,仍铩羽而归。自此遂淡于功名。为人潇洒绝俗,家境虽寒素,然从不重视阿堵物,弹琴赋诗,怡如也。尤精于弈,与知友揪枰相对,气宇闲雅,偶下一子,必精警出人意表。至今松人之谈善弈者,犹必数作者为能品云。

作者常年旅居沪渎,与《申报》主笔钱忻伯、何桂笙诸人暨沪上诸名士互以诗唱酬。亦尝担任《申报》撰著,顾性落拓,不耐拘束,除偶作论说外,若琐碎繁冗之编辑,掉头不屑也。与某校书最暱,常日匿居其妆阁中。兴之所至,拾残纸秃笔,一挥万言,盖是书即属稿于此时。初为半月刊,遇朔望发行,每次刊本书一(二)回,余为短篇小说及灯谜酒令谐体诗文等。承印者为点石斋书局,绘图甚精,字亦工整明朗。按其体裁,殆即现今各小说杂志之先河。惜彼时小说风气未尽开,购阅者鲜,又以出版屡屡愆期,尤不为阅者所喜,销路平平实由于此。或谓书中纯用苏白,吴侬软语,他省人未能尽解,以致不为普通阅者所欢迎,此犹非洞见症结之论也。

书共六十四回,印全未久,作者即赴召玉楼,寿仅三十有九。殁后,诗文杂著散失无存,闻者无不惜之。妻严氏生一子,三岁即夭折,遂无嗣。一女字童芬,嫁聂姓,今亦夫妇双亡。惟严氏现犹健在,年已七十有五,盖长作者五岁云。……

又 小说《海上花列传》之著作者韩子云君，前已略述其梗概。某君与韩为文字交，兹又谈其轶事云：君小名三庆，及应童试，即以庆为名，嗣又改名奇。幼时从同邑蔡蔼云先生习制举业，为诗文聪慧绝伦。入泮时诗题为"春城无处不飞花"，所作试帖微妙清灵，艺林传诵。逾年应岁试，文题为"不可以作巫医"，通篇系游戏笔墨，见者惊其用笔之神妙，而深虑不中程式。学使者爱其才，案发，列一等，食饩于庠。

君性落拓，年未弱冠，已染烟霞癖。家贫不能佣仆役，惟一婢名雅兰，朝夕给使令而已。时父执谢某官于豫省，知君家况清寒，特函招入幕，在豫数年，主宾相得。某岁秋闱，辞居停，由豫入都，应顺天乡试。时携有短篇小说及杂作两册，署曰《太仙漫稿》。小说笔意略近《聊斋》，而诙诡奇诞，又类似庄、列之寓言。都中同人皆啧啧叹赏，誉为奇才。是年榜发，不得售，乃铩羽而归。君生性疏懒，凡有著述，随手散弃，今此二册，不知流落何所矣。稿末附有酒令灯谜等杂作，无不俊妙，郡人士至今犹能道之。……（原载《时报·小时报》）

《海上花列传》方言简释

一　本简释主要就《海上花列传》中的吴语进行疏释;为方便读者阅读计,对少数沪语和当时流行而今天已不再通行的词语,亦作相应解释。对后两种词语,在释词前分别加注〈沪〉〈普〉字样,以示区别。

二　每一词目,除释义外,为便于阅读和辨索,选取书中含有该词的一句话作为例句。一词多义的词目,分别各举例句。例句一般选用书中较早出现的词语,并在例句后用加括弧的阿拉伯字作为回目标识,以便查考。

三　凡有特殊读音的字或词,如"日"字音若"热","夜"字音若"牙",分别以汉语拼音字作注。

四　词目按笔划多寡编次。

五　本简释疏漏、不妥处,深望读者加以指出、补正。

一　　画

一打　〈普〉"打"是英语 dozen 的译音,十二个叫一打。"就交代俚一打香槟酒带转去"。(53)

一节　旧时端午、中秋、年关三节是商店结账的时间。"一节"也指节与节之间一段日子。"耐做一节下来,耐就有数目哉"。(7)

一泡　一场、一阵。"俚个亲生爷要搭俚借洋钱,噪仔一泡"。(37)

一径　一直、从来。"今朝一径勿曾看见俚"。(45)

一埭　①一趟。"头一埭到上海"。(2)　②一圈、一道。"好像镶仔一埭水浪边"。(15)

一淘　①一起、一同。"阿曾一淘来"。(1)　②一伙、一群。"陆里来一淘小把戏"。(48)

一堆　①在一处。"也说勿定倪两家头来浪一堆勿来浪一堆"。(52)　②一带、附近的地方。"倪山家园一堆阿曾去查查嘎"。(56)

一歇　①又作"一歇歇"。一会儿、较短的时间。"耐坐一歇"。(1)　②较长的时间。"送得去一歇哉"。(46)

一干仔　又作"一干子"。单独一人。"耐一干仔住来哚客栈里,无拨照应啘"。(1)

一年三节　〈普〉指端午、中秋、年关三节。"耐搭我一年三节生意包下来"。(9)

一榻括仔　全部、总共。"一榻括仔算起来,差勿多几百哚"。(14)

二　　画

人(nǐng)码　人品。"耐闲话是勿差,价末也要看人码"。(32)

人（nǐng）淘　家中人口。"人淘少,开消总也有限"。(1)

人（nǐng）家人（nǐng）　正派家庭中的妇女,区别于妓女、艺人等而言。"倒像是人家人"。(16)

几花（hǔ）　①即"几许",吴语"许"读若"虎"。多少。"阿金有几花姘头嗄"。(3)　②许多、不少。"倪无姆为仔双宝,也豁脱仔几花洋钱哉"。(3)

几首　那边。这边称"该首"。"耐要去末打几首走"。(2)

几几花花（hǔhǔ）　许许多多。"还有几几花花,连搭双宝也勿曾看见歇"。(10)

二（ní）爷　男仆。"有二爷出来挡驾"。(5)

丁倒　颠倒、倒转过来。"勿曾拨俚丁倒骂两声,总算耐运气"。(22)

三　　画

个　①这。"陆里晓得个冒失鬼奔得来跌我一跤"。(1)　②的。"耐也夠去个好"。(2)　③前面加姓氏,即姓某的人。"陈个阿曾来"。(16)　④语尾助词。"倪勿来个"。(18)

三不时　也作"不时",经常。"还要三不时去拍拍俚马屁末好"。(10)

大（dù）姐　丫头,年轻女仆。"一个十三四岁的大姐"。(1)

大菜　〈沪〉西餐。"大少爷搭四老爷来哚吃大菜"。(13)

大（dù）膀　大腿。"王老爷臂膊上、大膀上"。(33)

大（dù）老母　正妻,区别小老母(妾)而言。"为仔大老母搭俚勿对"。(26)

才　全、都。《海上花列传》原书中凡"方才"意思的"才",全作繁体字

"纜",两字的用法有明显区别。"第歇辰光,倌人才困来哚床浪"。(2)

干湿 〈沪〉原义是点心或糖果,到妓院去暂时坐一会,叫"装干湿"。"接着外场送进干湿来"。(1)

工夫 时间、闲空。"我无拨工夫来里"。(7) 技能也称"工夫"。

下(hù)脚洋钱 也简作"下脚",小账。"看俚哚拆下脚洋钱"。(23) 边角余料也叫作"下脚"。

上 ①到来。"杨家姆报说,上先生哉"。(3) ②做、干。"难末姘戏子、做恩客才上个哉"。(18)

上一上 较量。"索性搭耐上一上"。(2)

上台盘 有身分、有地位。"朴斋不上台盘,远远地掩在一边"。(30)

口谈 口头禅,引申为骗人的话。"倌人开宝是俚哚堂子里口谈啘"。(14)

小开 小老板。"是个虹口银楼里小开"。(16)

小干仵(hóng) 小孩、儿童。"耐只好去骗骗小干仵"。(4)

小巴戏 儿童,一般用为亲热的称呼。"陆里来一淘小巴戏"。(48)

小老母 妾、姨太太。"倘然玉甫讨去做小老母,漱芳倒无啥勿肯"。(37)

小堂名 旧时婚丧喜庆时雇的由小孩组成的乐队。"见天井中一班小堂名"。(5)

小娘仵(hóng) 小姑娘。"像啥个样子,矕面孔个小娘仵"。(31)

幺二(ní) 〈沪〉中级妓女。"耐去叫幺二,阿要坍台"。(2)

四　画

勿 ①不。"小侄也勿懂啥事体"。(1) ②"勿曾"两字的合音,读若

"分";后来又有人据《海上花列传》"覅"例创造"朆"字。"问阿招,说勿来"。(42)

勿对 合不来。"为仔大老母搭俚勿对"。(26)

勿局 不好、不妥当。"早点去罢,晚仔勿局个"。(22)

勿来 不答应、不允许。"才是姐夫不好哉,倷勿来个"。(18)

勿差 不错。"说也勿差"。(1)

勿入味 不通情理。"耐勿搭客人坐也罢哉,只要我看见耐搭客人一淘坐仔马车末,我来问声耐看。故末叫勿入味哚"。(8)

勿入调 不规矩、胡闹。"耐勿入调末,我去教蒋月琴来打耐一顿"。(9)

勿可张 也作"勿靠账"。想不到、出乎意外。"勿可张倷倒晓得个哉"。(14)

勿作兴 不应该、不适宜。"耐剥脱俚裤子,阿是勿作兴个"。(22)

勿连牵 ①不对头。"耐说说末就说勿连牵哉"。(18) ②不会做、不会说,也说"做勿连牵"、"说勿连牵"。

勿清爽 不了解。"山家园阿有啥事体……我也勿清爽"。(56) 在吴语中,"勿清爽"尚有不干净、脱不了干系等涵义。

勿着杠 落空、损失。"水烟末吃仔,三块钱勿着杠哩"。(15)

勿着勿落 也作"勿着落"。不正常,举动乖张。"就是双宝总有点勿着勿落"。(17)

开 泡茶一次称"一开"。"三人连饮五六开茶"。(37)

开外 超过。"就省点也要一百开外哚"。(2)

开片 也作"开篇",弹词艺人演唱正书前的序曲,内容和正书没有联系。"唱一支开片"。(6)

开灯　吸鸦片。当时某些茶馆兼售鸦片。"知道他要开灯"。(15)

开宝　妓女第一次留客过夜。"耐阿有几百洋钱来搭俚开宝"。(2)

开消　付清账款。"罗老爷倪搭开消仔,勿来哉呀"。(15)

反　吵骂。"今朝反仔一场,耐倒要搭耐先生还债哉"。(11)

手巾　〈普〉洗脸毛巾。"耐去茶馆里拿手巾揩揩哩"。(1)

手照　手执的油灯。"取只手照拉同瑶官出外照看"。(52)

升冠　〈普〉脱帽。"宽衣升冠"。(54)

毛儿戏　全部女演员的戏班。"朱老爷叫仔一班毛儿戏"。(16)

毛手毛脚　粗卤莽撞。"倪是毛手毛脚,勿比得屠明珠会装哩"。(18)

乌师　〈普〉为戏曲演员或妓女伴奏的乐工。"只有两个乌师在帘子外吹弹了一套"。(3)

无拨　没有。"无拨照应啘"。(1)

无啥　①没有什么。"也无啥事干"。(1)　②不差、尚可以。"叫陆秀宝,倒无啥"。(1)

无姆　母亲。"无姆勿曾来"。(1)

无介事　也作"无价事"。没有那回事。"我是无介事,勿是要瞒耐"。(4)

无用场　无能。"珠凤生来无用场"。(49)

无行(hēng)用　也作"无么用",没有用处、不起作用。"无行用个哉,放仔俚生吧"。(46)

无那哈　没办法。"我也同俚无那哈个哉"。(21)

无清头　不懂事、顽皮,引申为喝酒后发酒风。"俚吃仔酒要无清头"。(5)

天打　雷击。"阿怕罪过嗄,要天打个哩"。(15)

五更鸡　铜制小炉,下面可燃油灯,夜间点燃后天明时炉内东西已熟,因名。"琪官寻出一副紫铜五更鸡"。(52)

中意　喜欢、爱好。"随便耐中意陆里一样,只管拿得去末哉"。(10)

日逐　〈普〉每天。"日逐一淘来哚"。(12)

日(rè)脚　日子。"阿有啥好日脚等出来"。(16)

日(rè)朝　每天。"难末日朝天亮快勿曾起来,就搭俚话眼睛"。(7)

日(rè)里向　白天。"日里向人多,耐夜头一点钟再来"。(14)

见谅　有限。"就算耐有本事,会争气,也见谅得势"。(17)

巴结　讨好、奉承。"倪是巴结勿上睨"。(5)

长三书寓　〈沪〉高级妓院,也指高级妓女。"俚哚叫来哚长三书寓"。(2)

心相　心思、耐心。"也无心相去听他"。(2)

火跳　即"虎跳",跃身而起。"老包假意发个火跳"。(48)

方子　药方。"吃下去方子才勿对睨"。(35)

水作　瓦工。"明朝就叫水作下去打圹"。(42)

五　　　画

仔　了。吴语动词的后缀作"仔",句末语气助词作"哉",普通话里都作"了"。"对过邀客,请仔两转哉"。(6)

白相　也作"白相相"。游玩、戏耍。"陆里晓得白相个多花经络"。(2)

丘　也作"邱"。不好、坏。"要好也勿会好,要丘也勿会丘"。(7)

生来　也作"生天"。原本、当然。"请大人到该搭来,生来不配"。(18)

生活 ①工作、事情。"俚㗐个生活,我做勿转呀"。(22) ②功夫、本领。"《迎像》搭《哭像》连下去一淘唱,故末真生活"。(45) ③惩戒、挨打。"晚歇耐再要强末,办耐个生活"。(25)

生恐 担心、害怕。"黄翠凤生恐代酒"。(22)

代楮 〈普〉丧礼以钱代纸锭。"匣里代楮一封"。(43)

包荒 包容、原谅。"叨光耐搭倪包荒点"。(5)

包打听 〈沪〉侦探,官府的缉私人员。"耐阿是做仔包打听哉"。(4)

犯勿着 不合算、不相干。"耐也犯勿着啘"。(2)

正好 时间不迟。"宽宽衣吃筒烟,正好"。(38)

正经 〈普〉正当、重要。"明朝我同耐徐家汇去一埭,故末是正经"。(43)

末 同"嘛",语助词。"人末一年大一年哉"。(1)

石灰布袋 到处生事、闯祸,留下不好影响的人。"施个脾气勿好,赛过是石灰布袋"。(26)

打千 〈普〉当时下对上的礼节,屈一膝,一手垂地。"朴斋抢下打个千儿"。(38)

打听 〈普〉调查、了解。"我打听了再问耐"。(4)

打桩 准备。"耐早点要打桩好仔末好"。(61)

打茶会 〈沪〉到妓院喝茶调笑,其程度低于吃花酒,高于装干湿。"倪也到秀宝搭去打茶会"。(2)

打磕铳 瞌睡。"单剩仔大阿金坐来浪打磕铳"。(18)

本事 本领。"就算耐有本事"。(17)

本家 妓院老板。"耐阿算是本家"。(47)

本底子 原来。"本底子朋友来浪叫"。(56)

东道 主人,吴语往往用在双方赌赛胜负,负者出钱请客。"俚乃输仔东道"。(51)

东洋车 〈沪〉人力车。"坐上两把东洋车"。(1)

申牌 〈普〉旧时用地支区分一天中时间,申牌是下午四、五两时。"将近申牌时分"。(54)

由头 ①关键,引申为关心的话。这个词是由旧时公文前面的"摘由"产生的。"不知不觉讲着由头,竟一直讲到天晚"。(39) ②吴语中"由头"还有"借口"的意思,如"找个由头"。

发松 有趣、可笑。"就不过听两句发松闲话"。(24)

发极 也简作"极"。情急、慌张。"赵朴斋抖抖衣襟,发极道"。(1)

发寒热 发烧。"连搭仔自家发寒热才勿晓得,再要坐马车"。(35)

出色 好极、出众。"出色哉,恭喜恭喜"。(3)

出店 店铺里的工人。"善卿叫个出店领朴斋去趁航船"。(24)

出(qiē)理 收拾、打扮。"梳头裹脚,出理到故歇"。(45)

台基 〈沪〉下等妓女活动的场所。"台基勿像台基"。(5)

台面 ①酒筵。"台面是要散快哉"。(3) ②大庭广众的场合。"台面上推扳点末哉"。(4)

加二(ní) 更加、变本加厉。"落得个雨来加二大哉"。(18)

对过 对面的屋子。"该搭龌龊煞个,对过去请坐吧"。(42)

对景 合意、配胃口。"对景仔,俚个一点点假情假义也出色哚"。(6)

对勿住 即"对不起",冒犯、歉仄。"连搭我也对勿住耐嗨老堂哉啘"。(12)

奶奶 富贵人家的主妇,也用作对妇女的敬称。"那奶奶满面怒气"。(23)

讨人 〈沪〉被卖身无自主权的妓女。"阿是要买个讨人"。(3)

讨气 惹祸、令人厌烦。"说起倪大阿姐来,再讨气也无拨"。(21)

讨便宜 说俏皮话调笑妇女或充人长辈等。"耐勒搭俚说哩,俚要讨耐便宜呀"。(7)

写纸 订契约。"十六写纸"。(48)

写意 ①舒适、愉快。"阿是要写意多花哦"。(7) ②轻松、容易。"耐倒说得写意哚"。(8) ③大方、漂亮。"瑞生阿哥倒蛮写意个人"。(29)

头寸 买主、客人。"总寻着仔头寸来浪哉"。(2) 商界用为可以调动的款项,是后起的借义。

头面 首饰。"头面带仔去哩"。(9)

头脑 领头人、首领。"头脑末二品顶戴"。(61)

归账路头 逢年过节收账接财神。财神爷也叫"路头菩萨"。"难下去归账路头,家家有点台面哉"。(27)

六　画

会 旧时一种筹款方式,由需款人发起,邀集若干人按时分批缴款,第一次由发起人取用,以后轮番收回。"拟合一会帮贴双宝"。(63)

会账 付款。"实夫见当中烟榻浪烟客正在那里会账洗脸"。(15)

价(gǎ) 这、这个。"是价模样,倒无啥"。(17)

价(gǎ)**末** 那么。"价末到陆里去哩"。(2)

后生 男青年。"突然有一个后生"。(1)

后底 以后、后边。"说到后底事情,大家看勿见"。(52)

众生 畜生,也用作骂人的话。"短命众生,敲杀俚"。(20)

伉大(dù) 笨蛋、愚蠢的人。"耐个伉大末,再要自家吃哩"。(28)

伏 缚,挨紧不离。"伏牢仔身浪,阿热嗄"。(35)

行(héng) 行时、有名。"行末勿行,医道极好"。(35)

杀死 也作"煞死"。狠命、一个劲。"耐杀死个同我做冤家"。(45)

先生 ①高级妓女。"先生坐马车去哉"。(3) ②医生。"该应请个先生来吃两贴药末好哉"。(20) 吴语中一般知识分子均称"先生"。

先起头 从前、开始时。"先起头看俚倒无啥"。(6)

自家(gǎ) 自己。"耐要自家有志气"。(10)

自来火 〈沪〉①煤气灯。"集亮了自来火"。(2) ②火柴。"瑶官划根自来火"。(52)

多花(hǔ) 不少、许多。"有多花物事"。(1)

华洋交界 〈普〉当时上海南面旧城由中国政府管辖,北面市区是各帝国主义的租界,所以有华洋交界之说。"乃是上海地面,华洋交界的陆家石桥"。(1)

厌气 无聊。"有辰光两三点钟坐来浪,厌气得来"。(22)

厌酸 烦腻、胃口不好。"勿晓得为啥,厌酸得来,吃勿落"。(4)

动气 恼怒、生气。"耐阿是动气哉"。(7)

考篮 〈普〉两层有盖的长方形小竹篮,上有提手,旧时为读书人入考场时所用。"八只皮箱,两只考篮"。(60)

老堂 称对方的母亲,客气的说法是"令堂"。"连搭我也对勿住耐㗒老

堂哉喼"。(12)

老老头 老年男子。"老老头倒高兴哚"。(14)

夷场 〈沪〉即"洋场",指旧上海的租界。"夷场上赌是赌勿得个哩"。(5)

场花 地方。"还是到老老实实场花去"。(2)

场面 ①表面。"场面蛮要好,心里来浪转念头"。(52) ②也作排场、场合解,"大场面"就是大排场,"热闹场面"就是热闹场合。

地方 地保,相当于后来的保长。"子富记得年月底下一排姓名,地方、代笔之外,平列三个中证"。(49)

划一 确实、正确。"划一,我真个气煞来里"。(22)

耳(nì)光 耳括子,打耳光也叫"吃耳光",是给人的最大侮辱。"吃俚两记耳光哉喼"。(4)

百子高升 鞭炮和二踢脚。"大门外点放一阵百子高升"。(49)

囡鱼(hōng) 也作"囡仵"。女儿。"养囡鱼戏言征善教"。(6)

回头 ①拒绝。"倘然俚向我借,我倒也勿好回头俚"。(51) ②回来的意思,如"回头见"即再见。

回报 ①拒绝。"定归要做戏吃酒,耐阿好回报俚"。(44) ②答复。"原不过回报耐一句难要来哉"。(62)

回音 〈普〉答复。"约定廿九回音"。(54)

网船 打鱼船。"雇了一只无锡网船"。(29)

收房 给丫头以妾的身份。"说等俚大仔点收房"。(54)

收捉 也作"收作"。①收拾。"耐收捉仔下头去吧"。(4) ②修建。"阎罗王殿浪个拔舌地狱刚刚收作好"。(51)

吃力　费劲。"就是个正生,《迎像》《哭像》两出吃力点"。(45)

吃没　侵吞、强占。"阿怕倪吃没仔了"。(8)

吃碗茶　评理。习惯说"吃讲茶",旧时茶馆是民间纠纷评定是非的场所。"我自家到鼎丰里来请耐去吃碗茶"。(37)

肉痛　惋惜、后悔。"俚乃输仔东道,来里肉痛"。(51)

那价　怎样、如何。"教我那价去见我娘舅嗄"。(1)

那哼(hēng)　怎么办。"痛得来无那哼哉呀"。(37)

阳台　〈沪〉楼房的晒台。"莲生看那屏门外原来是一角阳台"。(5)

寻开心　自得其乐。"耐倒一干仔来里寻开心"。(4)　沪语中"寻开心"用作开玩笑的意思。

红黑帽　〈普〉旧时地方官府衙役戴红帽和黑帽,后用为一般仪仗的服饰。"天井里四名红黑帽便喝起道来"。(42)

红头巡捕　〈沪〉当时上海租界上的印度警察。"方看清是红头巡捕"。(11)

冲场　外表、容貌。"人末冲场也无啥"。(44)

汏　洗。"下半日汏衣裳"。(23)

当水(shì)　骗局。"耐倒还要拨当水我上"。(4)

当心　注意、小心。"倪也要当心点哚"。(46)

光景　情况、样子。"倪个闲话无拨啥轻重,说去看光景"。(22)

壮　肥胖。"长远勿见,好像壮仔点哉"。(55)

访单　〈普〉官府缉捕罪犯的公文。"我看个访单浪,头脑末二品顶戴"。(61)

过　传染。"耐个病过拨仔阿姐,耐倒好哉"。(35)

过房　收干儿子、干女儿。"漱芳过房拨我,算是我个囡仵"。(47)

交关　多。"比俚哚好交关哚"。(31)

七　　画

身向里　身子。"耐身向里有点勿舒齐末原到倪搭来"。(14)

作成　购买、交易。"阿有啥人作成"。(1)

作耳朵　挖去耳屎。"教俚去喊个剃头司务拿耳朵来作清爽"。(14)

体面　声誉、排场。"我也蛮有体面哚"。(6)

角子　拐角、街口。"倪角子浪去吃碗茶吧"。(30)

私窝子　私娼。"俚赛过私窝子,勒去喊俚"。(56)

来　语助词。"厚皮得来"。(11)

来哚　在。"寓来哚陆里"。(1)

来里　在这里。"听见说杭州黎篆鸿来里"。(1)

来海　在里面。"催客搭叫局一淘来海"。(7)

来浪　①在。"故歇咿来浪说我哉"。(32)　②着。"看啥嗄,搭我坐来浪"。(55)

坍台　失面子。"耐去叫么二,阿要坍台"。(2)

坎　也作"坎坎"。刚、方才。"就是坎做起要闹脾气勿好"。(6)

坑　藏。"拿去坑好来浪"。(32)

坏脱　死亡。"人家倪子养得蛮蛮大,再要坏脱个多煞"。(47)

坏坯子　坏人。"陆里晓得个娘舅也是个坏坯子"。(52)

忒　太、过分。"勒晚歇忒起劲仔"。(55)

孝(hǎo)婆　即"好婆",对老年妇女的称呼。"我来哚间壁郭孝婆搭"。(14)

批掦 讥评、轻视。"自家勿识货,再要批掦"。(23)

把 ①给。"把我倒记好来里"。(2) ②计量单位。"恰有一把东洋车拉过"。(3)

把势 妓院等一般卖色艺的行业。"把势里要名义响末好"。(3)

扳差头 找岔儿、挑剔毛病。"最喜欢扳差头"。(38)

抢白 当面责备或驳斥。"二宝吃这一顿抢白"。(31)

辰光 时候、时间。"送票头来是啥辰光"。(3)

花(hǔ)头 把戏、手段。"故歇个清倌人比仔浑倌人花头再要大"。(32)

花(hǔ)样 同"花头"。"阿伯就出我个花样"。(52)

花(hǔ)酒 也作"吃局"。在妓院宴客。"请耐吃花酒,倒不是要紧事体"。(4)

花(hǔ)烟间(gāi) 〈沪〉低级妓院。"小村忙告诉他说,是花烟间"。(2)

困 睡眠。"今朝勿曾困醒,懒朴得势"。(14)

呆大(dù) 傻子、笨蛋。"耐个呆大末少有出见"。(51)

呆致致 发呆,精神不振。"耐看玉甫近日来神气常有点呆致致"。(7)

别脚 即"蹩脚",穷困、流落。"耐再要说张先生,别脚哉呀"。(37) 物品质量差也称蹩脚。

时髦 行时、出色当行。"做倌人也只做得个时髦"。(18)

里向 里面。"来浪里向勿出来"。(30)

阿 可,疑问助词。"令堂阿好,阿曾一淘来"。(1)

陆里 哪里。"陆里晓得个冒失鬼,奔得来跌我一跤"。(1)

局 〈沪〉妓女被召到酒筵侑酒叫"出局"。"叫了两个局"。(2)

局票 〈沪〉召唤妓女的通知单。"洪善卿叫杨家姆拿笔砚来开局票"。(3)

张　也作"张张"。探望、窥看。"从帘子缝里一张"。（3）

纸吹　用表芯纸卷成的细长棍状的引火物。"娘姨忙取个纸吹"。（5）

纬帽　清代官府差役的红缨帽,后来阔人家的仆役在婚丧喜庆时也使用。"外场带了个纬帽"。（6）

闲(hài)话　话语,不作无聊话解释。"说来哚闲话阿有一句做到"。（2）

间(gāi)架(gǎ)　即"尴尬"。为难、不好处理。"我倒间架来里,也只好勿去"。（12）

间(gāi)架(gǎ)头　处在困难地位的人。"我间架头倒是勿来个好"。（32）

快手　〈普〉捕快、差役。"垫空当快手结新欢"。（5）

灶下　厨房,也指厨师。"即时到客堂去喊灶下出来"。（20）

八　画

佯嘻嘻　也作"洋嘻嘻"。假痴假呆。"瑞生佯嘻嘻挨坐床沿"。（30）

乖　〈普〉聪明、机智,引申为狡猾。"耐倒乖杀哚"。（2）

受茶　女方接受婚约、订婚。"阿曾受茶"。（1）

物事　东西、物品。"有多花物事"。（1）

的铄　圆的形容词。"众人见瑶官的铄圆的面孔"。（45）

拨　给。"倘然送副盘拨我"。（49）

拨来　送给。"耐想拿件湿布衫拨来别人着仔"。（2）

拉倒　罢了、事情破裂。"俚说是无长性,只好拉倒"。（7）

拆　分。"看俚哚拆下脚洋钱"。（23）

拆号　即"绰号"。"问这混江龙是否拆号"。（49）

拆梢 诈骗。"搭耐说仔好像倪来拆李老爷梢"。(49)

拆冷台 破坏他人热闹的局面。"要拆仔俚冷台,故是跳得来好白相煞哉"。(14)

拌 ①纠缠。"一点点小交易夠去多拌哉"。(48) ②搞,是第一义的引申。"难末拌明白哉"。(59) 吴语吵架也叫"拌嘴"。

拗空 徒有其名、玄虚不实。"我个人去上俚个当,拗空哉喱"。(49)

拗杀 打死。"像实概样式,定归一记拗杀仔拉倒"。(32)

抵桩 ①即使……也不过。"抵桩也像仔我末哉啘"。(49) ②必然、肯定。"史三公子抵桩勿来"。(62)

抬轿子 碰和(叉麻雀)时二家或三家串通,使第三方输钱。"抬轿子周少和碰和"。(13)

到家 周全、妥当。"俚乃要四面八方通通想到家"。(52)

势 ①很。"耐末也便得势"。(4) ②语尾助词。"阿有啥趣势"。(9)

转 ①次。"难下转耐来咪陆里"。(6) ②来。"俚哚个生活,我做勿转呀"。(33)

转去 回去、归家。"耐说转去两三个月啘"。(2)

转来 回来。"要转来快哉"。(4)

转念头 动脑筋、想主意。"耐自家勿好,转差仔念头"。(10)

事体 事情。"再有一桩事体要搭耐说"。(45)

规银 〈沪〉当时上海通行的计算银两,每两规银约合银元一元四角左右。"将票上八百两规银兑换英洋"。(48)

英洋 也作"洋钱"。当时通用的墨西哥银元上有鹰的图案,因讹称"英洋"。例句见上条。

苦恼子 苦命人、可怜。"双宝苦恼子,碰着仔前世个冤家"。(24)

板面孔 翻脸、吵架。"倪要板面孔个"。(5)

顶马 骑马带路。"小王顶马而来"。(38)

顶戴 〈普〉清代官员表示品级的帽饰。"头脑末二品顶戴"。(61)

明朝(zhāo) 明天,今天称"今朝"。"就明朝去也好"。(9)

果毒 梅毒,也叫杨梅疮,这个词很可能作者为凑章回小说回目的对仗而自造的。"种果毒大户揭便宜"。(16)

呱呱啼 鸡鸣声,代指鸡。"耐哚台子下头倒养一只呱呱啼来里"。(13)

沓 丢、抛。"沓来哚黄浦末也听见仔点响声"。(3)

沓脱 ①遗失。"沓脱仔啥物事嘎"。(46) ②脱落。"〔蟋蟀〕沓脱仔脚哉呀"。(46)

经络 花样、诀窍。"陆里晓得白相多花经络"。(2)

实概 这样、如此。"俚哚栈房里才实概个"。(2)

定规 也作"定归"。坚决、确实。"蒋月琴搭定规勿去哉"。(8)

泥 拘泥。"耐勷去泥煞个哩"。(61)

法子 办法。"教我阿有啥法子嘎"。(7)

油搭扇 黑油纸的折扇。"那军官手执油搭扇,只顾招风"。(38)

单条 〈普〉壁上挂的字画。"朴斋别转脸去装做看单条"。(2)

底下人 仆役。"耐轿子也勿坐,底下人也不跟"。(17)

该 有。"该过七八个讨人"。(6)

该号 这种。"上海夷场上阿有该号规矩"。(23)

该世 来生。"要末该世里碰着仔,再补偿耐"。(20)

该搭 这里。"倪该搭清清爽爽"。(16)

话靶戏 闹笑话。话靶,即话柄。"勿做出啥话靶戏来"。(16)

怪 埋怨、责问。"耐说俚也勿要紧,俚阿敢怪耐"。(24)

空心汤团 口惠而实不至、欺骗。"空心汤团吃饱来里,吃勿落哉"。(25)

夜(yá)头 晚上、夜里。"前日夜头末闹热仔一夜天"。(52)

闹热 热闹。"倪节浪末再要闹热闹热"。(45)

闹猛 热闹、繁荣。"生意闹猛哚嗳"。(55)

九　画

俚 他。"要俚赔个啘"。(1)

俚乃 他。"俚乃喜欢糟蛋"。(14)

俚哚 他们。"让俚哚去末哉"。(1)

保险灯 〈普〉可以吊挂的煤油灯,有时也指汽灯。"当中挂一盏保险灯,映着四壁像月洞一般"。(4)

钝 辩驳、嘲讽对方说的话。"阿有啥说嗄,拨耐钝光哉唲"。(9)

看穿 看透暗计、看破世事。"倒拨来耐看穿哉"。(14)

秋气 拗气、感情激动。"翠芬秋气大声道"。(45)

独幅 性格孤僻、不合群。"该个小干仵,生活倒无啥,就不过独幅点"。(23)

耐 你。"耐看我马褂浪烂泥"。(1)

耐哚 你们。"耐哚笑啥"。(2)

故 这。"故也罢哉"。(1)

故末 那末,一般用在述说事情由此及彼的关系时的转接词。"故末耐定

归要去看好俚个"。(36)

故是 那是。"故是跳得来好白相煞哉"。(14)

故歇 这时候。"直到仔故歇坎坎来"。(2)

要好 亲热、有交情。"倒要好煞哚"。(9)

厚皮 厚脸皮、不知羞耻。"厚皮哚来,啥人来理耐嘎"。(11)

面孔 脸。"倪要板面孔个"。(5)

面重 害羞。"熟仔点倒怕面重哉"。(43)

挖花 也作"打花和",一种赌博。"倪来挖花,大少爷阿高兴"。(16)

挑挑 照顾,给人意外利益。"该应搭罗老爷说,挑挑我"。(45)

挡 数词的一个单位,指物的如"耐去喊仔挡干湿末哉";(11)指人的如"就像耐杨媛媛,也是挡角色喨"。(15)

勃交 摔跤。"在这院子里空地上相与勃交打滚"。(51)

垫房 妻子去世后续娶。"要讨李漱芳做垫房"。(54)

药水龙 〈沪〉化学灭火器。吴语称消防水车为"龙"。"药水龙来哉,打仔下去哉"。(11)

带挡 妓院男女帮佣投入妓院的股份。"耐孙囥阿有带挡"。(26)

牵记 想念。"我末一径牵记煞耐"。(37)

标 骄傲、摆阔、盛气。"耐看俚标得来"。(17)

栏凳 官府或豪门门房前的长条凳。"两旁栏凳上列坐四五个方面大耳挺胸凸肚的"。(38)

相好 朋友,往往指男女间的关系。"张大少爷阿有相好嘎"。(1)

相像 像样、做人的品德。"耐末说得王老爷阿有点相像嘎"。(9)

点点 "点点饥"的省词,稍稍吃些食物。"吃是倒吃勿落,点点也无啥"。

(14)

竖起面孔 绷着脸、脸有怒容。"再去竖起个面孔,拨俚哚笑"。(46)

哚 也作"哚哚",将就、敷衍。"无姆说哚两日,哚勿落哉唲"。(23)

咽 陷。"连面孔才咽仔进去哉"。(15)

哚 ①语助词。"赵大少爷自家也蛮会说话哚"。(2) ②人们。"咿是阿金哚哉嗊"。(3)

咿 又。"咿有啥花头哉,阿是"。(19)

咬耳朵 说悄悄话。"两个唧唧哚哚咬耳朵说话"。(4)

屋里 ①家中。"来哚屋里做啥嗊"。(1) ②妻子。"屋里勿曾晓得,道仔我来里该搭,来问一声"。(27)

姘头 ①有不正当关系的男女。"阿金有几花姘头嘎"。(3) ②合伙,这是由第一义引申出的。"耐要铗行末,同葛仲英搭仔个姘头"。(53)

娇寡 虚弱。"身体本底子娇寡"。(34)

结灵即溜 身段灵活。"打头就是姚文君,打扮得结灵即溜,比众不同"。(45)

客目 请客的通知单,上面写宴会地点、时间和客人姓名,被邀人在自己姓名下写知或谢,表示是否参加。"来安放下横披客目"。(12)

宣卷 也叫"讲经"。所宣讲的"宝卷"是一种带有迷信内容的讲唱文学。"四众道流,对坐宣卷"。(21)

突 丢掉。"耐为啥突来哚地浪嘎"。(15)

突色 衣料等物掉色。"常恐是头浪洋绒突色仔了"。(26)

烂料 败家子。"四五年省下来几块洋钱,拨个烂料去撩完哉"。(31)

浇裹 生活费用。"尚存英洋四百余元,尽够浇裹"。(55)

亮月(é) 月亮。"今朝夜头个亮月,比仔前日夜头再要亮"。(52)

亭子间 〈沪〉也作"亭子",上海里弄房子正楼后面厨房上面的小房间。"在亭子间里搭起一座小小戏台"。(19)

差仿勿多 相似、接近。"要是差仿勿多客人,故末宁可拣个有铜钱点总好点"。(10)

十　画

倌人 〈沪〉妓女。"慢慢的说到堂子倌人"。(1)

倪 我、我们。"倪一淘吃夜饭去"。(1)

倪子 儿子。"耐是我倪子晚"。(6)

倘忙 倘若、或许。"耐勤怪俚,倘忙是转局"。(6)

倒运 不顺利、受折磨。"只好我去倒运点哉哩"。(45)

倒满 即"倒霉",晦气。"今朝屠明珠真真倒仔满哉"。(15)

倒脱靴 精明的人受骗。"拨乞大流氓合仔一淘赌棍倒脱靴"。(61)

倗客 买卖的中间人。"我末赛过做仔哩倗客"。(41)

原 ①仍旧。"原搭耐一淘去"。(11)　②本来。"倪原要到大人个花园里来哩"。(51)

原底子 本来、以前。"原底子末阿姐,故歇是随便啥人"。(43)

荷兰水 汽水。"再吃点荷兰水,自然清爽没事"。(43)

捏忙 说谎、谎话。"我就晓得是耐来哚捏忙"。(4)

洋灯 煤油灯。"正在客堂内揩拭玻璃各式洋灯"。(2)

洋铜 白铜,铜镍合金,实际国内也出产。"手里拿着根洋铜水烟筒"。(5)

起花头 想方设法开别人玩笑。无事找麻烦也叫"起花头"。"我晓得,耐要起我花头"。(33)

捕面 洗脸。"耐吃仔饭阿要捕面嗄"。(6)

挵(xiào) 揭下、翻动书页。"条子末挵脱仔"。(10)

捆身子 内衣。"一只手抓住玉甫捆身子,狠命往里挣"。(20)

捉讹头 找借口欺侮无知的人。"软厮缠有意捉讹头"。(50)

捉盲盲 捉迷藏,一种儿童游戏。"踢毽子、捉盲盲,顽要得没个清头"。(51)

挨勿着 轮不到、无关系。"陪勿陪挨勿着俚说哇"。(51)

挨一挨二 数一数二、出类拔萃。"上海挨一挨二个红倌人"。(54)

热昏搭仔邪 规模巨大、难以形容。"要做起生意来,故末叫热昏搭仔邪"。(14) 吴语中还用来讥嘲他人夸张失实。

栈房 旧时称旅馆为客栈或栈房。"我叫娘姨到栈房里看仔耐几埭"。(2)

样色样 种种、各方面。"无姆样色样才无啥"。(49)

起劲 高兴、卖力。"夥晚歇忒起劲仔"。(55)

哩 语尾助词,表祈使语气。"耐去茶馆里拿手巾来揩揩哩"。(1)

能 如此、这么。"啥能早嗄"。(2) 吴语还用为命令式的语尾助词,如"好好能"。

能概 怎么样、多么。"生意勿好末能概苦嗄"。(17)

难 从今、以后。"难夥实概,阿晓得"。(4)

难末 因此、然后。多用来叙述事件由此及彼的联系。"难末拿仔件皮袄去当四块半洋钱"。(3)

难为 ①花费。"覅去难为啥洋钱哉"。(4) ②感谢他人为自己出钱出力。"倒难为仔耐哉"。(10)

难得 不容易、希罕。"陈老爷难得到倪搭来哎"。(11)

姆 也作"姆姆",对中年妇女的称呼。"朴斋知道是聚秀堂的杨家姆,立意不睬"。(14)

娘姨 女仆。"用个娘姨"。(1)

陶成 也作"淘成"。①数目、限度。"几千万做去看,阿有啥陶成"。(14) ②规矩、道理。"说出来个闲话阿有点陶成,面孔才勿要哉"。(6)

陬隅 似当作"陬隅",原义是僻远之地,如宋陆游《久客》:"欸乃声饶楚,陬隅句带蛮。"这里当指农村生活。"羡陬隅渔艇斗湖塘"。(39)

高椅 即"交椅",靠背椅子。"两边川字高椅"。(2)

家生 ①日用器具。"所有碰坏家生,照例赔补"。(9) ②一般工具。"就是个看亮月同看星个家生"。(52)

家头 前面加数字,表示几个人。"阿就是四家头"。(3)

家当 财产。"就算耐屋里向该好几花家当来里,也无用哎"。(14)

家主公 丈夫。"只见娘姨阿金揪着他家主公阿德保辫子要拉"。(3)

家主婆 妻子。"我屋里家主婆从来勿曾说歇啥"。(6)

宽衣 〈普〉脱下外衣。"宽宽衣吃筒烟,正好"。(38)

浪 上。"要到咸瓜街浪去"。(1)

海 大。"阿珠、阿金大都跟着海骂"。(9)

海外 ①自夸、了不起。"耐不过多仔几个局,一歇海外得来"。(17) ②多,也称"海海外外"。"耐生意海外得来"。(59)

消脱　取消。"坎坎说个闲话消脱"。(45)

调皮　恶作剧、捣乱。"耐去调皮末哉"。(7)　孩子不听话,也说"调皮"。

调头　换地方、自主的妓女迁居。"包住宅调头瞒旧好"。(5)

调派　指挥、安排。"陶云甫乃去调派"。(19)

谄头　也作"铲头",即"屑头"。懦弱、不中用的人。"俚哚也自家谄头,拨来沈小红白打仔一顿"。(11)

冤牵　即"冤谴"。因果迷信认为前生的冤孽。"啥缘分嗄,我说是冤牵"。(7)

十 一 画

做亲　结婚。"再三四年等耐兄弟做仔亲"。(18)

做人家　节俭,引申为吝啬。"阿是我面浪来做人家哉"。(15)

第　〈沪〉这。"第位是庄荔甫先生"。(1)

猛扣　强词夺理,对人而言则为粗暴。"耐倒原是猛扣闲话"。(28)

猪卢　也作"猪猡"、猪,一般用为骂人的话。"故是乌龟、猪卢才要骂出来个哉"。(33)

盘　①礼物。"倘然送副盘拨我"。(49)　②订婚约时男方送给女方的采礼。"等俚拿仔盘里个银两来末,再去还"。(55)

脱体　撇清干系、脱身事外。"耐想拿件湿布衫拨来别人着仔,耐末脱体哉"。(2)

银楼　〈普〉旧时金银首饰店的招牌。"托善卿明日往景星银楼把这旧的贴换新的"。(12)

推扳 平常、差,对商品而言则为次品。"晓得耐哚是恩相好,台面浪也推扳点末哉"。(4)

排揎 埋怨、责难。"总知客排揎道"。(48)

接煞 〈普〉俗传人死后魂返故居的日子,届时作迷信仪式。"耐是单为仔李漱芳接煞"。(54)

黄梅 吴地以芒种节开始后的一段日子,天气潮湿多雨,称"黄梅天"。"今年阿是二月里就交仔黄梅哉"。(12)

聋甏 聋子。"耐哚包打听阿是聋甏"。(14)

乾宅 〈普〉结婚时男方的家庭,女方称"坤宅"。"惟乾宅亦须添请一媒为妥"。(53)

野 很、厉害。"说倒会说得野哚"。(1)

野鸡 私娼。"俚乃自家去打个野鸡"。(10)

啥犯着 不值得、不划算。吴语还有"犯勿着"一词,义为不沾染麻烦事。"再去上俚哚当水,啥犯着嗄"。(14)

唵 语尾助词。"要俚赔个唵"。(1)

晚歇 过一会儿时间。"晚歇一淘来"。(1)

眼热 羡慕。"耐也覅去眼热"。(23)

悬进 相差大、距离远。"生意勿局,比仔先起头悬进哚"。(58)

随喜 〈普〉原义是瞻仰寺院,后用为随人游玩。"随喜一遭"。(50)

隐 熄灭。"茶炉子隐仔长远哉"。(52)

绷场面 勉强应酬、勉强支持。"就不过耐一个人去搭俚绷绷场面"。(24)

堂子 ①妓院。"慢慢的说到堂子倌人"。(1) ②茶馆、酒店的店堂。

"撑得堂子都满满的"。(15)

堂倌 酒饭馆和茶馆的服务员。"有个堂倌认得实夫"。(15)

常恐 ①担心、害怕。"篆鸿末常恐惊动官场"。(18) ②或者、可能。"阿巧来里楼浪哚,常恐去困哉"。(23)

清头 乖巧、懂事。"阿有点清头嗄"。(5)

清爽 ①清楚、了解。"高亚白问何事,仲英道,倒也勿曾清爽"。(61) ②干净、无纠葛。"倪该搭清清爽爽,啥勿好耐要去嗄"。(16)

清倌人 还未曾留客住宿的妓女。"况且陆秀宝是清倌人"。(2)

望 向。"素芬自望房门口高声叫唤"。(46)

十 二 画

衖 原通"巷"字,苏沪一带读作"弄",因此弄堂亦作衖堂。"只见衖内家家门首贴着红笺条子"。(2)

舒齐 ①收拾妥帖、准备好。"俚哚也舒齐哉"。(4) ②舒服,引申为健康。"贵相好有点勿舒齐哉"。(5) ③心里不痛快也可以说"勿舒齐"。

答应 招呼、通知。"我教阿虎答应耐"。(55)

集 旋。"集亮了自来火"。(2)

筋节 关键、要害。"二宝在旁听说得不着筋节"。(31)

等俚歇 字面意思是等他一会儿,一般用作让他去、不用管他。"勿是倪花园里个人,等俚歇末哉"。(53)

落 下。"有点勿舒齐,吃勿落呀"。(45)

落得 即"乐得",趁势做对自己有利的事。"落得让拨来黎大人仔罢"。(15)

搭 ①给。"说搭娘舅请安"。(1) ②和、同。"搭耐一淘北头去"。(1) ③处所、地方。"黎篆鸿搭,我教陈小云拿仔去哉"。(1)

搭讪 应酬、闲聊。"一顿搭讪,直搭讪到搬上晚餐始罢"。(43)

搭浆 敷衍、搪塞。"俚嘴里末也说是蛮好,一径搭浆下去"。(24) 吴语评物品质量低劣,也称"搭浆货"。

揪 抽打。"办俚拐逃,揪二百藤条"。(27)

提亮 点明、提醒。"要提亮俚个呀"。(62)

欺瞒 欺侮,一般用于强大者欺侮弱小。"阿怕倪欺瞒仔耐嗄"。(10)

替 和、同。"再有啥人替我商量商量"。(52)

跌跌 轻轻敲打。"我腰里酸得来,玉甫道,阿要我来跌跌"。(20)

帽正 〈普〉帽子前缘正中的装饰,一般用珠或玉。"原拿得来做仔帽正末哉"。(42)

缠煞 纠缠、误会。"少大人要缠煞哚"。(50)

强 也作"僵"、"强强",闹别扭、顶牛。"耐阿哥是蛮好,耐勿去搭理强"。(19)

赏光 请对方接受邀请。"勿然也勿敢有屈,好像人忒少,阿可以赏光"。(15)

蛮 很。"故末蛮好"。(4)

善堂 旧时育婴堂、养老院等慈善机构。"我末交代俚哚拿我放来浪善堂里"。(34)

温暾 不冷不热,一般指食物。"先自尝尝,温暾可口"。(51)

湿布衫 难以摆脱的麻烦事。"耐想拿件湿布衫拨来别人着仔"。(2)

道仔 认为。"屋里勿曾晓得,道仔我来里该搭,来问一声"。(27)

十 三 画

摇摊　即"押宝",一种赌博。"摇一场摊有三四万输赢哚"。(56)

摆架子　自高自大、装腔作势。"阿是来里王老爷面浪摆架子"。(9)

搨便宜　因物品价廉而购买。"种果毒大户搨便宜"。(16)　吴语暗中侮辱妇女也叫"搨便宜"。

碰关　到顶、最多。"碰关千把洋钱"。(48)

碰和　即"叉麻将"。一种赌博。"只见两个外场同娘姨在客堂里一桌碰和"。(2)

碰顶子　要求被拒绝、遭冷遇。"痴鸳连碰两个顶子"。(45)

碰着法　碰巧、偶然的机会。"碰着法有啥进益,补凑补凑末还脱哉"。(14)

靴叶子　〈普〉皮夹。清代官员穿高统靴,皮夹可掖在靴统里。"向身边摸出一个象皮靴叶子授与翠凤"。(21)

覅　"勿要"两字的合音,这字为《海上花列传》作者所创造。"耐覅去听俚"。(1)

嗄　语尾助词,有疑问义。"教我那价去见我娘舅嗄"。(1)

照应　关怀、体谅、帮助。"倪也望耐照应照应"。(2)

瞠头里　睡梦中。"耐正来哚瞠头里"。(8)

歇　①表示时候。"第歇辰光"。(2)　②表示动作完成的助词,义同"过"。"倪无姆阿曾搭耐说起歇啥"。(3)　③一会儿。"就该搭坐歇"。(5)　④停放。"只见前面一带歇着许多空轿、空车"。(50)

歇作　决绝之词,收梢、了结。"倒勿如死仔歇作"。(16)

跳槽　嫖客丢掉原来的妓女,另结新欢。"耐是有心来哚要跳槽哉"。(4)

数目　①事物的真相,引申为明白、了解。"耐做一节下来,耐就有数目哉"。(7)　②规矩、一定。"不像倪堂子里,无拨啥数目,晚得来"。(2)

梗　强项,不通情理。"耐个人啥梗得来"。(23)

意思　心意,送人礼物一般说"小意思",单独说"好意思"是反话。"王老爷,耐倒好意思"。(4)

十 四 画

缥致　即"标致",容貌、姿态美丽。"想秀宝毕竟比王阿二缥致些"。(2)

慢娘　即"晚娘",继母。"是俚慢娘个姘头"。(52)

慢慢交　不着急。"耐哚慢慢交用〔饭〕"。(5)

赛过　好比。"赛过拨一只邪狗来咬仔一口"。(9)

敲　"敲竹杠"的简称。敲诈、勒索。"耐要想敲我一干仔哉"。(9)

十 五 画

膝馒头　膝盖。"难为仔两个膝馒头末,就晚歇也无啥"。(21)

躶躶(duó)　躺卧。"榻床浪来躶躶喧"。(2)

撑　积攒、购买。"衣裳头面才是我撑个物事"。(48)

熟落　熟悉、亲热。"这回却熟落了许多"。(16)

十 六 画

噪　即"吵",声音嘈杂、吵架。"陆里去噪得实概样式"。(45)

裲 厚实的长袍,单长袍称"衫"。"有一个绵裲马褂戴着眼镜的"。(13)

懒朴 乏力、没有精神。"今朝勿曾困醒,懒朴得势"。(14)

十 七 画

膻烛 当时石蜡制的烛都由国外进口,也称"洋烛"。"四枝膻烛点得雪亮"。(13)

燥 快。"耐两只脚倒燥来哚唲"。(4) 吴语货物易销也称"燥"。

豁 ①抛弃。"故歇就说是豁不开"。(47) ②挥舞。"周双玉歘地将手一豁"。(19)

豁脱 损失、花费。"双宝进来个身价就算耐才豁脱仔"。(63)

豁个浴 洗澡。"请耐豁个浴"。(39)

十 八 画

噜苏疙嗒 话语重复,层次不清。"却又噜苏疙嗒说不明白"。(17)

整 理 后 记

《海上花列传》六十四回,曾以《青楼宝鉴》、《海上青楼奇缘》、《海上花》等名称刊行。

作者韩邦庆(1856—1894),字子云,号太仙,别署大一山人,江苏松江(今属上海市)人。父宗文,官刑部主事。作者自幼随父居北京,后南归应科举试,成秀才后多次考举人不第,一度在河南省的官府作过幕僚。

韩邦庆曾长期旅居上海,与《申报》编辑钱忻伯、何桂笙等人友善,常为《申报》撰稿,他自己编辑的纯文艺半月刊《海上奇书》,即由申报馆代售。在《海上花列传》全书出版后不久,即病逝,年仅三十九岁。留下的作品还有文言短篇小说《太仙漫稿》等。

鲁迅《中国小说史略》列《海上花列传》为"清之狭邪小说",并评为该类小说中的压卷之作。文章说:

> 《红楼梦》方板行,续作及翻案者即奋起,各竭智巧,使之团圆,久之,乃渐兴尽,盖至道光末而始不甚作此等书。然其余波,则所被尚广远,惟常人之家,人数鲜少,事故无多,纵有波澜,亦不适于《红楼梦》笔意,故遂一变,即由叙男女杂沓之狭邪以发泄之。如上述三书(按指《品花宝鉴》、《花月痕》、《青楼梦》),

虽意度有高下，文笔有妍媸，而皆摹绘柔情，敷陈艳迹，精神所在，实无不同，特以谈钗、黛而生厌，因改求佳人于倡优，知大观园者已多，则别辟情场于北里而已。然自《海上花列传》出，乃始实写妓家，暴其奸谲，谓"以过来人现身说法"，欲使阅者"按迹寻踪，心通其意，见当前之媚于西子，即可知背后之泼于夜叉，见今日之密于糟糠，即可卜他年之毒于蛇蝎"（第一回）。则开宗明义，已异前人，而《红楼梦》在狭邪小说之泽，亦自此而斩也。

作者在创作《海上花列传》时，心目中确有一部《红楼梦》在。海上漱石生的《退醒庐笔记》曾记有韩邦庆自己的话："曹雪芹撰《石头记》皆操京语，我书安见不可操吴语。"可知作者曾有意识地要和《红楼梦》争擅场。

当然，就思想内容的深浅广狭，艺术匠心的高低粗细，以及所使用的语言普及与否而言，历史已证明了两者不能相提并论。然而也不容因此忽视《海上花列传》刻画人情世态的细腻传神，通过作者生动的笔触，确能把清末上海租界畸形社会的多方面活动，如实地呈现在读者面前。所以，不仅小说"穿插藏闪"的结构技巧，"平淡而自然"（鲁迅语）的写实手段，有值得借鉴的地方，书中所反映的社会生活，也有其历史的认识意义。在与之同时的许多作品中，《海上花列传》的白描技术，堪称卓越，它的成就决不仅仅在于方言文学。

小说主要写妓院，旁及官场和商界，和在此范围内所能涉及的社会生活。妓院，是不合理社会的畸形产物，当时不仅仅存在于上海。

至于高级妓女居然成为官场商界社交活动必有的点缀,更是新社会读者所无法理解的。与韩邦庆同时的赛金花,在近代史上是一个很特殊的人物,她原系上海的妓女,后来嫁给洪钧,随洪钧出使德国,于洪钧死后又回上海作妓,始名曹梦兰。不久从上海到天津,在江岔胡同开设妓院"金花班",才改名赛金花。据说赛金花在天津时,曾被户部尚书杨立山所"赏识","初次见面时,便留下茶金千两,后来三百、五百之缠头金,亦不稍吝惜"(《赛金花自述》)。由此可证《海上花列传》中描述的一切,绝非夸张。

作者声明写作目的是要暴露娼家的奸谲,在第四十九回通过妓女黄翠凤的口,说:"覅说是倪无姆,耐看上海把势里陆里个老鸨是好人!俚要是好人,陆里会吃把势饭!"可是,由于作者采用似乎不带感情的笔墨,真实地反映了当时的社会生活,并不流于概念化。即使书中出现的老鸨,亦各各有其独特的性格,其中如李秀姐,仍写其人的人性尚未完全泯灭,而赵二宝的母亲洪氏,则不过是一个溺爱子女、毫无主见的妇女而已。至于妓女,作者更写出了她们大多因家庭贫困,自幼父母双亡,被坏人骗卖落入火坑。第五十二回写妓女孙秀兰和被卖作歌女的琪官、瑶官深夜谈心,各自倾诉身世,一片满含血泪的文字,在同时的其他小说中是并不多见的。

小说还反映了农民流入城市求生的情况。十四五岁的姑娘阿巧,在妓院帮佣,第二十三回写她擦烟灯打破了玻璃罩,受到种种责难,走投无路,到她也在妓院做娘姨的舅母小妹姐处哭诉:"我做俚哚大姐,一块洋钱一月,正月里做下来勿满三块洋钱,早就寄到仔乡

下去哉,陆里再有两角洋钱。"且看这一块钱一月要付出什么样的劳动:

> 早晨一起来末,三只烟灯,八只水烟筒,才要我来收捉。再有三间房间,扫地、揩台子、倒痰盂罐头,陆里一样勿做。下半日汏衣裳,几几花花衣裳就交拨我一干仔,一日到夜总归无拨空。有辰光客人碰和,一夜天勿困,到天亮碰好仔,俚哚末去困哉,我末收捉房间。

不仅如此,做大姐的在晚上还要随着妓女应酬嫖客,受下流嫖客的无理凌辱,这实在是地狱的生活。

对照书中所写整天花天酒地的嫖客,简直是两个世界。一个不知什么候补官的王莲生,躺在烟榻上抽鸦片烟是他的全部生活,平日玩弄两个妓女,挥霍动辄数千元;候补知县罗子富,被老鸨讹诈,一次诈去五千元;纨绔子弟李鹤汀为妓女串通赌棍局骗,一输数万元。这些金钱,哪一元钱不是劳动人民的血汗!

作者极力把老鸨和中下等妓女写成罪恶的渊薮,而对上层社会的生活,铺张扬厉,渲染美化。如第三十八回以下叙写山家园中的所谓名士宴集,以为高雅。然而只要读者稍加分析,就能发觉当时社会的罪恶制造者,主要不在于老鸨,更不是妓女,恰恰是这些被尊称为大人、老爷、少爷的人物。其中被称为"风流广大教主"的齐韵叟,自命风流多才的高亚白、尹痴鸳等人,和作者的意愿相反,他们给读者的厌恶之情,要远远超过被作者所嘲讽的斗方名士方蓬壶。因为方蓬壶充其量不过庸俗而已。所以历来的小说研究工作者一致认为，小说中写名士的这一部分，是作者最大的败笔。由此可见，《海上花列传》作者韩邦庆的世界观，恐怕不会有什么值得肯定的地方；他的爱憎，和当时上层阶级基本上是一致的。

韩邦庆很重视塑造形象，小说命名为《海上花列传》，即突出了人物的刻画。由于小说中人物众多，作者还提出了"合传之体有三难"，就是必须克服雷同、矛盾和挂漏。如何避免雷同呢？他在《太仙漫稿·例言》中说：

> 昔人谓画鬼怪易，画人物难，是矣。然鬼怪有难于人物者，何也？画鬼怪初时凭心生象，挥洒自如；迨至千百幅后，则变态穷而思路窘矣。若人物，则有此人斯有此画，非若鬼怪之全须捏造也。

生活是创作的源泉，作家深入生活、熟悉生活，按照生活的本来面貌写作，就能变态无穷、思路广阔。如果专门向壁虚构，笔下就难以避免出现千人一面的雷同人物。

《海上花列传》不仅写了众多不同遭遇，不同性格的妓女，如沈小红的泼辣，张蕙贞的庸懦，黄翠凤的干练，马桂生的机智，周双玉的骄盈，李漱芳的自伤，赵二宝的幼稚，杨媛媛的诡诈，陆秀宝的放荡等等，以至嫖客、仆隶，人物都各具特色，绝少雷同。所以鲁迅先生评为"固能自践其'写照传神，属辞比事，点缀渲染，跃跃如生'之约者矣"。

在本书之前,吴语仅在当地土生土长的昆曲、弹词等演唱文学中流行,进入小说领域,叙述用普通话,对白用吴语,以加强人物的刻画,自韩邦庆始。作者运用吴语,堪称得心应手。许多对话,无论酒筵的哄饮,清夜的絮语,市井的扰攘,友朋的笑谑,以至交际酬酢,相讥相詈,都能声貌并现,读来如见其人,如闻其声。可能除了方言,一切书面语言都很难把人物的神情口吻表现得如此生动活现。然而方言的局限在于不能普及,正如《谭瀛室笔记》指出的:"唯吴中人读之,颇合情景,他省人不尽解也。"因此,后来虽有《海上繁华梦》、《九尾龟》等为之继,吴语小说终于不能蔚为大国。

由于作者观察生活深密细致,精湛的白描手段又能与之相副,作品中不少生活场面,不仅与所刻画的人物故事关系紧密,独立开来,亦不失为生动隽永、引人入胜的散文。如第十一回写东棋盘街火灾,从"忽听得半空中喤喤喤一阵钟声"始,到"觉有一股热气随风吹来,带着些灰尘气,着实难闻"止,前后不过一千余字,把一场火灾的经过,火势蔓延,消防救护,以及各种人物的思想、活动,都刻画得丝丝入扣。再如第四十回写山家园七夕燃放烟火,把民间艺人制作烟火的出乎想象的绝技,描写得花团锦簇,有声有色。

更值得重视的,是《海上花列传》的艺术结构。作者在"例言"中说:

> 全书笔法自谓从《儒林外史》脱化出来,惟穿插藏闪之法,则为从来说部所未有。一波未平,一波又起,……随手叙来并无

一事完,全部并无一丝挂漏;阅之觉其背面无文字处尚有许多文字,虽未明明叙出,而可以意会得之。此穿插之法也。劈空而来,使阅者茫然不解其如何缘故,急欲观后文,而后文又舍而叙他事矣;及他事叙毕,再叙明其缘故,而其缘故仍未尽明,直至全体尽露,乃知前文所叙并无半个闲字。此藏闪之法也。

吴敬梓创作《儒林外史》,为了适应他所摹写的广阔的社会内容,创造了"事与其来俱起,亦与其去俱讫,虽云长篇,颇同短制"(鲁迅语)的艺术结构。《海上花列传》作者"脱化"的手段,是长篇小说结构的又一发展。小说以赵朴斋一家人的遭遇为主干,但赵家的故事不过占全书的十分之一。小说一开始,用赵朴斋引出洪善卿以后,即用洪善卿搭桥过渡,在下半部书中,则大多用齐韵叟穿针引线。故事与故事之间互相钩联,处处布置悬念,该显豁处显豁,该含蓄处含蓄,构成一个有机的整体,耐人琢磨咀嚼。拆散完整的故事,而没有破碎割裂的痕迹,前后呼应,互相映衬,吸引读者读下去以明究竟,这就是穿插藏闪的高明之处。

中外小说家似乎有一个通例,大凡所写的内容超乎现实的,作者往往强调亲见亲闻,或根据什么日记文献,以证明他所述说的故事千真万确,实有其事。相反,如所写的内容与实际生活相接近,作者却往往声明纯属虚构,子虚乌有。《海上花列传》的作者也有"所载人名事实俱系凭空捏造,并无所指。如有强作解人,妄言某人隐某人,某事隐某事,此则所谓不善读书,不足与谈者矣"的声明。

然而,由于《海上花列传》真实地反映了当时的社会生活,这种声明自然无济于事。自小说发表以后,即传说纷纭,如《谭瀛室笔记》即认为,"书中人名大抵皆有所据,熟于同(治)光(绪)间名流事实者,类能言之",并为之一一考证。民国十一年上海清华书局排印本许廑父序,更认为是谤书,他说:

> 书中赵朴斋以无赖得志,拥资巨万,方堕落时,致鬻其妹于青楼中,作者尝救之云。会其盛时,作者侨居窘苦,向借百金不可得,故愤而作此以讥之者。然观其所刺褒瑕瑜,常有大于赵某者。然此书卒厄于赵,挥巨金尽购而焚之,后人畏事未敢翻刊。

鲁迅《中国小说史略》也引了一种传闻,说:

> 书中人物,亦多实有,而悉隐其真姓名,惟不为赵朴斋讳。相传赵本作者挚友,时济以金,久而厌绝,韩遂撰此书以谤之。印卖至第二十八回,赵急致重赂,始辍笔,而书已风行;已而赵死,乃续作贸利,且放笔写其妹为倡云。然二宝沦落,实作者预定之局,……

这些传说,且不问其正确性如何,适足以证明小说真实性强烈,反映了出版后影响之大,感人之深。

《海上花列传》最初发表于光绪壬辰(1892)二月创刊的文艺刊物《海上奇书》,每期发表两回,每回都有两幅颇为精美的插图。刊物原为半月刊,出到第九期后改为月刊,共出十五期,三十回。

《海上奇书》系石印本,每期二十页,以刊载《海上花列传》为主,此外《太仙漫稿》和《卧游集》两题，不过是凑页数的补白。如《太仙漫稿》中的《段倩卿传》，从三期到六期连载四期，第六期上实际只有不到半页的一百五十字而已。

六十四回全书石印本，题名为"华也怜侬海上花列传"，书前有序，书后有跋。分两函，每函各有目录，各三十二回。作序的时间是"光绪甲午(1894)孟春"。从刊物停刊到全书出版，相距不过十个月。

从石印本全书可以看到，工笔正楷的字迹出于一个书手。刊物已经发表的三十回及插图，即由原版翻印，连页码亦未作改动。书写这种字体，加上校对和上石印刷，要花费不少时间的。从例言中可以看出，在小说开始发表时，全书的人物关系、布局结构，作者已经了然于胸。据《退醒庐笔记》记述，辛卯（1891）秋曾见作者未竣之小说二十四回，由此可以推知，成稿的时间是在《海上奇书》刊行时，以后刊物虽然停刊，小说仍不断书写印刷，才有可能在停刊后十个月左右的时间内出版。所以，"赵急致重赂，始辍笔"的传说，并不符合实际。

全书出版后，立即就出版各种名目的缩印复制本。据《晚清戏曲小说目》，在清末即有六种版本。其中《绘图青楼宝鉴》，除书前第一行改了书名外，装帧序跋与初印本全同，应是最早的缩印复制本。此外如《绘图海上青楼奇缘》、《绘图海上花列传》等缩印本，都刊落跋文，并把原来分为上下两函各三十二回的目录合并移置卷首，剪贴拼凑之迹斑斑可见。由此可知，"然此书卒厄于赵，挥巨金尽焚之，后人畏事未敢刊刻"的传说，不过是许廑父为清华书局作宣传，亦无事实根据。

这些缩印本，和原本以及《海上奇书》发表的文字，完全一致，页码亦都为每八回起讫，没有任何改动。至于以后的排印本，文字多舛误错漏，缺少参校价值。

这次标点整理，以全书初印本为底本，除订正个别明显的错别字外，未作改动。《太仙漫稿》是作者的传奇小说，虽不脱当时流行的文言笔记小说的窠臼，但构思、意致已较新颖，对研究作者创作思想和了解当时社会思潮有参考作用，故收作附录。但《海上奇书》今北京图书馆和上海图书馆都仅存十期，亚东图书馆排印本《海上花》据郑振铎先生收藏的《海上奇书》，亦仅录至十四期《陆心亭祠记》为止。据阿英《晚清文艺报刊述略》，十五期上还有《书临》一篇，尚待访求，无法录入。此外，还辑集了几则有关作者作品的资料，供读者参考。

《海上花列传》是方言文学，书中的方言土语，对不熟悉吴语的广大读者是阅读的障碍。同时书中涉及的部分名物，今天的读者亦已经隔膜。如果一一加注，将不胜其烦，且也不能解决实际问题。为方便阅读计，试编了一个"《海上花列传》方言简释"，附在书后，简释承南京师范学院钱小云先生补充订正，并此致谢。

全书的编排、标点以至方言简释，一定仍有疏误不当的地方，恳望读者予以指正。

整理者

一九八〇年五月